西尾維新　黑

NISIOISIN

BOOK & BOX ORIGINAL DESIGN by VEIA

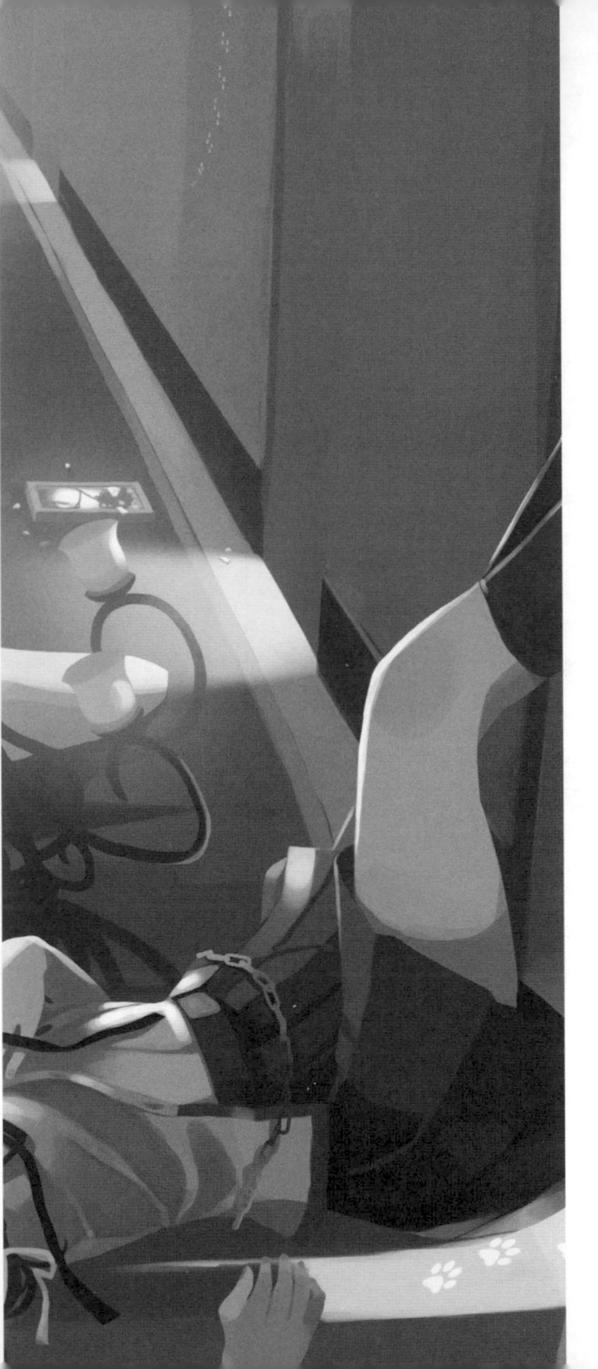

第禁話

翼・家族

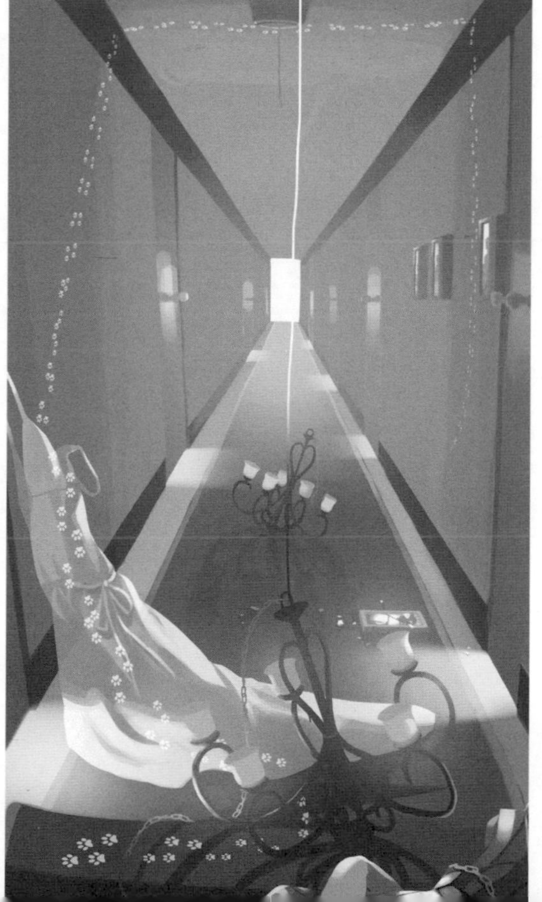

BOOK&BOX DESIGN
VEIA

ILLUSTRATION
VOFAN

第禁話

翼・家族

HAN EKAWA TSUBA SA

001

就當成是「遲來的回憶錄」，試著回憶與羽川翼盡情嬉戲的那段黃金週經歷吧。那是又苦又澀，卻又微酸微甜的一段回憶，但是可以的話我想忘掉，即使忘不掉也想當成沒發生過。接下來就試著回憶這段閃耀著金色光輝的九日經歷吧。

羽川翼，十七歲，女性，高中三年級，班長，優等生，切齊的瀏海加上兩條麻花辮，戴眼鏡，行事認真，一板一眼，善良聰明，對任何人都同樣溫柔以對。但我完全連一丁點都不認為，光是列舉這些淺顯易懂宛如記號的情報與角色設定，就足以形容那位超脫凡例的女孩。是的，除非是實際與她相遇、交流過的人才能理解她，她是無法以人類語言徹底形容的某種存在。現實上，如果想要將羽川翼這名女孩的事蹟流傳到後世，或許真的需要使用神的語言吧。

或者是惡魔的語言。

所以坦白說，我真的打從心底抱持無比歉意，即使接下來我將會從頭到尾鉅細靡遺毫不疏漏詳細說明黃金週事件的來龍去脈，然而宛如惡夢那九日的真相，或者應該說宛如惡夢那九日的疑似真相，應該完全無法傳達給任何人，我從一開始就已經死心了。完全放棄傳達的我，是「死心」這兩個字的象徵，是「死心」這兩個字的化身。

何況，我絕對沒有把這份想法傳達給他人的意思。

很簡單。

單純來說——直截了當來說。

我只是想不斷輕聲嘀咕自言自語，述說我的恩人暨朋友——羽川翼的事情。

或許毫無意義。

肯定——毫無助益。

無論對於任何人，甚至對於我，都是毫無意義，毫無助益。

這就是所謂的萬事皆空。

如果是我後來認識的戰場原黑儀與神原駿河——她們會為了達成目的而橫衝直撞，甚至不惜犧牲任何事物，依照狀況甚至願意毫不猶豫踐踏自己最重要的寶物，在如此堅強的她們眼中，我接下來想嘗試的念舊與懷古行徑，肯定是非常膚淺的思鄉病，是值得嗤之以鼻，甚至連嘲笑都不值得，欠缺建設性，回首來時路的行為。

人類應該看著前方活下去，即使不主動也要敢動，即使不積極也要究極活下去。

這就是堅強又脆弱的她們，心中所抱持的價值觀。

她們說，即使不美麗也無妨。

她們說，即使活在淤泥中也無妨。

她們說，即使貪婪也無妨。

這種價值觀——不一樣。

和我不一樣。

和軟弱微薄，無法與她們相比的阿良良木曆不一樣。

我懦弱膽小，碰到紅綠燈的時候，不只是確認左右來車，還得確認後面也安全才敢過馬路。我這種類似人類卻不是人類的傢伙——和她們不一樣。

而且，這樣的我，和羽川一樣。

我們是同類。

或許該說是出乎意料。

或許該說是正如意料。

她是出類拔萃的優秀人種，就某種意義來說超越人類智慧，我居然把這樣的她與自己歸類在一起，可說是極其冒犯的行徑，不過依照我經歷黃金週所得到近似於教訓的那種概念來看，這應該就是唯一的結論了。雖然使用「教訓」這兩個字，聽起來就像是某名騙徒的說法，不過這是無從動搖的事實，所以也無可奈何。

認定為無可奈何——並且死心吧。

我與她的共通點。

阿良良木曆與羽川的共通之處。

內心相同的部分。

如今我就能理解了——黃金週結束之後又過了一段時間，在第二學期即將開始的這個節骨眼，如果是現在，事到如今，我就能伴隨著強烈的痛楚理解了。

正如字面所述，錐心刺骨的理解。

理解到羽川翼願意接觸我的原因。

理解到羽川翼願意認識我的原因。

理解到羽川翼願意拯救我的原因。

不過終究是「如今就能理解」，是「事到如今終於理解」的事情。換句話說，這是如今無從補救與挽回的事情。任何想找回的事物都已經遍尋不著，而且也已經無從找起了。

即使不奢求在剛認識時就察覺，但如果能在黃金週階段就察覺這方面的事情，或許還會有方法可想。

軟弱又微小的我們，或許就能成為不同的模樣了。

所以，這果然是我在放學後的無人教室進行的自言自語，是坐在冰冷椅子上振筆疾書，依照既定格式寫成的反省文。

是即將畢業的時候，以釘子在桌面刻下的後悔文字。

有在反省，但是沒有後悔——我刻意不說這種冠冕堂皇的話語。

我有在反省，也有後悔。

想要當作從未發生過，如果能夠重來就想重來。

黃金週的那段往事，令我後悔得無以復加。為什麼沒辦法處理得更好？為什麼？為什麼？為什麼？如果我不是不死之身真的很想死，我就是後悔到這種程度，後悔到幾乎要落淚，即使是現在也可能會夢見這段往事。

毋庸置疑，是惡夢。

羽川翼。

擁有異形翅膀的少女。

如果要說明發生的時期，那就是高二升上高三之際，春假的這兩個星期，大約是我經歷過地獄的一個月後——在現代日本，我居然遭受吸血鬼的襲擊，留下其實相當浪漫的一段經歷。愚蠢如我即使因為事件的後遺症而煩惱，後來還是勉強回歸平凡的生活，然而羽川翼誤認我是生錯時代的不良少年，並且設局將副班長的職務硬塞給我。就在我煩惱著該如何面對這個職務的時候，也可能是已經看開拋下煩惱的時候，詳細狀況我記不得了——總之，就是在這樣的時候。

她受到貓的魅惑。

貓。

食肉目貓科的哺乳動物。

所以我自從黃金週之後，就不敢接近貓了。

我怕貓。

是的——如同我怕羽川翼。

雖然前言似乎有點長，但是完全不需要焦急——因為放學後的時間比想像的長。

那麼，接下來請聽我述說昨天的那場夢。

002

接下來是後續，應該說是結尾。

隔天早上，我的兩個妹妹——火憐與月火，一如往常來把我叫醒。無論是非假日還是週六週日國定假日都一樣，所以即使這天是不是黃金週第一天的四月二十九日也一樣，她們就像是收錄這種指令的機械，一大早就叫我起床。她們並不是勤快到令我想說「總是玩到很晚甚至熬夜的妳們，要這麼早起應該也不簡單吧？」這種話，也不是因為她們擔心哥哥作息不正常才做出這種貼心舉動，應該是藉由妨礙我的睡眠誇示她們的力量。這可以說是示威行為，就像是家庭內部的權力鬥爭。

話說回來，關於妹妹們叫我起床的方式，我至今並沒有特別說明，不過之所以沒有說明，很大的原因在於這並非值得提及的事情。

在動畫版，妹妹們會把我踹到樓下，或是對我使用駱駝式固定技，或是施展金肉人炸彈摔等等，叫我起床的招式真的是琳琅滿目，不過這其實是為求電視畫面好看的效果。很抱歉這麼說會破壞各位的印象，不過很遺憾，做那種事的可愛妹妹，並不存在於現實世界。

總之，我不知道別人家裡怎麼樣，至少在我家，火憐與月火頂多只會以溫柔的語氣，對我說「還要睡多久，起床了啦」這種話——

「睡什麼回籠覺，去死吧。」

一根鐵撬往我的枕頭揮下來。

「唔喔喔喔喔！」

我整個人彈起來躲開這一棒。

不，並沒有完全躲開，一撮頭髮被削掉了。

而且鐵撬尖端連同這撮頭髮，貫穿我的枕頭。

羽毛噴到半空中飛舞落下。

宛如天使降臨的這幅光景，令我以為自己可能已經升天，不過依然感受得到胸腔裡的心臟以三十二拍的節奏跳動，所以我似乎還活在世間。

轉頭看去。

我的國二妹妹——身穿浴衣的阿良良木月火，露出凶神惡煞的表情，努力要把那根不只是打穿枕頭，甚至把底下床墊也刺破的鐵撬拔出來。

宛如鐵撬的物體。

不對，完全就是鐵撬。

世界第一的鐵撬。

「月、月火？妳做什麼啊！是要殺了妳哥嗎？」

「睡回籠覺的哥哥當然是死掉算了。我和火憐都已經辛苦叫醒你了，你卻又鑽回去睡覺，莫名其妙。死掉算了死掉算了死掉算了！」

「妳的角色設定，怎麼從一開始就變得亂七八糟了？」

這樣要怎麼跟上一集呼應啊！

「反正跟其他人比起來，我的角色定位還不明確，所以我就試著當病嬌了。」

「與其說是病嬌，這根本是瘋子了吧！」

「不過哥哥，既然你躲得掉，就代表你是裝睡吧？」

「不，我睡得很熟……」

看來人類即使睡著了，似乎也意外能夠處理危機。

雖然有人認為人類已經進化到巔峰，但人類依然是潛力無窮的生物。

「居然會在意角色定位，妳真的完全是個國二學生。」

「我是國二沒錯吧？」

「沒錯。」

其實以我的國中時代來看，我也沒有資格講別人。不，或許正因為我是過來人，所以才非得說她幾句。

「總之不要做無謂的事情，妳只要當個早上來叫我起床的妹妹就很夠了。」

「這樣完全就是路人配角吧？我才不要。」她如此回答。

是沒錯，這種隨著哥哥誕生的老套角色設定，任何人都會抗拒吧。

「我也想當火憐那種華麗的角色，那已經是妹妹的最終進化型了吧？」

「不，與其說那是最終進化型，不如說那是『變成那樣已經沒救了』的角色。聽好了，妳還有希望，努力成為一個正經角色吧。」

「目標是成為正經妹妹的角色？」

「沒錯。」

在想成為妹妹角色的這個時間點，就已經不是什麼正經的目標了。不過在場沒人察覺這件事。

「具體來說，目標是成為《清秀佳人》的瑪莉拉。」

「瑪莉拉？」

「是啊～」

我模仿馬修的慵懶語氣如此回答。（註1）

因為我剛睡醒。

註1　馬修與瑪莉拉是《清秀佳人》撫養女主角安妮的老兄妹。

「哎呀～瑪莉拉真的是理想的妹妹，我就是想要那樣的妹妹，真的是傲嬌中的傲嬌。記得臺詞是『我要的是男生！來個女生根本沒辦法當成人手！』這樣？不過到最後卻迷安妮迷得要死。」

「啊，原來她是傲嬌原義的個性啊。」

「不，以傲嬌現在的意義也可以套用。她嬌化之後對安妮講的酸言酸語超萌。」

「哥哥，原來你是用這種態度在閱讀清秀佳人？」

「是啊，我在看清秀佳人的時候，腦袋裡響起的瑪莉拉配音，毋庸置疑就是釘宮理惠小姐。」

「別講出真人姓名啦，也不想想瑪莉拉幾歲？」

月火如此回答。

這個笨蛋一點都不懂。

妹妹五十才開始。

「以這種方式來想，馬修簡直是人生最大的贏家。一直和妹妹兩人相依為命，而且還養了一個沒有血緣關係的辮子姑娘，那個傢伙已經超越真嗣，是陰沉繭居族的希望了。」

「別把馬修講成陰沉繭居族啦……」

「像是他為了安妮去買聖誕禮物的那一段，與其說是看到落淚，應該說我非常能體會他的心情。啊啊，就是會這樣沒錯，就是會忍不住買下無謂的東西。」我感慨回味著這部名作。「所以月火，妳也要效法，這麼一來，我就願意在將來和妳一起住在安妮的綠屋白頭偕老。」

「哥哥，這樣已經等同於求婚了。」

「哼，這不是求婚，是波蘭舞曲。」（註2）

「求婚之舞？啊啊，真是的，今後我要用什麼心態閱讀清秀佳人啊？」

月火不禁抱頭。

我微微聳肩為這個麻煩的妹妹嘆息，然後下床開始脫衣服。

當然不是因為接下來要和妹妹進行傷風敗俗的行為，只是要把睡衣換成居家服。

「唔～所以小憐呢？」

「啊？」

開口詢問才發現，月火妨礙我睡回籠覺之後，似乎滿足於自己完美達成應盡的職責，就這樣懶散躺在我的床上翻滾。

與瑪莉拉差得遠的她，似乎放棄拔出鐵撬了。

今晚我要怎麼睡覺？

房間會像電玩遊戲一樣，出去再回來就恢復原狀嗎？

註2　英文的求婚（Propose）與波蘭舞曲（polonaise）音近。

不過，月火任憑浴衣敞開並且滾來滾去的模樣，簡直就是毛毛蟲。就命名為妹蟲吧。

「哥哥，不准對妹妹取這種淫靡的綽號。」

「不准看我的內心，先回答我的問題。那個總是跟妳異體同心四處鬼混，角色設定身高比我高的華麗運動服丫頭去哪裡了？那個馬尾妹沒跟妳在一起？」

「火憐去慢跑了～」

「慢跑？妳說的慢跑是運動的那種慢跑？真稀奇，那個傢伙很少做這種事吧？」

「因為今天是特別的日子，火憐說這是在慶祝黃金週的開始。」

「這算是什麼慶祝？」

「我覺得她是想像成聖火傳遞路跑吧。」

「這樣啊，今天的那個傢伙也一樣是笨蛋。」

「火憐大概把黃金週和奧運搞混了。」

「這樣啊，能把只有第一個音相同的兩個字搞混，真的是一如往常的笨蛋。」（註3）

真溫馨。

原來如此，所以第二次來叫我起床的時候，才會只有月火一個人來。

在清晨（應該說一小時前），她們是一起前來叫醒貪睡賴床的我，不過在這之後，

註3　日文將奧運稱為五輪（Golin），第一個音與黃金週（Golden week）相同。

雖然我等她們離開之後嘗試睡回籠覺，月火卻看穿我的虛招，獨自為了進行回籠叫（這是什麼詞？）再度前來。

而且手握鐵撬。

真的不能讓這個傢伙單獨行動。

火憐與月火之中，比較凶暴的是以格鬥技維生的火憐，不過比較危險的是不知節制為何物的月火。

「啊～不過話說回來，黃金週從今天開始了，卻連一件好事都沒有。」

「哥哥，你從第一天就忽然這麼消沉耶。」

四月二十九日，星期六。

日本節慶裡的綠之日。

「黃金週開始到現在才九個小時耶？」

「像我這樣的高手，九個小時就足夠掌握個大概了。」

「哥哥很討厭節日或週日之類的日子耶，是超喜歡非假日的非假日人種。」

「非假日人種？」

聽起來真不起眼。

完全感受不到魅力。

但我確實很不起眼。

「其實我並不是討厭，只是不擅長過假日。」

「一樣吧？」

「一樣嗎？」

但我覺得討厭與不擅長是兩回事。

不過要說一樣，其實也一樣。

就像是我說「有在反省，但卻不後悔」這句話之後，被吐槽「反省與後悔還不是一樣」的感覺。總之我不知道該如何反駁。

「不過，黃金週就算是黃金週，跟平常也沒什麼不同吧？太陽一樣會東升，妹妹一樣會來叫我起床，指甲一樣會繼續長，身高一樣不會繼續長。」

「哎，說得也是，只差不用上學而已。」

「人類一樣不會停止戰爭，背叛與欺騙的場面一樣反覆上演。」

「咦？為什麼話題格局變得這麼壯闊？」

「今天世界上肯定也有某處有人死掉吧？我們居然無視於這樣的事實悠閒放假？應該要弔喪吧！」

「哥哥，你在對誰生氣？」

只因為假日（無事可做所以）很閒而不擅長打發時間就激昂不已。妹妹對於我這樣的哥哥退避三舍。

我能體會她的感受。

但我講到興致都來了，所以我決定繼續講。我並不是那種會關懷妹妹的哥哥。

「我每天都處於服喪的心情，從來沒有寫過賀年卡。」

「是因為沒有能寄的朋友吧？」

「不准講得好像妳什麼都知道！妳知道我什麼了！」

「至少我知道每年哥哥收到幾張賀年卡。」

「這樣啊。」

「正確來說，是知道哥哥沒有收到幾張賀年卡。」

「這樣啊……」

我升上高中之後，終於再也沒有收到任何人的賀年卡了。連那種會寄賀年卡給全班同學的傢伙也沒有寄給我。換句話說，我用不著刻意保持服喪心情，我每年都處於服喪狀態。

「原來如此，我之所以討厭假日，原來是因為沒有朋友所以沒得玩，這真是一項新的發現。」

「哥哥，你察覺到用不著察覺的事情了……」

月火以無比憐愛的眼神，悲哀看著自己的親哥哥。順帶一提，月火（與火憐）擁有的人際網路，大到必須以百為單位寄送賀年卡，使得阿良良木家的家計與郵筒受到龐大的壓力。

真是極端的兄妹。

難道就不能好好維持三點平衡嗎？

「總之，即使如此，假日與非假日沒有兩樣，都是一成不變的每一天，這樣的現實從未改變。無論做了什麼樣的夢，都無從撼動現實。即使把我個人的狀況放在一旁不列入考慮，依然一成不變。一如往常的日子，憑什麼叫做黃金週？哪裡金色了？那就到麥田當捕手吧——不對，這是霍爾頓。太陽一樣會東升，妹妹一樣會來叫我起床，指甲一樣會繼續長，身高一樣不會繼續長，人類一樣不會停止戰爭，背叛與欺騙的場面一樣反覆上演，妳的內褲一樣是白色的。」（註4）

「不准講到我的內褲。」

月火的這句吐槽，如果只看字面上的意思，就像是充滿妙齡少女的害羞情緒，不過她是完全不在乎浴衣敞開被我看光光，正值青春期的國二女生。

與其說是小露肌膚，應該說徹底解放。

衣服沒穿好，大膽解放性感。

包括火憐在內，我的妹妹們總是豪邁揮棒粉碎男性對女性的幻想。

「格里高爾·薩姆莎應該過得很快樂吧，他一早起床就變成一隻蟲耶？這種變身也

註4　《麥田捕手》的主角霍爾頓（Holden）與黃金（Golden）音近。

太誇張了，同樣是有妹妹的人，我有夠羨慕他的。妹蟲，妳說對吧？」（註5）

「不准害妹妹今後都有這種淫靡的綽號。」

「唔～……」

總之，雖然這麼說，不過關於這一點，沒當過蟲而是當過吸血鬼的我，如果以自己的經驗來比較，或許我也沒辦法以純粹的心情羨慕薩姆莎先生。

對喔。

春假至今，已經一個月了。

當時發生了好多事情——雖然現在並不是類似完結篇那樣回憶往事的場面，但是不經意回想起來，有時候會感受到一種意外的心情。

春假的那段經驗，對我來說非常鮮明，換句話說就是過於強烈，所以甚至今我覺得，那兩個星期正是我人生的最高潮。

如果我的人生存在著巔峰，就是在那個春假。

所以感到意外。

即使那個春假結束，我的人生依然繼續進行。我對這樣的狀況感到意外。

永遠延伸下去。

從不間斷，持續進行著。

註5　卡夫卡代表著作《變形記》的主角。

有人說人生不是遊戲，因為沒辦法重來。不過真要說的話，人生因為沒有結局，所以才不能叫做遊戲吧？

最近開始出現網路遊戲或是擦肩通訊之類的應用軟體，也就是所謂沒有結局的遊戲，不過該怎麼說呢，總覺得可以認定遊戲反而比較像是人生了。

總之無論如何，只要沒死，人生就不會結束——人生會永遠延續下去。

沒有片尾曲，也不會有工作人員字幕。

即使成為高中生。

即使成績吊車尾。

即使沒有朋友。

即使變成吸血鬼。

即使恢復為人類。

人生依然會繼續下去。

繼續，是一股力量。

繼續，也會令人無力。

「何況就算叫做黃金週，也只是完全中了電影業界的商業手法，世間的人們都不會覺得丟臉嗎？我想要以此建言。」

「想建言啊？」

「想停止。」（註6）

「想阻止？」

「因為一點好處都沒有。說到停止，印刷廠跟經銷商都會公休，所以都得在收假之後趕進度。」

「為什麼哥哥要以出版業界的立場發言？」

「有時候明明要在四月出的書，會因為黃金週延到七月！」

「真是具體的例子。」

順帶一提，不只是出版業界，黃金週依然完全無法休息的職業也不在少數，所以某公共電視臺沒有使用「黃金週」這種冠冕堂皇華麗絢爛的名詞，而是改為「大型連假」這種單純的說法。

不對。

無論如何都無假可休就是了。

「說到商業手法，不只是聖誕節或是情人節是如此，白色情人節根本就莫名其妙，這個節日有耶穌基督或是聖瓦倫丁之類的由來嗎？」

「似乎沒有。」

「所以不應該叫做白色情人節，應該叫做白色騙人節吧！」

註6　日文「建言」與「停止」音同。

「嗯？」

月火露出納悶的表情。

原本以為可以順勢說得通，看來失敗了。

「不過老話重提，黃金週這種說法，怎麼想都覺得太誇張了，用黃金來形容這段連假？連假天數明明會因為週六與週日的日期而變動，為什麼要用世界上最穩定的物質之一來譬喻？」

「唔～我覺得用不著具體批評到這種程度就是了，不過用黃金來形容，確實是有點誇大。」

「好啦，妳現在正在想什麼呢……？」

「不要忽然變成歪曲王啦，如果只是想講帥氣的臺詞就免了。」（註7）

妹妹如此指責。

我深刻反省。

「黃金週……連續放假好幾天，是這麼開心的事情嗎？在以前的時代，連假在一整年裡或許很少見，不過現在已經有快樂星期一這樣的制度了。」（註8）

順帶一提，以出版業界的立場，應該叫做不快樂星期一。這個業界甚至希望週末

註7　上遠野浩平《不吉波普》系列著作裡的角色，前段問句是招牌臺詞之一。

註8　日本將公定假日彈性調整到週一，成為三天連假的制度。

都不要放假。

「即使去除我討厭假日的這個要素，我也覺得黃金週這三個字名不副實。」

「唔～與其說是名不副實，比較像是一種印象戰略吧？是一種讓人聽到就開心的演出。雖然不是標籤效應，不過人們總是想幫事物取一個好名字。哥哥，你知道嗎？格陵蘭雖然是非常寒冷的凍土地帶，不過還是希望有很多人來訪，所以才取名為格陵蘭（Greenland），想讓大家對這裡有種綠意盎然的印象。」

「別小看妳哥哥，這種事情我當然知道。不只如此，格陵蘭的首府原本叫做哥特哈布，意味著『神的希望』。」（註9）

「我知道我知道，現在則是改名努克了。」

兄妹倆正笑咪咪進行著乍看和樂，實際上卻險惡緊張的雜學對決。

「順帶一提，格陵蘭是丹麥的自治屬地。」

然而月火的這句話成為致勝關鍵，這場對決以我的敗北落幕。

真的？

原來是丹麥的自治屬地？

這個傢伙的腦袋果然很好。

既然她拿出雜學以外的普通知識對抗，我就毫無勝算了。

註9　其實並不是「神的希望」（God Hope），是「美好的希望」（Good Hope）。

「唔～因為是綠之日，所以就聊到格陵蘭的話題了。」

「哥哥，你好像有所誤會了，四月二十九日現在叫做『昭和之日』，『綠之日』是五月四日。」

「咦？不是公定假日？」

「嗯。」

「時代真的變了，我完全搞不懂現在是西元幾年，也不知道類比電視訊號到底停播了沒。哎，不過如妳所說，以黃金週的狀況，與其說名不副實，或許應該說名過其實。以國家的名字為例，像是日本這個詞的意思是『近日所出』，明明是極東島國還講得這麼好聽，任何地方都看得到印象戰略的活躍。不過無論是名不副實還是名過其實，肯定是掛羊頭賣狗肉吧？我覺得還是應該跟某公共電視臺一樣，用『大型連假』這種最普通的方式稱呼才對。但如果小月的內褲只在這九天變成耀眼奪目的金黃色，當然就另當別論了。」

「我不穿那種沒品味的內褲。」

「白色？」

「白色。」

月火說完之後主動打開浴衣裙襬，將原本就看得見的部位，更加光明正大展示給我看。

這是變態的行徑。

然而目睹這一幕的我，事到如今看到妹妹的內褲也毫無感覺了。因為她平常洗完澡，就是下半身只穿一條內褲在家裡走動。

以心情來說，與檢視色票沒什麼差別。

不過，身為一個活在現代的哥哥，我覺得看到這一幕不應該只有冷處理，所以反倒是用力鼓掌高聲喝采。

「哇喔～！妹妹的內褲真是太棒了～！」

「耶～！謝謝哥哥～！」

月火也一同響應。

搞不懂這對兄妹是怎麼回事。

我終究開始抱持相當程度的疑問了，不過月火似乎毫不猶豫，繼續高談闊論。

「內褲果然就是要穿白色的，我甚至認為白色以外的內褲不叫做內褲。」

「喔，這股氣勢，來了來了，看來妳接下來要用整整四頁的篇幅暢談內褲了。」

「沒錯，討厭這種話題的人請跳過吧。」

至今的對話就已經沒什麼重點了，總覺得事到如今講這種話也沒意義，但月火還是進行了這個貼心的提醒。

「哥哥，其實不只是內褲，包括胸罩之類的貼身衣物，我覺得基本上都應該是白色的。」

「喔喔，妳真的打算講四頁？」

真拿妳沒辦法，那就奉陪吧。

我下定決心了。

因為是一邊聊天一邊換衣服，所以我至今只穿了下半身，上半身依然赤裸，不過我雙手交握轉動手臂，在活動肩膀伸展肌肉之後，就這麼當場盤腿而坐。

那麼，敞開心胸聊個痛快吧。

「不過小月，抱歉在妳高談闊論的時候提出質疑，但我無法贊成這個意見。」

「唔，什麼嘛，原來哥哥是我的敵人？」

「真要說敵人的話是敵人沒錯，但我的名字叫做素敵！」（註10）

因為對方是妹妹，所以我可以面不改色講出這種沒有很帥氣又不有趣的臺詞。考量到我剛被叫醒，請各位不要太過追究。

或者說就不要看我了。

「換句話說，完全就是敵人吧？」

「別誤會，我並沒有說不能穿白色內衣，反而會熱烈歡迎。阿良良木曆對於內褲來者不拒。不過即使如此，在顏色上應該也要有一些變化吧？因為有顏色，所以就應該

註10　日文的「素敵」為美妙之意。

五顏六色，因為五顏六色，顏色才有存在的價值。不只是白色，如果所有人都穿著相同顏色和款式的內衣，這個世界的暴戾氣息不就太強烈了嗎？」

「就算哥哥這麼問……」

「或許五顏六色正是這個世界的救世主……不，肯定如此！」

「就算哥哥說肯定如此，我也不是在否認其他顏色的存在吧？」

月火如此回答。

看來她也抱持著某種並非臨時想到的堅持。總之，雖然她的品味偏重於和服，不過基本上是很會打扮的衣架子，是女國中生的時尚教主，所以會對內衣有所執著，也不是什麼好奇怪的事情。

「只不過，在無數不同的顏色之中，我覺得白色位居最高階的地位。如果以金字塔分級顏色，白色肯定位於頂端，我甚至想把等級的英文 Ranking 改成 Whiting，把排行前十名講成 Whiting top 10。」

「嗯……以完全純色的意義來說，確實只有黑色能夠與白色匹敵，不過黑色等同於抹滅一切的黑暗，所以不能當成優先考量的顏色，我並不是無法理解這一點。」

就某種角度聽起來，這就像是美術大學學生的認真討論，不過我們純粹只是在聊內衣顏色的話題。

我們是在聊內褲！

「不過小月，對於大眾的一般認知，我覺得是時候說出我的真心話了。」

「什麼真心話？」

「黑色的內衣，其實並不情色吧？」

「沒錯！」

舉手擊掌。

我和妹妹在內衣的嗜好是意氣相投。

「耶～！」

「呀呼～！」

這是耐人尋味的文化對談。

登錄為文化遺產也行。

「剛才有提到名不副實與名過其實的話題，以這種意義來說，顏色給人的印象也各有不同吧？」

「各有不同。」

「別這樣，別學我講話。」這麼說來，月火從剛才就以「各種顏色」的說法，巧妙避免提到顏色的名稱。這個姑息的丫頭。「比方說冷色系與暖色系，把啞鈴塗成白色就會看起來比較輕，諸如此類。」

「哥哥，你錯了，白色是看起來正經、率真又清純的顏色。」

雖然差點離題，但月火把軌道修正回來了。這個傢伙算是挺敏銳的，不過我總覺得原本討論的主題，似乎是沒必要刻意拉回去的話題。

「哥哥，你看。」

月火說完就解開腰帶脫下浴衣了。不只是內褲，連胸罩都裸露在外。將浴衣摺好放在旁邊之後轉過來的月火，不只是胸罩與內褲，連腳上的高筒襪都是白色的，這就是所謂的整體搭配嗎？

接著，阿良良木月火跪在地上擺姿勢。

「怎麼樣？看起來正經率真又清純吧？」

「不，看起來放縱刁鑽又齷齪……」

要是妳貿然擺出這種姿勢，會直接被製作成模型。

會以這個姿勢被做成黏土人。（註11）

身後插著鐵撬的枕頭成為很好的陪襯，看起來像是充滿猥褻氣息的偶像寫真。

「是因為哥哥對我抱持先入為主的觀念與偏見吧？看，只要像這樣用手遮住臉，隱藏個性並且匿名呈現的話……！」

月火將右手的手指併攏，遮住自己上半部的臉蛋。

這是雙眼貼黑條的狀態。

註11　比例約為三頭身的模型系列。

以這種狀態擺姿勢。

「…………」

猥褻程度提升了。

這傢伙果然是個笨蛋。

在學校的成績明明很好。

記得幾乎是所有科目優等。

學校的成績，終究只能代表智力的一部分嗎？不過這種傢伙卻能有這種好成績，應該會害得班上同學用功的動力被連根拔除吧？

「不過，就算是哥哥身上那件像是囚犯服的條紋四角褲，如果像這樣露給別人看，該怎麼說呢，會覺得汙穢的人就應該配上條紋。」

「妳說誰汙穢了？」

話說，雖然很擔心妹妹的腦袋症狀是否惡化，不過仔細想想，我現在也是只穿一條內褲的模樣。

雖然剛才說我穿了下半身，但我可沒說我已經穿了褲子！

請容我斷言，這就是敘述性詭計的最佳範本。

推理作品的活範本。

這就是阿良良木曆。

「哥哥也是，如果要露給別人看，得穿白色的內褲才不會被誤會哦？」

「無論是白色還是條紋，光是露內褲給別人看，我就會被誤會了。」

可以說是悲哀的誤會，或者是正確的理解。

「何況，露內褲給別人看的機會哪可能存在？」

「咦～？沒那回事，看見男生內褲的機會多得出乎意料耶？」

「什麼？」

我瞬間冒出殺氣。

如果國中二年級妹妹的人生有許多這樣的機會，身為高中三年級哥哥的我絕對不能坐視。

「慢著慢著，不是那種傷風敗俗的意思啦，哥哥你在想像什麼？」

月火撫摸我的臉頰出聲安撫。

就像是在安撫馬匹的騎手。

「你想想，雖然跟低腰褲的意義不同，不過男生的褲頭不是都在腰上嗎？這麼一來，像是蹲下來的時候，只要上衣衣角拉起來，就會看到了吧？」

「啊啊……」

「還有，像是體育課的時候，會從運動短褲底下稍微露出來。」

「什麼嘛，原來是這麼回事。」

我鬆了口氣。

太好了，用不著殺人了。

我差點就把月火的男性朋友全宰了。

「從以前就有很多人，把女生的裙子長度當成問題來討論，不過以女生的角度，更希望能夠把焦點集中在男生穿著過於隨便的問題上。男生的運動短褲，我覺得肯定比女生的運動短褲還要色，像是腿毛我根本不敢正眼瞧。」

「這部分該怎麼說，問題應該在於看的人有什麼想法吧？」

不過，無論是會覺得害羞或是會引發情慾的部分，男女其實各有不同。

以這種意義來說，因為沒什麼機會認真討論，所以男生或許比較容易被批判。因為如果有人問我敢不敢只穿這件條紋四角褲繞市區一圈，我並不會說我絕對做不到。

「何況，換個嚴肅一點的話題，男生就算挑起女生的情慾，也不太可能被女生強行要脅就範。女生的害羞就某方面來說，或許是保護自己不可或缺的生存本能。」

「嚴肅的話題就免了，繼續內衣的話題吧。」

「…………」

我莫名有種預感，在不久的將來會認識某個跟妳很像的角色。擅長打籃球的腐女角色。而且現在就像是在進行預演——是我多心了嗎？

希望是我多心了。

「生存本能啊～不過以這種角度來看，比隨處可見的男生強很多的火憐，在這方面果然毫無防備吧？」

「嗯，說得也是。」

「而且火憐會直接在男生面前換運動服。」

「那個傢伙唸幾班？我要去屠殺她班上所有男生。」

「放心放心，只要火憐開始換衣服，男生會主動移開視線逃走。」

月火再度安撫我。

朝著我的臉頰摸啊摸的。

我不經意覺得似乎在冒冷汗。

「是嗎？用不著屠殺？」

「屠殺反而才會把事情鬧大……雖然這樣形容自己的姊姊也不太對，但是火憐沒什麼女人味。」

「說得也是。」

因為是武道家。

即使除去妹妹這個要素，我也不會覺得她是女性，她本人應該也沒有被「要有女性應有的模樣」這種食古不化的價值觀束縛。而且以火炎姊妹的活動內容來看，她甚至有可能想成為男人中的男人。

「就某種意義來說，她毫無防備反而是必然的結果。那個運動服女孩想成為男人中的男人，我根本沒辦法想像她穿短裙或低腰褲的樣子。」

「啊，不過火憐也有可愛的一面喔。她說和男朋友見面的時候，要是衣服浮現內衣的線條會害羞，所以運動服底下都沒穿內衣褲。」

「這什麼變態丫頭啊！」

這個家裡的子女都是變態！

變態的連鎖反應。

「就算是愛穿和服的我，終究也不會在日常生活完全不穿內衣，火憐的想法真的是令我脫帽致敬。」

「用不著對這種脫掉內衣的傢伙脫帽吧？總之，決勝內衣並不存在的話題暫時放在一旁，那個傢伙平常的衣著算是五顏六色吧？簡直是全彩吧？這部分怎麼樣，算是和妳的意見相左吧？」

「算是意見相左，而且火憐甚至有討厭白色的傾向。不過我們的想法基礎相同，火憐說過『白色好像很正經，所以不想穿』這種話。」

「是喔……」

不想正經啊……

哎，這年紀總是想要點叛逆吧。

即使把自己當成正義使者，這方面也是普通國中三年級學生的心態。

不過……

「真是的，妳們果然還是小孩子，居然會被這種常見的價值觀束縛，妳們的想法為什麼沒創意到這種程度？居然認為白色代表正經，就像是認為黑色代表情色一樣，要我斷言這是偏頗的偏見也不為過。」

「怎樣，意思是白色不正經？小心我宰了你！」

「為什麼妳對哥哥這麼沒耐性？不，總之我不是要說這個，一個人就算穿什麼顏色的內衣，這個人是否正經，都只不過是個性……」

說到一半，我不經意想起來了。

不，應該說想到了。

關於這個月總是令我不斷煩惱的某個問題——關於我悶在心裡煩惱至今，百思不得其解的那個難題。

難得有這個機會，在適合提出這個話題的現在，我想找月火商量這個問題——這就是我想到的事情。

「嗯？什麼？哥哥，你說個性的什麼？」

「啊，沒有啦……一個人是否正經，都只不過是這個人本身個性展露出來的一小部分。換句話說，無論是白色還是黑色，只要是穿在正經率真又清純的人身上，看起來都會是正經率真又清純。」

「嗯，就像是現在的我一樣！」

「不對。」

我說過，妳甚至完全相反。

一百八十度相反。

她是完全沒有聽我說話的美妙妹妹。

不過，正因為是這樣的妹妹，在這種場合反而適合成為商量的對象——因為無論聊什麼話題，她肯定到了明天就會忘光。

「好啦，小月，內褲的話題到此為止了。」

「咦？要結束了？」

「頁數早就用光了。」

應該說聊過頭了。

依照月火的貼心提醒而跳過四頁，卻發現居然還在聊內褲話題，肯定害得不少人嚇破膽。

有什麼關係？

無論是誰都喜歡內褲的話題吧？

「不過到頭來，妳這個年紀的女生，不要老是把內褲兩個字掛在嘴上。」

「咦？哥哥，事到如今你居然想更改立場？」

月火露出遭到背叛的表情。

哎，這確實是一種背叛。

所謂的過河拆橋，完全就是形容這種狀況。

不過這種背叛，是用來接續話題的一種手段，所以希望她不予過問。

「小月，與其聊內褲，我們不如來聊戀愛吧。」

「戀愛？」月火蹙眉了，很明顯不願意。「不要～我想繼續聊內褲～！」

她啪咚一聲向後倒下，像是鬧彆扭又像是游泳，在床上揮動手腳。

不是在榻榻米上游泳，而是在床上游泳。（註12）

……如果是我就算了，不過小月是純情少女，要是遭受過度的誤解會很可憐，所以哥哥也來個貼心的補充吧。她一直聊到現在的內褲話題毫無下流心態，純粹是以穿著打扮的角度討論內褲話題。請容我在最後再度強調這一點。

「少囉唆，總之不管了，來聊戀愛吧，然後別胡鬧了，給我穿上衣服。」

「哥哥也一樣。」

「沒錯。」

用不著妳提醒。

註12　「在榻榻米上游泳」是日式慣用語，意指「紙上談兵」。

即使以家裡的習慣來看，這種事算不了什麼，完全處於可以接受的範圍之內，不過半裸哥哥與只穿內衣的妹妹共處一室，並不是什麼有臉面對世人的光景。

何況窗簾就這樣開著。

我與月火各自起身穿衣服——月火重新穿上浴衣，我則是換上居家服。

雖然已經穿上衣服，不再是裸裎相對，不過接下來才真的是敞開心胸的交談。是切腹對話。

我坐在與剛才相同的位置。

大概是察覺氣氛不同了，月火也下床和我相對盤腿而坐。

……雖然完全無關，不過大概是骨架的問題吧，我覺得很少有女生能盤腿坐好。

月火在這方面表現得很漂亮，或許是因為身體很軟吧。由於不像火憐有在鍛鍊身體，所以這個傢伙軟綿綿的程度，令我覺得她身上的肉或許融化了一半。

「妳柔軟得像是馬卡龍一樣。」

「哥哥，真要說的話，應該是用棉花軟糖來形容吧？為什麼會把知名的甜點搞錯成冷門的甜點？」

月火如此回應。

一百分滿分的吐槽。

不過，肌肉柔軟與關節柔軟，完全是兩回事。

男女之間的差異，應該源自於教養問題。

「所以哥哥，要聊什麼樣的戀愛話題？」

「不，正確來說不是聊戀愛的話題，而是聊某種可能是戀愛的東西。」

「唔唔？某種可能是戀愛的東西？這個哥哥在講什麼？不能去死一死嗎？」

「不准找到機會就要我死。總之接下來的這個問題，我只能問妳這個唸國中就有男朋友，而且應該幫很多朋友進行過戀愛諮商，身經百戰的傢伙。」

「不能問火憐嗎？火憐也是唸國中就有男朋友，而且幫很多朋友進行過戀愛諮商耶？她也身經百戰耶？」

「跟那個笨蛋沒什麼好商量的。」

我如此斷言。

連我都覺得自己的語氣毫無迷惘。

「那個在現實層面身經百戰的運動服女孩，就算幫很多人進行過戀愛諮商，到最後也只是扔給妳處理吧？」

「不，沒這回事，如果哥哥以為火憐是個只在火爆場合出面的戰鬥員，那就大錯特錯了，她還是會好好處理戀愛諮商的問題喔，只不過全部失敗就是了。」

「這樣爛透了吧？」

做不到就應該坦承做不到。

因為做不到這一點，我才會說火憐依然是小孩子。

「順便問一下，如果是找妳進行戀愛諮商，成功率大約有多少？」

「當然是百分之百囉！」

月火得意洋洋挺起胸膛，對她來說，這大概是令她自豪的成果吧。雖然被妹妹這樣炫耀很不是滋味，不過這確實是值得自豪的經歷。

居然是百分之百。

慢著，這終究有些誇大其詞吧。

「不，並沒有誇大其詞喔，是真的喔。只要找我諮商，無論是什麼樣的對象，我絕對會把兩人撮合在一起。」

「…………」

這就恐怖了。

如此具有威脅性的成果，反而讓我猶豫是否要找她商量——不對，到頭來，光是想找妹妹商量的這個狀況，我覺得就已經是非常錯誤的決定了。

而且居然還是——戀愛諮商。

不管了。

到頭來，目前還完全不曉得這玩意是否真的是戀愛——所以就當成把溶液滴在石蕊試紙測試，以這種輕鬆的心態和她談談吧。

「其實，我現在很在意班上的一個女生。」

「就像桃太郎那樣？」

「我不是在說『變成木頭』！」（註13）

這是恐怕只有兄妹才能成立，非常高難度卻非常沒內容的對話。

不過月火似乎不是故意裝傻搞笑，有一半是認真的。

「咦？咦？怎麼回事？」

她表現出困惑的模樣。

令妹妹感到困惑，使得我隱約有種優越感，就這麼咧嘴笑著說下去。

「換句話說，升上三年級重新編班之後，我或許對一個同班的女生有好感。」

我進行淺顯易懂的說明。

完全搞不懂自己為什麼要咧嘴笑。

「哎喲我的天！」

月火誇張表現驚訝之意。這種過度誇張的表現方式，就是她深得人心的訣竅，想到這一點就多少有種受教的感覺。

然而現在不是這種狀況。

何況，有必要驚訝成這樣嗎？

註13　日文的「在意」與「變成木頭」同音。

「當然驚訝啊……與其說驚訝，已經像是轟炸了！曾經公然說出『交朋友會降低人類強度』這種丟臉宣言的哥哥，居然有了喜歡的對象……」

月火頻頻顫抖，並且按住嘴角。

她真的在害怕。

「就像是狗開口講話一樣震撼。」

「…………」

慢著，如果是狗只用後腳站立，那還在可以接受的範圍。

不過狗開口講話，已經是生物學上不可能的領域了吧？

這個傢伙，到底以為親哥哥孤僻到何種程度？

不過，大致來說沒錯。

順帶一提，她剛才理所當然用「丟臉」形容我的那句發言，使我莫名受傷了。

「怎麼辦，怎麼辦，得煮赤飯了。我想想，赤飯是把辣椒混進白飯一起煮吧？」（註14）

「妳在家政課是怎麼學的？」

不過就某方面來說，這樣似乎可以做出另一種非常美味的料理。

「而且妳不要急著下結論，我只是有些在意，而且只是『或許』、『有可能』的階

註14　糯米加紅豆煮成的飯，在日本經常用來慶祝某些特殊場合。

段，並不是已經確定了。」

「唔唔？」

「所以我才會心不甘情不願找妳商量。我認識了一名異性之後，要怎麼樣才能確定自己是否喜歡這位異性？」

「……那個，抱歉，哥哥。」

月火忽然停止顫抖，並且向我道歉。雖然不知道她為何向我道歉，總之妹妹道歉令我覺得很痛快。

「剛才說了什麼？可以再說一次嗎？」

「什麼嘛，妳沒聽進去？振作一點啊，火炎姊妹的參謀大人，饒了我吧，冒失也得有個限度才對。聽好囉？這次要好好聽清楚喔？要怎麼樣才能確定自己把一名異性當成異性來喜歡？換句話說，我對她抱持的情感，到哪個基準點為止叫做普通，超過哪個基準點叫做喜歡？」

月火沉默不語，雙手抱胸。

怎麼回事？我自認已經以最容易吸收的方式說明了……如果這樣都不行，我只剩斷奶用的流體食品可以選擇了。

「抱歉，哥哥。」

月火再度道歉。

即使不知道原因，而且無論是第幾次，妹妹道歉都令我覺得很痛快。

這種爽快的感覺，甚至足以讓我完全不在意這種雞同鴨講的狀況——不過對於道歉的月火來說，似乎完全不是這麼一回事（總之無論是月火還是火憐，要是她們說出『向哥哥道歉很痛快』這種奇妙的感想，我會立刻帶她們去醫院）。

「雖然我幫別人進行過近乎無限次的戀愛諮商，不過很遺憾，我至今沒進行過這種等級的諮商。」

她公布謝罪原因了。

咦？

是嗎？

這樣的話，我不就白諮商了？

得索賠才行。

「什麼嘛，小月，剛才神氣成那樣，妳的實力卻只有這種程度？」

我起身使用肢體語言（請想像成美國家庭影集的動作）俯視月火。俯視妹妹令我非常痛快，僅次於妹妹向我道歉。

甚至可以原諒她違背我的期待。

「好吧，我不計較了。或許我也有錯，不應該找國中生商量等級有點高的這種話題。」

「不，我是沒有進行過等級低到這樣的諮商。」

阿良良木月火以死魚般的眼神——更正，以像是看到死魚的眼神看著我。

明明活著，光是承受這種視線卻會想尋短。就是這樣的視線。

與其說視線，更像是光線。

「嗯，雖然吐槽基本上是哥哥的工作，不是我該做的工作，不過只有這次請容我這麼說。『不知道這種心情是不是戀愛』是吧？」

月火也學我起身。

「你這傢伙是純情少女嗎！」

就像是昔日美好時代的相聲演員，反手往我的胸口就是一拳。

被妹妹吐槽、被妹妹用「你這傢伙」稱呼、被妹妹反手打胸口，這麼做其實都挺痛快的，不過會讓我誤以為自己的癖好變態到過剩的程度，所以內心浮現的這種亢奮情緒，今後就儘可能無視吧。

阿良良木曆是為了取悅各位，才刻意表現出變態的行徑。我得注意別忘記這個基本設定。

「純情少女……國中女生應該更像純情少女吧？」

「國中女生之中沒有純情少女！」

她斷言了。

或許這是她將各種諮商當成屍體跨越至今的純粹感想，但要是我深入探討，可能會陷入不再信任女性的狀況，所以我抱持自知之明不予過問。

「正坐！」

月火如此怒吼。

而且是對我。

雖然很想反駁她在囂張什麼，但身體受到這股魄力而擅自正坐了。奴性好重。

不過，這傢伙怎麼回事？

她在生什麼氣？

何事令她激昂？何事令她暴怒？

月火來到正坐的我面前，但她沒有坐下，而是雙手抱胸抬起下巴俯視我。

「哥哥，首先我要確認一件事，你這話是認真的？」

「完全是認真的，我打從出生至今沒有這麼認真過。」

「給我注意你的語氣。」

被如此命令了。

而且是妹妹。

「給我用敬語，而且不准裝傻。」

「呃，是，遵命。」

我乖乖聽話。

被迫在妹妹面前正坐，被妹妹以俯視的角度從上方命令，以及被妹妹強迫用敬語，就某方面來說其實挺以下略。

無視無視。

「這個哥哥小子，麻煩從頭說明這是怎麼回事吧。」

居然用「哥哥小子」這種稱呼。

這四個字令人感受到新的可能性。

妳就在妹妹公主登場，成為第十三個妹妹吧。（註15）

「我想想，那個，沒有辦法講得很具體就是了……」

要是連細節都講出來，就會侵害到（我的）隱私權。

我不想被妹妹掌握私人情報。

「……總之發生了很多事，先把這名對象暫時稱為H同學吧。」

「H同學，聽起來挺具體的。」

月火如此回應。

這單純只是英文姓氏的縮寫，所以當然具體。

「這個月初編進同一班之後，我好像只要回過神來，就發現自己一直在想H同學

註15　作品「妹妹公主」的十二名妹妹，各自以不同的方式稱呼哥哥。

的事情。不只是腦袋在想，像是上課的時候，只要不經意從黑板移開視線，就會看向H同學的座位。不只是在學校，上學放學的時候，不知不覺就會試著尋找H同學的身影，就算是去書店買東西，也會覺得既然城鎮這麼小，說不定會跟H同學巧遇。然後，在書店買書回來看的時候，會覺得『啊，H同學應該會喜歡這篇文章』，甚至是想買A書的時候，也會冒出『啊啊，買這種書會被H同學討厭』的想法，把原本要買的書悄悄放回架上。」

「哥哥，不要露骨講得這麼過頭，我不想掌握哥哥的私人情報。應該說，我並不想聽哥哥猶豫要不要買A書的事情。」

月火如此回答。

糟糕，因為使用「H同學」當假名，所以話題就扯到這個方向了。（註16）

順帶一提，H是「變態」日文發音HENTAI的縮寫。

「話說哥哥。」

「什麼事？」

「這就是戀愛吧？」

斷言了。斷定了。

月火的表情並非認真，是無言以對，這樣反而令我感受到強烈的說服力，但是不

註16　日文的H有性方面的暗示，例如「H本」等同於中文的「A書」。

知為何，看到她用這種方式斷定，莫名令我想要反駁一下。

我的個性有點調皮。

「這就不一定囉？如果是這種程度，我對討厭的傢伙也曾經有相同的感覺，何況這種模糊不清的情感，或許扔著不管就會習慣吧？」

「唔～是沒錯啦，但又不是這樣……我該怎麼講啊？」月火就這麼雙手抱胸，歪過腦袋深思。「雖然有很多話想講，卻不知道該怎麼講。」

「怎麼回事，這種事對妳來說，應該連想都不用想吧？」

換句話說，這就像是蜈蚣被問到要怎麼走路的狀況吧。如同日文漢字把蜈蚣寫成「百足」，擁有一百隻腳的生物，被問到是以什麼樣的順序動腳的時候，實在沒辦法好好回答。

不只如此，明明至今都能正常走路，卻在被問到這個問題之後，忽然搞不懂自己至今是怎麼走路的，然後就不會走路了。

既然這樣，那就麻煩了。

因為我貿然提出這種問題，或許會害得月火今後無法對戀愛感興趣，或許會變得和我擁有相同的煩惱。

…………

不過就某方面來說，這似乎也是不錯的結果。

「不，我不是說了嗎，哥哥，這不是那麼高等級的話題，是低等級的話題。」月火如此說著。「還有，蜈蚣的腳沒有到一百隻。」

「什，什麼～？妳說什麼～？蜈蚣的腳不到一百隻～？」

用不著她說，我當然知道這種事，但我試著展現大吃一驚的有趣感覺，這是在聊雜學的時候不可能會出現的誇張反應。然而月火冰冷宛如暴風雪的視線，使得我重新正襟危坐。

這位弗利札大王是怎樣？（註17）

「這麼說來，如果弗利札跟達爾合體，不就變成菁英戰士弗利爾大人了？」

「弗利札跟達爾的體型完全不一樣，所以沒辦法合體。」

我毫不氣餒勇猛進攻，妹妹的反應卻意外冷靜，而且她把《七龍珠》看得很熟。

「並不是蜈蚣那種程度，單純就是教幼稚園小朋友乘法的感覺。」

「乘法？胡扯，妳的意思是這件事簡單成這樣？」

「嗯。現在的月火小姐我，就像是看到哥哥不會乘法而不知如何是好的妹妹。請試著思考一下這幅光景。」

「…………」

真是壯烈的光景。

註17　英文的暴風雪（blizzard）與《七龍珠》角色弗利札（freeza）音近。

對妹妹來說，根本是最差勁的狀況吧？

真可憐。

「啊，不過我並不是沒辦法理解。妳想想，那個……發明燈泡的人叫什麼名字？不是湯瑪斯小火車，是……」

「湯瑪斯・愛迪生。」

「啊，沒錯沒錯。」

「哥哥，為什麼你會先想到湯瑪斯，而不是愛迪生？」

「抱歉抱歉，因為我跟那個人交情還不錯，不小心就用名字叫他了。」

「明明還跟小火車搞混……」

「湯瑪斯這個人啊……」

我繼續闖關。

我在搞笑這方面很頑固。

「他唸小學的時候，總是不斷問老師『一加一為什麼等於二』這種追根究柢的問題，別說乘法了，他問的是加法。沒辦法依照老師教的方法理解老師教的內容，所以打破砂鍋問到底，一直問到自己能夠接受為止。」

「不不不，如果用這種說法，聽起來就像是哥哥和愛迪生之間有共通之處，不過並沒有。」

月火搖了搖頭。搖得很用力。

「會問老師『一加一為什麼等於二』這種機伶問題的孩子，在全世界的每個時代應該比比皆是，不過湯瑪斯・愛迪生這位發明王僅此一人。」

「咦～？」

居然講出這種毫無夢想與希望的結論。

真掃興。

拜託不要奪走這些機伶小孩們的未來，他們將來可能會成為愛迪生。

「不過，愛迪生在孩童時期，肯定喊過『我要成為發明王！』鬧著玩吧？」

「如果愛迪生的時代就有這種臺詞，那他肯定發明時光機了。結果越是簡單的事情越難說明呢。」月火回到原本的話題了。「哥哥應該算是很認真找我商量，所以我沒辦法過度數落或是消遣哥哥，但如果以我個人的看法，在不知道算不算喜歡的這個時間點，應該就等於已經喜歡上了。」

「是嗎？」

「如果討厭對方，根本就不會深入思考這種問題吧？」

「不，我並沒有深入思考。」

只是心情遲遲無法舒坦。

有種悶在心裡的感覺。

像是一陣霧或一片霞，總是揮之不去——只是如此而已。

心情飄飄然。

我至今一直未曾正視自己的心，所以可以說完全無法掌握自己的情緒。

然而，這樣的自己錯了——如今我如此心想。

如今我就能如此心想。

所以此時此刻。我想要好好正視。

好好正視自己的心、自己的情感，正視這樣的東西。

「該怎麼說呢，何況我至今從來沒有喜歡過別人……」

「沒有嗎？」

「可以說完全沒有。」雖然維持正坐，但我就像是月火剛才那樣，得意洋洋挺起胸膛。「我至今沒有愛過任何人。」

…………

…………

怎麼回事？

說出這句話之後，我心情空虛到恐怖的境界。

就像是挺起來的胸膛被挖出一個好大的洞。不，或許原本就已經有一個洞了，而且是通往地獄的洞。

咦~？

我的角色設定是這樣嗎？

這樣不太妙吧？

原本得意洋洋的上半身逐漸縮起來，並且變成駝背。總之無論是挺胸還是駝背，都不是背脊在正坐的時候應有的模樣。

「校外教學的晚上，打完枕頭戰進入就寢時間之後舉辦的戀愛真心話大會，如果有人說出『不，我現在沒有喜歡的女生』這種話，這個人就是我。」

「我覺得哥哥沒朋友的原因，好像就在這裡。」

不准多管閒事。

現在不是在討論友情，是在討論愛情。

因為談不了戀愛，所以也交不了朋友？這是什麼新世代潮流？

「總之，就讓我解釋一下吧。」

「我不想聽藉口。」

「給我聽！」

「不要！」

「這是哥哥的命令！」

「唔……是哥哥的命令就沒辦法了。」

妹妹接受了。

看來她願意聽我解釋了。

「換句話說，剛才提到的校外教學當晚，就是很好的例子，名為學校的這個空間，莫名有種『非得要喜歡某人才行』的詭異壓力，妳不這麼認為嗎？」

「唔……」

月火略有反應。看來似乎是因為我講的內容出乎意料正經，所以感到意外。

「我把這種壓力稱為戀愛壓力。或許來找妳進行戀愛諮商的女生朋友也是這樣，該怎麼說，這種強迫要跟某人湊成一對的暴力氣氛，基本上我非常討厭。」

「雖然我也覺得有點鬧過頭了，不過學校這樣的集團，之所以會秉持戀愛至上的主義，或許正如哥哥的說法。把許多男生與女生塞在相同的空間，我覺得自然而然就會變成這樣。不過……」

月火暫時表達接納之意。

應該說，裝出一副接納的樣子。

「就算這是大家熱中談戀愛的理由，也不成為哥哥愛不了別人的理由吧？」她這麼說。「所以哥哥只是對這種空氣感到不自在，不成為哥哥愛不了別人的理由吧？」

「您說的是。」

「這是藉口吧？」

「是藉口。」

「道歉。」

「對不起。」

我道歉了。

被逼著謝罪了。

打從出生至今未曾對人低頭的我，低頭道歉了！

「不准說謊。」

「啊，是，對不起。至今總是一直為月火小姐添麻煩了。」

「回歸正題吧。」

「請自便請自便。」

回歸正題了。

回到「阿良良木曆至今未曾喜歡過別人」這附近。

但我總覺得，我和月火交談的時候，回歸正題的舉動出現得非常頻繁。

「也對，聽哥哥這麼說就發現，哥哥從以前就從來不曾帶女生到家裡——不過也不曾帶男生到家裡。」

「是啊。哎，所以我才會不懂怎樣算是喜歡別人，這簡直是不同世界的語言。」

「不過只要看漫畫或動畫或連續劇，應該大致就能理解這種事吧？」

「並不是不行，但是這種玩意太夢幻了，就像是要我相信龍存在於現實世界。當妳看完演員華麗演出的戀愛影集，妳會有『喔喔，這樣行得通，我也如法炮製吧』的想法嗎？」

「唔唔～話是這麼說沒錯啦，不過把自己和愛迪生相提並論的哥哥，講出這種意見實在是……」

月火發出沉吟。光是以龍舉例似乎欠缺說服力，所以我再度舉例乘勝追擊。

「難道妳看過哈利波特之後，就覺得自己也能使用美拉佐瑪？」（註18）

「從這句話來判斷，哥哥沒看過哈利波特。」

乘勝追擊失敗了。

真遺憾，火屬性魔法對火炎姊妹無效。

哎，像是這種系列作品，要是錯過時機就很難有動力去玩了。

「或者說，有可能是反過來的狀況。」

「啊？」

「也就是說，例如漫畫、動畫或是連續劇，讓我們看到各式各樣華麗或浪漫的戀愛過程，所以我們或許自然而然被輸入某種觀念，認為一定要達到這種等級才叫做戀愛。因為過於追求花俏或表面工夫，所以我才會錯失隱藏在日常生活裡的小小戀愛。

註18　遊戲「勇者鬥惡龍」的強力火球咒文。

真要說的話，我是情報過剩之現代社會的犧牲者。」

「我並不是無法理解哥哥的這番話，以及哥哥想要表達的意思，不過這種說法聽起來像是推托責任，令我有點火大。什麼犧牲者嘛，偽君子。」

月火說著抬起一隻腳，放在正坐的我肩膀上。她其實應該是想把腳放我頭上，但是腳沒辦法抬那麼高。

月火朝我的肩膀踩啊踩的。

平常的話我早就一拳打下去了，不過畢竟是這種狀況，所以我決定大而化之不以為意。但我覺得自己大而化之的態度似乎用錯地方了。

「哥哥，不可以認命放棄。因為大家都是在情報過剩的狀況正常談戀愛的。」

「唔～用這種中肯的論點當武器？」

「換句話說，本次的議題就用『哥哥缺乏愛』為總結了，可以嗎？」

「不不不，這妳就錯了，我內心充滿愛，甚至可以說是愛的傳道師。我的別名是直江兼續，從這一點就能明白吧？」（註19）

「哥哥什麼時候叫做直江兼續了？」

沒有。

一次都沒有。

註19　戰國時代的名將，頭盔上有一個「愛」字。

「但你是缺乏愛的哥哥。」

月火這麼說。

順帶一提，她的腳依然放在我的肩上。襪子就位於我的臉旁邊，這種狀況該怎麼說，令我內心有點複雜，會想要用臉頰磨蹭。

「缺乏愛的哥哥，其實……」

「喂，妹妹，不准把我講得像是六線魚一樣。」（註20）

「缺乏愛的哥哥，其實……」

月火以弦外之音就駁回我的抗議，以試探的語氣繼續說下去。

在同一個屋簷下共處十幾年了，我依然不懂這傢伙判斷是否要吐槽的標準。

「並不是討厭女生吧？」

「嗯？什麼意思？」

「應該沒有耍帥假裝自己討厭女生吧？就是這個意思。」

「啊啊，沒這回事。雖然我好幾次假裝自己是討厭人類的厭世隱士，不過即使是這種狀況，我也宣稱只有女生是例外。」

「那不就有一半的人類都是例外了？」

「真的耶。」

註20　日文「缺乏愛」與「六線魚」音近。

話說在前面，這部分是開玩笑的。我沒有宣稱過這種事，而且根本未曾假裝自己是討厭人類的厭世隱士。

與妹妹交談的內容總是欠缺正經與真實的要素，這樣不太好。總是沒辦法維持嚴肅的氣氛。

不過……哎，就算這麼說，我也沒有假裝自己是什麼硬派的大老粗。

並沒有討厭女生，而且自認可以和女生和平相處。

我自己是這麼認為的（也沒有足以斷言的自信）。

「嗯，說得也是。因為哥哥明明自己不帶人來家裡玩，卻從以前就經常和我或火憐帶回家裡的朋友一起玩。」

「是嗎？」

「嗯。哥哥在我的朋友之間很受歡迎喔。」

「什麼？你說我是天美？」（註21）

那我不就能去拍洗髮精廣告了？

我要變成暴發戶了。

「那就是哥哥第一次，也是最後一次受歡迎的時期。」

「曾經有過這種時期嗎……哎，算了。」

註21　洗髮精品牌，原文為Timotei，與「受歡迎」（moteru）音近。

聽她這麼說就想到，以前月火像是諸侯出巡一樣，帶著整群朋友來家裡的時候，我曾經陪她們玩人生遊戲之類的遊戲，我並不是沒有這方面的記憶。要是來家裡的朋友人數加上月火是奇數，我就會被拉去湊數。

不過，這也已經是往事了。

毫無懷念的感覺。

「總之，我並沒有討厭女生，沒有特別喜歡或討厭任何事物，這就是我至今的人生。」

我就是這樣的人。

我的個性冰冷又平淡，真要說的話就像是鳥取砂丘。這樣的我如今內心有所動搖，仔細想想其實是天大的事件，有可能會導致天翻地覆。

「所以才找我進行戀愛諮商？」

「嗯，沒錯。不過雖然講了這麼多，我並不是想求得明確的答案。為了當作參考，我想問妳自己的經歷。妳的男朋友，我想想……叫做蠟燭澤是吧？」

「嗯，哥哥居然記得。」

「不過只記得名字。」

我又沒見過他。

與其說我只記得名字，不如說除了名字完全不知道。

「妳是在什麼時候什麼階段，判斷自己『喜歡』他？其實我是想問妳這件事。」

「這個嘛，唔……」

月火支支吾吾，噘嘴沉默片刻。

與其說是結巴，或許只是害羞吧。

這傢伙真可愛。

親下去算了。

「……沒有特別的原因。」

「沒有？」

「對。不清不楚，大致就這樣認為了。」

「這樣就行了？」

「這樣就行了，本來就是這麼回事。」

最後這句話的語氣，甚至有種不負責任的感覺。或許這又是一種掩飾內心難為情的表現，不過從另一方面看起來，也像是完全放棄懶得說明。

放棄了？

放棄哥哥了？

真是如此的話，那就是悲哀的事實了。

我不肯善罷甘休，試圖抵抗。

「那麼，先不討論是在哪個階段，先告訴我是基於什麼原因吧。妳為什麼會喜歡上蠟燭澤這個人？」

「也沒有特別的原因。」

這次是立刻回答。

但依然是不負責任，宛如覺得厭煩的語氣。

或許她不太願意講自己的私事——我並不是無法理解這種心情，不過都已經聊得這麼深入（？），如今她擺出這種態度堪稱任性。

「可是真的沒有特別的原因啊，沒什麼原因然後沒什麼原因就沒什麼原因了。」

月火像是鬧彆扭般這麼說。

沒什麼原因然後沒什麼原因就沒什麼原因了。

「覺得『喜歡他嗎～』，感覺『喜歡他耶～』，然後就知道『喜歡他了～』。就是這樣的感覺。」

「玩發音也要有個限度吧？」

活用語氣的手法真是高明。

即使她說「就是這樣的感覺」，我也完全沒辦法感覺。

「至於喜歡的原因，真要說的話可以講很多出來哦？比方說很帥、很溫柔、個子高、很有錢，理由要編多少就有多少。」

「……………」

喜歡的類型包含「有錢」這個要素，可說是淺顯易懂解釋了月火的個性。重點不在這裡。

「不過，這些都是假的。」這句話才是重點。「用來以理性了解自己想法的假面具，應該可以這麼形容吧？與其說是找理由，更像是牽強附會。先做出『喜歡對方』的結論，再努力架梯子通往這個結論。」

「梯子……」

「應該不是梯子，是火箭吧？嗯，就像是製作火箭的感覺。」

月火握拳輕敲手心——看來就她的觀點，這是能夠讓她接受，而且講得很漂亮的譬喻。居然就這樣自問自答，狡猾的傢伙。

「我覺得，只要想和對方一直在一起，這樣就已經是戀愛了……哥哥，你聽過這句話嗎？」

「哪句話？」

「如果深愛蟾蜍，會把蟾蜍看成月亮。」

「……我沒聽過這種話。」

但我立刻就能明白話中含意。

如果要解釋愛情，這或許是最淺顯易懂的一句諺語。

一旦喜歡上了，理由就變得無所謂——我同樣能夠理解月火這個說法。

為了追求月亮而製作火箭。

「為什麼喜歡」或是「喜歡什麼地方」這種問題，或許完全抓不到重點。同樣的，從什麼階段開始「喜歡上」，這種問題應該也有點脫線。

並不是這麼嚴謹的東西。

反而很模糊。

「……原來如此，就是因為我胡思亂想這種邏輯問題，才不曾喜歡上別人。」

「哎，剛才說哥哥缺乏愛，應該說得有點過分。因為『愛人』與『愛一個人』，有著完全相反的性質。」

「有嗎？」

「嗯。所謂的博愛，到最後就等於是『喜歡所有人』的意思。公平與平等雖然是一種愛，卻不是戀愛。如果選擇某人成為無可取代的唯一，真要說的話是差別待遇。博愛主義與歧視主義不可能並存吧？哥哥或許是博愛主義。」

月火如此說著。

唔。

這……總覺得，沒有被稱讚的感覺。

雖然被她講得挺好聽的，實際又如何？我莫名回想起春假的事情。

回想起春假。

我的博愛主義招致的結果。

即使抗拒，也像是挖苦般回想起來了。

「深愛全體人類的人，應該就是聖人了。不過哥哥沒辦法想像聖人談戀愛而臉紅心跳的樣子吧？」

「沒辦法。」

感覺這樣就是深陷俗世無法自拔了。

嗯……

總之，雖然形容成歧視主義有點誇張，不過所謂的戀愛，終究是一種俗氣的東西，而且是非得如此的東西。

與博愛不同。

完全不同。

「如果有人能夠和全體人類談戀愛，就某方面來說應該就是最強了。」

「愛上名為人類的存在本身嗎……這應該很難做到吧，與其說很難，這根本是亂來吧？」

「而且從字面上看起來，反而像是花花公子。」

「嗯……」

不過，討論這麼極端的話題也於事無補。

暫時把概念與定義放在一旁吧。

要是話題格局過大，會無法完全回收。

現在是在討論我班上的H同學。

「總之，或許如妳所說，我是出生至今未曾愛上任何人的孤單傢伙，不過這樣的我，這樣的阿良良木曆，在年滿十八歲的現在，說不定終於落入情網了。」

「不！不要講什麼說不定，已經可以直接肯定了！」

月火將上半身往前彎，像是要為我注入力量，啪一聲把雙手用力放在我的肩膀。

並且以非常有力的笑容斷言。

「說定了！」

「說定了啊……」

「哥哥落入情網了！就此定案！」

「定案了嗎！」

「沒錯！預定並非未定！」月火忽然把臉湊過來，讓彼此的額頭相觸。近到嚇人的距離，甚至足以感受得到對方的呼吸。「哥哥喜歡H同學！我這麼決定了！」

「既然妳這麼決定，那就沒辦法了……！」

受到這股無比的魄力震懾，我除了點頭別無他法。

不，與其說別無他法……

「…………」

說得也是，嗯。

正如月火所說。

不對，究竟是不是如她所說，我果然還是一頭霧水，完全不知所以然——不過試著當成如她所說吧。

「或許喜歡」等於「喜歡」，這樣就行了。

有種「喜歡她嗎～」的想法。

有種「喜歡她耶～」的感覺。

體認到自己「喜歡她」。

想要和對方一直在一起。

就是這樣的感覺吧。

「也對。好，小月，我想通了。能夠讓我這個號稱想不通的孩子想通，妳實在了不起。看來我直到剛才都太小看妳了。」

「不不不，人家沒有做什麼了不起的事情啦～！」

月火害羞了。

笑咪咪將雙手舉到眼前，手心朝著我晃啊晃的。

看到如此可愛的反應，會令人想要讓她更加害羞，這就是人性。

與其說人性，或許應該說兄性。

害羞的妹妹真可愛！

好萌好萌！

「月火，妳是最棒的妹妹！」

「討厭～沒那回事啦～！」

「我從以前就覺得妳總有一天會發光發熱，卻沒想到就是這一天。妳不用等到五十歲，就已經達到瑪莉拉的境界了。真是的，妳進化的速度真令我驚訝，妳的存在感過於強烈，今後就算有人提到小憐，我大概也不知道小憐是誰了。」

「啊哈哈哈～！」

「不愧是我的妹妹。」

「咦？變成自誇了？」

月火恢復正常了。

被發現了？這個敏銳的傢伙。

原本想趁機把月火調教成「被哥哥誇獎就會開心的妹妹」，不過沒能如意。

此外，我剛才試著以貶低火憐的方式奉承月火，但她完全無視於這件事，或許必須列入問題清單。

總之先不開玩笑。

「容我道個謝吧。小月，謝謝妳。」

「用不著道謝。畢竟這是我第一次接受這麼初步的諮商。」月火一副鬆了口氣的樣子。「總之，雖然剛才講了這麼多，不過哥哥，一個人喜歡上別人，就像是狗會吠叫一樣理所當然，所以不是需要深思煩惱的事情。」

「原來如此，理所當然嗎？」

「嗯，這樣很正常。」

「在意班上的某個女生很正常。」

「正常！」

「上課的時候，比起黑板更想看那個女生也很正常。」

「正常！」

「會在上學放學途中尋找她的身影也很正常，會覺得有機會巧遇她也很正常，買書的時候會胡思亂想也很正常！」

「正常！」

「想揉她的胸部也很正常！」

「錯了。」

對話中止了。

「唔？」

「唔？」

彼此四目相對，就像是在試探對方的底細。

雙方都不知道對話為何中止。

「啊？咦？小月，妳到底在說什麼？」

「咦咦咦？是，是我的錯？」

「妳是不是應該也要正坐比較好？」

「啊，好的，我明白了。」

月火就這樣抱持困惑的情緒正坐。

正坐的哥哥與正坐的妹妹面對面。

怎麼回事？這裡是茶室嗎？

雖然是很容易忘記的設定，不過小月有參加茶道社。

「哎，總之呢，這位H同學的胸部非常迷人，所以不就會讓人想捏想揉嗎？我們正在討論這個話題。」

「……咦？是我腦袋不好嗎，哥哥講的這番話，我不知為何明明聽得懂卻聽不懂。

聽完這番話之後，我心中浮現的感想只有『我沒聽過』跟『我沒問過』這兩種。」

「啊？實在拿妳這傢伙沒辦法，真是的，有妳這個不成材的妹妹，做哥哥的我好辛苦。」

我對她的評價再度反轉。

這種翻臉如翻書的行徑，我自己都覺得直截了當美妙無比。

「總之，知道這件事的人不多，我想班上應該只有我知道，其實這個女生胸部很大，真的是非揉不可！」

「慢著，哥哥，不好意思，可以不要用捏或是揉這種露骨的字眼嗎？」

「嗯？好吧。」心胸寬大的我，願意接受妹妹的請求。「既然這樣，真的是非得摸摸才行吧！」

「不露骨了，還變得可愛了，可是該怎麼說……」

月火任憑憂鬱的情緒上身。

感覺她看我的眼神已經不是在看哥哥，而是在看一個變態，這究竟是不是錯覺？哎，應該是錯覺吧。

畢竟現在正在流行錯覺藝術。

「所以，換句話說，我只要回過神來，滿腦子都想摸摸H同學的胸部，這可以叫做戀愛吧？」

「錯了。」

月火斷然否定。

語氣直截了當，堅定得幾乎令我放棄主張自己的正確性。

唔。

這個頑固的傢伙。

但我緊握拳頭，勇敢向這樣的月火挑戰。

「不過妳想想，如果不喜歡對方，就不會想摸摸對方的胸部吧？所以我認為這種情感肯定是戀愛。」

「如果哥哥認真思考這種事，那我也非得感受到一些責任了，因為是我讓哥哥抱持這種信心……」

月火的表情耐人尋味，就像是不小心喚醒封印已久破壞神的考古學家。

只希望她不要因為感到責任，決心親手做個了斷就好。

「像是妳最喜歡的蠟燭澤，也一直想摸妳的胸部。」

「雖然他應該這麼想，不過這只是集合論觀點的一種真理，蠟燭澤想摸的是包含我在內，全世界女生的胸部！」

「…………」

我真不想跟這種傢伙見面。

而且，敢大聲說出這種話的妳，也令我不以為然。

「所以哥哥，男生想摸女生胸部是一種自然的情感，所以不用在意。」

「…………」

總覺得開始進行另一種方面的諮商了。

從戀愛諮商進入性教育時間。

「雖然我剛才說哥哥錯了，不過就另一種意義來說，這樣很正常。」

「是嗎？」

「這是理所當然的。」

「理所當然……」

「這不是戀愛，是性慾。」

「慾！」

慾啊……

那就不好了。（註22）

「不對，應該有慾。」

「不要講得像是傳統單口相聲一樣，居然用這種雙關語收尾。」

「我覺得這樣收尾很漂亮啊，甚至可以就這樣進入下一章。怎麼了？還要繼續講下去？」

「嗯，還沒完。」月火如此說著。「就另一種意義來說已經完了。哥哥完了。」

註22　日文「不好」與「沒有慾」音同。

「說這什麼話，我的人生現在正要精彩。」

「哥哥的人品已經到此為止了。啊～雖然我這次接受哥哥諮商，有一半是抱持胡鬧的心情，不過另一半的心情還算正經，沒想到親哥哥居然是找我商量這種充滿性慾的事情。」

「我這麼正經找妳商量事情，妳用性慾形容太失禮了。」

而且居然有一半是抱持胡鬧的心情。

真想叫妳別鬧了。

「因為本來就是這樣沒錯吧？在意班上某個女生的胸部，上課的時候比起黑板更想看那個女生的胸部，會在上學放學途中尋找那個女生的胸部，去書店也滿腦子在想那個女生的胸部，這不是性慾是什麼？」

「等一下，妳偷偷把很多單字掉包了。」

居然進行如此大膽的改版。

這種更新也太誇張了。

「聽妳這麼說，我也覺得這不是戀愛而是性慾，會覺得這傢伙不是哥哥而是變態，不過小月，妳不可以小看妳自己鑽牛角尖的程度，現在的妳肯定有所誤會。」

「是嗎？」

「對，別誤會了。我就退讓一百步，把這份想要摸摸H同學胸部的純粹情感解釋為性慾，解釋為純真的性慾吧。我承認這次的事件大部分包含著這樣的要素，既然妳都說到這種程度，我就欣然接受，就給妳這個妹妹一個面子吧。不過小月，回答我一個問題。」

我說到這裡暫時停頓。

然後加重力道，說出預先準備好的臺詞。

「沒有性慾，何來戀愛？」

「閉嘴。啊，對不起，我居然在吐槽的時候選錯臺詞了。去死吧。不准把這種蠢到不行的感想，講得像是至理名言一樣！」

月火說完之後大聲咂嘴。

沒品的傢伙。

茶道社社員的這個設定跑哪裡去了？

「我不會死。很抱歉，妳哥哥是不死之身。」

「既然哥哥是不死之身，那我也是不死之身！真是的，真是的真是的！」

月火如此說著，並且維持正坐的姿勢，俐落讓膝蓋相互摩擦，藉以拉近她和我的距離。

形容為「進逼過來」比較貼切。

「妳在做什麼？」

「我想測試看看。」

「測試？妳這丫頭想測試我這個哥哥？」

「嗯，我想測試只有這種程度的哥哥。」月火在彼此膝蓋幾乎相觸的距離停止動作，然後打直背脊朝我挺出胸部。「來，摸摸看吧？」

我摸了。

不發一語，面無表情。

當機立斷，立刻摸下去。

「呀啊～！」

大概是被我匹敵光速的速度嚇到，月火尖叫著後仰躺下，但要是她就這樣順勢用力往後倒，腦袋會撞到後面的床角，所以我雙手使力，好不容易拉住月火的上半身。

不對。

換句話說，就是我雙手一把抓住月火的胸部，用力到手指都陷進去了。

不是摸摸，是抓抓。

「很痛啦～！」

這就是所謂的忘恩負義。

我在千鈞一髮之際，拯救月火逃離後腦杓重擊床角的危機，換句話說我是她的救命恩人，但是月火讓上半身宛如鐘擺猛然往我這邊彈過來，就這麼給我一記頭鎚。

額頭與額頭激烈衝突。

我眼冒金星。

即使如此，我的手依然沒有放開月火的胸部。

我把她的胸部當成安全繩，防止自己被震到後方。

「就說很痛了啦！放手放手！不放手嗎！」

「不放手嗎？啊啊，妳是說那位把死掉愛犬的骨灰灑在櫻花樹上開花的爺爺？」（註23）

「既然有餘力玩這種像是講藉口的文字遊戲，那就快點放手啦！」

「意思是要我放開人類應有的常識？」

「你這傢伙早就已經遠離常識了吧！我是說物理上的放手！」

用不著被妹妹稱呼為「你這傢伙」，我讓向後倒的身體挺直歸位的時候，就把抓著她凸起部位的手指鬆開了。

「這是什麼哥哥啦這是什麼哥哥啦這是什麼哥哥啦，哥啦這是什麼哥？啊～真是的，講話都打結了。」

小月氣沖沖的。

真的很可愛。

註23　日文「還不放手嗎」與日本童話《開花爺爺》的「開花」音同。

「哥哥剛才真的毫不猶豫吧？聽到我講出那句話的瞬間，沒有經過大腦處理，基於反射動作就伸手揉了吧？」

「講這什麼話，沒禮貌。哥哥不會揉妹妹的胸部。」

「剛才不就大揉特揉了嗎！」

「不對不對，應該相反，要逆向思考。剛才是妳用胸部揉我的手心。」

「這種噁心的敘述句是怎麼回事？」

「居然用胸部揉親哥哥的手，妳這個妹妹有夠變態。」

「這哪叫逆向，這種思考邏輯太離譜了，居然說用胸部揉手心……」

月火按著自己的太陽穴。

大概是這場鬧劇造成的結果吧，回過神來，我與月火的正坐姿勢都不標準了。均衡終於瓦解。

「啊～真是的！哥哥，你摸妹妹胸部摸過頭了啦！」

「什麼嘛，妳在生什麼氣？還不是是妳自己叫我『摸摸看吧？』，真要說的話，是妳在誘惑我。」

「誘惑……」

「話說回來，『誘惑』與『語感』這兩個字看起來很像吧？」

「雖然這個著眼點很不錯，但是這種話題沒辦法讓我轉移焦點！要是以為我會忍氣吞聲，那就大錯特錯了！這次的事情我會一五一十告訴火憐！」

「別這樣，我會不成原形的。」

會被徹底修理一頓。

欺負月火就會激怒火憐。

「這樣會害得小憐的拳頭磨傷，即使是這樣也無妨嗎！」

「居然光明正大講出這種丟臉的話……」

月火說完狠狠瞪了我一眼。

這是殺人凶手的眼神。

「哥哥失去原形算了，明天早上我會繼續用鐵撬叫你起床。」

「這樣只是白費工夫。很抱歉，凶器對我不管用。」

對於月火的恐嚇，我回以一聲哼笑。

「我是非實在青少年，受到條例保護。」（註24）

「太帥氣了吧～？」

哎，雖然我的行動毫無可恥之處，不過我害怕會招致誤解。

與其說害怕誤解，不如說我害怕火憐。

「那我不轉移焦點，而是重複一次剛才說的話嘍？是妳自己叫我『摸摸看吧？』，

註24　暗喻日本的「非實在青少年保護條例」。

用這種方式誘惑我吧？」

「不提別的，模仿得一點都不像的這種語氣簡直氣死我了！」

阿良良木月火，進入歇斯底里模式了。

真誇張的歇斯底里小說。（註25）

…………

不行嗎。連這樣都不能收尾嗎？

我個人已經差不多想進入下一段了，還沒辦法換章節嗎？

「我的聲音，比較近似井口裕香小姐的聲音！」（註26）

「不准講出真人姓名。」

「而且我並沒有誘惑哥哥～！」

「有。妳就像這樣挺出胸部，對我說『要不要摸me的咪咪～？』這樣。」

「不准把我設定成這種腦袋空空講話又很冷的角色！這種角色定位我寧願不要！別這樣，有些讀者是從這一本開始看耶！」

「什麼？如果真的有這樣的讀者，我就得擔心自己的好感度了。」

想說至今累積了五本書的分量，我才會在自認安全的範圍之內胡鬧，至今的亂來

註25　歇斯底里（hysteria）與推理（mystery）音近。

註26　動畫配音員，在本系列飾演阿良良木月火。

行徑，都是以讀者們徹底體認到我的優點為前提。

「現在連M78星雲都有讀者了，所以哥哥真的要注意自己的言行舉止。」

「這就真的如妳所說了……」

已經成為宇宙問題了。

要說我如今一肩扛起地球的和平也不為過。

「哥哥是怎樣？只要有人說『摸摸看吧？』，無論是誰的胸部都會摸？」

「喂喂喂，原來妳以為我這麼沒節操？太遺憾了。」

我一副無可奈何的模樣這麼說著。

「即使聽任何人說這種挑釁的臺詞，我會摸的只有H同學和妳的胸部。」

「原來我也跟H同學一樣受到特別待遇？」

「啊，不對，還有小憐。」

「居然還想對火憐伸出毒手？咦咦？等一下，我們把這種人叫做哥哥，真的沒問題嗎？」

「不對不對，應該說正因為是哥哥才會這樣。」我對理解速度遲鈍的月火，進行淺顯易懂的說明。「先不提H同學，如果是妳們兩個，正因為是哥哥才會這樣。」

「什，什麼意思……？」

「對於哥哥來說，妹妹的胸部不列入胸部計算。反過來說，再怎麼摸妹妹的胸部，對於哥哥來說都不算是摸過胸部，完全不算數。換句話說再怎麼摸都行。」

「聽到這種三段論，與其質疑能不能把你當成哥哥，我甚至搞不懂能不能把你當成人類，這種思考邏輯太匪夷所思了……這不是逆向思考，應該是跳躍式思考。」

月火垂頭喪氣，似乎沒能理解。

真悲哀。

或許人類永遠都無法相互理解吧。

即使是通訊技術如此發達的現代社會，人與人之間依然無法互通互信嗎？

然而，即使我在對話以外的段落如此批判社會，月火依然不屈不撓，堅強夾帶著氣燄抬起頭來。她的眼神還沒死，看來似乎要繼續抗議下去。

真難纏。

去死算了。

「假設妳的胸部是禁止觸摸，是神聖不可侵犯的存在，但是身為擁有者的妳准許我摸，所以我不應該受到責備吧？」

這次我搶在月火囉唆之前先發制人。換句話說剛才的鬧劇，應該歸咎於月火一開始所做的提議。

因為那是一切的開端。

「不對！」然而月火態度強硬。「不對不對！剛才那是傲嬌的表現啦！」

「傲嬌？」

慢著，哪裡傲嬌？

用不著提到瑪莉拉，我對傲嬌這種屬性算是挺熟悉的，但我覺得月火剛才那番話並沒有這種要素。

「所以這才是逆向思考喔，我不會受到規範的限制！」

「給我乖乖受到規範的限制吧。」

現有規範的限制。

不然很危險的。

最近各方面的尺度很嚴，所以要在規範之內進行色色的事情。

「這就是所謂的逆傲嬌！」

「逆傲嬌？什麼意思？」

「換句話說，平常是處於嬌羞狀態，對你非常親切，無論是把手放在肩膀上，或是把臉湊過去，進行這種肌膚接觸也毫不在意，等到你覺得『咦？這傢伙該不會喜歡我吧？』並且下定決心告白之後，就忽然切換成高傲狀態，冰冷扔下『啊，不對，我沒有這個意思，真的，請不要這樣，你有所誤會了，請不要得寸進尺』這種話。」

「……………」

慢著，與其說這是傲嬌或是逆傲嬌，這其實是很常見的女生個性吧？

「換句話說，屬性是逆傲嬌的我，只是開玩笑說出『摸摸看吧？』這種話，但要是真的摸了，我就會大喊『認真什麼勁啊，有夠蠢的！』然後發飆。」

「這種屬性爛透了吧？」

逆傲嬌真可怕。

搞不懂要怎麼跟這種人相處。

「……話說，到頭來妳究竟是抱持什麼心態？妳是基於什麼樣的想法，才把胸部挺到我的面前？」

「總之算是一種胡鬧，也算是一種考驗，所以我不是說那是測試嗎？依照我這個火炎姊妹參謀原本的計畫，看到我挺起胸部，哥哥應該是沒什麼興趣表示『不，我對胸部沒那麼感興趣』，企圖主張自己理論的正當性，然後我再以『因為這是妹妹的胸部吧？』這句話吐槽，展開一場像是網球拉鋸戰的漂亮辯論。」

「啊啊，原來是這個意圖。」

「但是哥哥為什麼漂亮破了我這個發球局？真是的。」

月火鼓起臉頰。

看來兄妹之間的距離感，出現了些許誤差。

「不過，比起這種老套的平凡進展，我覺得摸妳這個妹妹的胸部，會讓劇情進展得比較有趣。」

「唔～這麼說的話也是啦，那就原諒你吧。」

得到原諒了。

她匪夷所思的向心力，以及足以成為領袖的人望，或許就來自於此等器量吧。不過她的這股器量也大到令我擔心。

「所以，怎麼樣？」

「嗯？」

「所以說，怎麼樣？」

「啊啊，原來如此，是在問我摸過妹妹胸部的感想吧？」

她會想問也是理所當然的。

自己長年累月培育至今的私有物，在他人眼中做何感想？這是自然而然會在意的事情。

我認為這時候不應該隨便講個客套話敷衍，所以在思索片刻之後，率直而且直截了當說出自己的感想。

「七十六分，評價B！」

「真微妙！」

期待妳的未來。

雖然這麼說，不過以這種場合，我這個評審只摸過妹妹的胸部，所以評分標準缺乏可信度。

「所以小月，怎麼樣？」

「什麼怎麼樣？」

「哎，妳剛才說『摸摸看吧？』，所以我不是就摸妳了嗎？」

「我不是說過這種模仿會令我火大嗎！」

「經過這次的『測試』，妳得出什麼結論？」

「就是……」

月火聽到我如此詢問之後開始思考。她的這種反應令人不可思議，甚至覺得她像是直到被問都沒想過這件事。

這傢伙，該不會只是想被我揉胸部吧？

不，但我沒揉。

反倒是我的手心被她用胸部揉了。

好誇張的按摩法。

「哥哥應該是欲求不滿吧？」

「什麼！」

她做出最差勁的結論了。

「這麼說來，剛才哥哥不是說過沒辦法買A書、沒辦法買A書，以及沒辦法買A書嗎？」

「我並沒有說三次。」

哪可能連說三次。

這純粹只是失言。

只是不小心說出真心話。

「這是反效果喔，完全反效果。誤以為性慾是戀愛的哥哥，就是用這種方式，引發欲求不滿的通貨膨脹螺旋。」

「通貨膨脹螺旋……」

這是什麼？

如果是通貨緊縮螺旋（deflationary spiral），那我就有聽過。

「居然會這樣……竟然是通貨膨脹螺旋……妳的意思是說，我的腦袋裡正出現這種像是007的現象嗎……」

「嗯，所以就算是妹妹的胸部，你也毫不猶豫就摸下去。」

「我摸下去了嗎……摸了妳像是觸控式螢幕的胸部……」

「觸控式螢幕是平的吧！」

我被打了。

如果打我的是火憐，我大概會震到後方撞上牆壁，不過這只是月火的花拳繡腿，甚至不到蚊子叮的程度。

所以我繼續提出這個話題。

「哈，換句話說，我正在用觸控式螢幕，輸入戀愛的認證密碼。」

「這種譬喻一點都不高明！」

「然後提出存款。」

「高明！」（註27）

雖然妹妹火上心頭，不過這方面的審判很公平，很有我妹妹的風範。

「這樣會出問題的。」

月火如此說著。

「因為是我的胸部所以還好，不過哥哥，要是你繼續欲求不滿，有可能終於忍不住對心儀的H同學胸部出手。」

「嗯，正如字面上的意思，忍不住會出手嗎……話說因為是妳的胸部，所以還好嗎……」

「很好吧？」

「還不差。」

這是什麼對話？

註27 「提出話題」與「提出存款」相互呼應。

「不過，如果依照這種方式進展，依照設定，H同學就會對我說『摸摸看吧？』對我挺出胸部……」

H同學不會講這種話。

我甚至無法想像。

「不不不，就算對方沒有主動講這種話，哥哥還是會果敢伸手去摸。比方說使用詭計，對她說『我們來玩抓鬼吧，摸到身體任何部位就換人當鬼～』這樣。」

「真膚淺的詭計……」

「而且用的是色鬼規則，顏色就指定H同學的胸罩顏色。」（註28）

「與其說膚淺，這根本不叫詭計了吧？」

慢著。

回想起至今的各種事情，這確實很像是我曾用的詭計。

我緩緩點頭，像是仔細咀嚼剛才的對話。

原來如此，欲求不滿。

雖然這種說法很殘酷，其實我被說得很受傷（哭），不過聽她這麼一說，我並不是無法認同。

不只如此，還認為正如她所說。

註28　被鬼追的人，只要摸到指定的顏色，鬼就不能抓。

甚至像是一針見血。

被名偵探看穿真相的犯人，應該就是這種心情吧。原來如此，難怪大家都會灑脫認罪。

我有種通體舒暢的感覺。

這樣啊，原來這種心情是欲求不滿。

「原來如此，是這麼回事啊……」

「嗯，哥哥，真是千鈞一髮呢，你差點誤以為自己愛上一位明明稱不上喜歡，只不過是胸部很迷人的同班同學了。」

「這樣啊這樣啊，這就是真正的『拜託別誤會』對吧？」

「以這種狀況，從H同學的角度來看，這是她打從心底的懇求吧。」

「唔……」

的確。

如果把無從宣洩的性慾誤認為戀愛，而且陰錯陽差不小心告白的話，事情就難以收拾了。

只能以災難來形容。

即使如此……

即使如此，考量到H同學的個性——或許她連這種災難都可以忍受。

正因如此，我必須自律。

非得自律不可。

「也對，小月，妳在千鈞一髮的時候救了我。我真是的，差點就墜入魔道了。」

「魔道……」

「喀喀喀喀喀，再怎麼誤會也該有個限度啊……我第六天魔王阿良良木曆，絕對不應該愛上塵世間的女孩！」

「用不著墜入魔道，我總覺得你已經是踏上魔道的大魔導士了。話說那是在學誰的笑聲？」

月火如此詢問。

「金肉人裡的阿修羅人。」

我如此回答。

「好啦，既然有結論了，接下來得擬定對策才行，要是沒處理欲求不滿的狀態，肯定會釀成大禍，必須保護H同學逃離我的魔掌。」

「說得也是。」

「能在緊要關頭『摸』出真相，可以說是一種僥倖。」

「說得也是。」

我任憑臨時想到的新招脫口而出，不過這次被無視了。

看來即使對象是妹妹，也不代表什麼都能說。

「要避免哥哥因為對H同學伸出魔掌而被警察先生抓，大喊『嗚哇～！我受夠胸部了啦！』這樣的下場。」

「如果被警察先生抓，不會只以這麼溫馨的氣氛收場吧？」

「我個人也不希望自己的家人成為罪犯，這樣有損火炎姊妹的名聲，至今建立的信用都會毀掉。」

「嗯，真正可怕的並非有能的敵方，而是無能的己方。這是常見的狀況。」

「與其說是無能的己方，應該說有害的己方了。」

「確實也有這種觀點。」

話說，我原本就不是站在火炎姊妹這一邊。

雖然某些人把我當成就像是戰隊裡的第六名成員（似乎被叫做火炎大哥，這稱號真沒品味！），但我從來不記得自己當過這種銀色戰士。（註29）

「沒辦法了，只好採用治標療法，要是興致來的時候，就摸妳或火憐的胸部宣洩一下吧。」

「不准實行這種療法！」

「什麼嘛，妳們火炎姊妹不是正義戰士嗎？那就樂於為我犧牲吧。」

註29　戰隊特攝影集裡，銀色戰士經常是後來加入的隱藏角色。

「我覺得犧牲哥哥才叫做正義。怎麼可以用這種隨興打發時間的心情摸胸部！」

月火如此回答。

「不然要怎麼辦？不是無辜百姓H同學被摸，就是妳們姊妹被摸，二選一。」

「如果是這兩個選項……唔唔！知道了，就摸我們吧！」

這對姊妹充滿犧牲自我的精神。

好噁心。

「我們的胸部任憑哥哥擺布，不過要保證不會對H同學出手！」

「好，我保證。不，不只是H同學，只要妳們願意犧牲，即使將來我在路上遇到一個背著背包的迷路雙馬尾蘿莉少女，我也絕對不會從後面抱住這個傢伙，我在此發誓。」

「為什麼講得這麼具體？」

「為什麼呢？」

不可思議。

我不由得納悶。

感覺得到宇宙的意志。

「不過在進行約定的時候，儘可能具體一點應該比較好，這樣也容易遵守。」

「原來如此，所以哥哥絕對不會毀約吧？」

「一點都沒錯。」

為什麼？

明明是對於未知將來做出的約定，但我總覺得自己已經說謊了。

「而且，不應該是這兩個選項。」

「嗯。」

那當然。

摸妹妹的胸部，這到底是什麼懲罰遊戲？

「何況，用不著拿妹妹的胸部當目標，有很多方法可以消除欲求不滿的狀態吧？妹妹的胸部是最後的手段。」

「但我覺得即使是最後，也不應該採取這種手段。」

那麼接下來該思考的問題，就是從眾多的欲求不滿消除法進行選擇。

「比方說勤於運動，或是培養能夠熱中的居家興趣，一般來說就是這樣吧。」

「運動嗎……和小憐一起去慢跑或許不錯。」

「用兩人三腳的方式。」

「沒錯，兩人三腳……慢著，為什麼啊！」

我大概會被她拖著跑，像是婚禮拖在地上的頭紗那樣。

「不對不對，以火憐的狀況，她肯定會跑得飛快，哥哥連地面都碰不到。」

「連我都會浮起來？」

又不是忍者修行。

不過，那個傢伙將來與其說會嫁為人婦，比較有可能會成為忍者。

真是的，久違的自己吐自己的槽了。

「禁止運動項目，我不想被小憐害得更加自卑。」

「真小的哥哥……」

月火不屑說出這樣的評語。

究竟是說我器量小，還是說我身高矮小？

哎，應該兩者皆有。

「那就得挑居家的休閒娛樂了。」

「說得也是。哥哥，你最近沒在玩遊戲吧？」

「啊～最近的遊戲是吧，與其說最近，不如說是最新型的遊戲吧。現在都有加入通訊機能或是網路對戰，廠商設計在遊戲裡的樂趣，如果只有自己一個人玩，簡直連一半的樂趣都享受不到。」

「啊～比方說擦身通信？」（註30）

「這也包含在內。」

註30　掌上型遊樂器的功能，玩家可以藉此交換名片或進行各種活動。

因為住在這種鄉下地方，所以沒機會和別人擦身而過。

難道要召集所有玩家，到百貨公司的遊戲廣場集合？

就像是叫小朋友來看英雄秀一樣。

「遊戲樂趣從一開始就會大打折扣，想到這裡就令我掃興。」

「我們家也算是有申請網路，在一樓玩不就好了？」

「不對不對，到頭來我只想一個人玩遊戲，我超討厭對戰機臺。」

我做出這樣的宣言。我的心禁止任何人擅闖。

「宣稱只想一個人玩遊戲的人，應該沒辦法談戀愛吧？」月火感觸良多回到原本的話題。「那就沒辦法了。摸妹妹的胸部吧。」

「只能用最後的手段了？」

「錯了，我講錯了。」

「但我總覺得，我們似乎各方面都搞錯了……」

「那就沒辦法了。」月火換了一個說法。「去買A書吧。」

「…………」

結論是這個？

「總之，在哥哥有所誤會，在意H同學想法的這個月，一直都不敢買A書吧？以哥哥的個性，說不定已經宣稱要整理身心，把至今珍藏的愛書都打包扔掉了？」

「妳，妳為什麼會知道！」

這個妹妹，直覺居然這麼敏銳。

還是說，我的行動這麼容易預測？

「這種做法會加重欲求不滿的症狀，所以要買新的A書，解決這方面的問題。」

「唔～……」

雖然剛聽到時不敢領教，不過這麼說來，這或許不是治標，而是治本的方法。

以根治為目標。

說得也是。

只要有A書，不談戀愛也無妨。

一切都解決了。

天啊，我與月火在此時此刻，該不會導出世界真理了吧？

然而不愧是世界真理，只要走錯一步就可能毀滅人類。

「原來如此……難怪孟子會說，讀書等同於尚友古人。」

「嗯，而且讀書要有三到，必須熟讀每一頁才行。」

「哎呀，我又被點醒了。不愧是戀愛諮商解決機率誇稱百分之百的阿良良木月火，

原本以為一輩子都沒完沒了，不過終於看得到這一章節的終點了。」

「說得也是，我們剛才聊的話題，如果改編成動畫大概有三集的長度吧，不過總算

要進入下一章節了。哥哥，既然已經決定了，那麼好事不宜遲，這時間書店剛好開門了，現在就去買吧？需要的話，我也可以陪你去。」

「不，終究不用勞煩妳到這種程度，妳已經幫我很多了，我不能繼續接受妳的照顧。接下來是我自己的戰鬥。」

我耍帥如此回應，卻在這時候察覺一件事實。

「啊，糟糕，大概不行。」

「啊？為什麼？我的妙點子有什麼缺陷嗎？」

「不，妳的點子沒有缺陷，但我沒有首要條件。」

「首要條件？比方說自殺的兒子？」

「妳說的是早逝的不孝子。」（註31）

唔～……

非得搞笑才能讓對話繼續下去的這種系統有夠花時間，傷腦筋。

「就是錢。」

「錢？」

「我現在是缺錢狀態。」

就像缺氧的紫紺症狀那樣缺錢。

註31　日文「首要」與「早逝」同字。

我的錢包裡只有三百七十七圓——

聽說能夠正確掌握錢包有多少錢的人擁有致富的天分，不過以我的狀況，是因為金額少到要無法掌握反而比較難。

「到底是浪費在哪裡啊？上次生日的時候，爺爺不是有給你零用錢嗎？」

「買遊戲就沒了。」

「你明明有買遊戲嘛！」

真是精確的指摘。

哎，即使嘴裡抱怨，該做的事情還是會做。這就是我的行事風格。

「買了什麼遊戲？」

「講得像是偶像大師，其實是敲冰塊。」（註32）

「有必要講得像是偶像大師嗎……真是的，你這個哥哥有夠麻煩。真是的，有你這個不成材的哥哥，做妹妹的我好辛苦。」

月火就像是要還以顏色，和我講出同樣的臺詞。

一副洋洋得意的樣子。

不過，買遊戲導致我的錢包餘額只有三百七十七圓，並且讓月火有機會在這時候擺架子，這算是我的功勞，月火應該向我道謝才對。

註32　遊戲「偶像大師」簡稱「i-mas」，懷舊遊戲「敲冰塊」原名「ice climber」。有點牽強。

「沒辦法了，就從我或火憐的珍藏品提供一本給哥哥吧。」

「……………」

我不想接受妹妹提供的Ａ書。

搞不懂應該叫做進貢還是配給。

要是品味不同根本就沒用，要是品味相同就糟透了。

「……不過，我姑且問一下吧。妳們的藏書是哪方面的內容？」

「總之，我自認種類挺豐富的，不過基本上都是美少年彼此……」

「好，到此為止。」

腰斬。

我要腰斬接下來的腐味對話。

「不用聽到最後嗎？」

「我從一開始就不想聽。」

「哥哥，沒聽過就否定別人的嗜好，這樣不是好事吧？」

「否定別人的嗜好不是好事，但是否定別人的不良嗜好是好事。」

「你又沒看過～！」

月火不高興喝著倒采。

而且還嘛嘴。

看來似乎對我的哲學有所不滿。

「我就不會講出這種帶有偏見的話耶？像是哥哥的嗜好收藏品，我都有確實逐一檢視，並且確實被嚇到。」

「不准檢視！而且不准被嚇到！」

難怪妳直覺會敏銳成這樣！

我房間都被妳搜遍了吧！

「哥哥的嗜好，老實說，很糟糕。」

「吵死了！」

我不想聽妳這麼說！

而且我的興趣嗜好極為正常！不容分說！

可惡，又得想其他的藏書位置了……

「雖然妳剛才說我沒看過，不過反過來說，如果我有在看這種類型的書，以妳身為妹妹的立場可以容忍嗎？」

「腐哥哥，萌！」

月火豎起大拇指。

沒救了。

這傢伙腐過頭，沒得救了。

「受不了，哥哥真的是燙手山芋，明明是火炎姊妹卻嚴重燙傷了。」

月火如此說著站了起來，並且快步走出我的房間。看她沒有多說什麼就離開，應該立刻就會回來。

總不可能忽然就發脾氣吧？

比方說「你的便服真令我火大！」這樣的理由。

假設真的是這樣，那我們的兄妹關係就真的很火爆了，幸好並非如此，月火很快就回來了。仔細一看，她手上握著三張工整摺好的千圓鈔。

月火將手上的鈔票遞給我。

「來，這些借你。」

「咦，咦咦？您願意把錢施捨給我這種草民？」

我瞬間轉變成卑微的態度。

連我自己都覺得膚淺應該有個限度。

「嗯。不對，只是借你而已，可不是用觸控式螢幕提出存款哦？要記得還我。」

「那，那當然！我會連本帶利好好還給妳！前提是在法定利息的範圍之內！」

「真是錙銖必較……」

「我是有借有還的男子漢。」

「你借的是現金，所以這句話聽起來一點都不帥氣……」

仔細想想，我這個哥哥正在妹妹面前正坐想要借錢，該怎麼說，大概沒有比這更丟臉的光景了。

「不用加利息了。」或許是這樣的光景令月火芳心大悅吧，她說出這種話。「不過相對的，請哥哥展現一下感謝的心意吧。」

「感謝的心意？」

「我的意思是說，請你打從心底表達『謝謝小月，我愛死妳了』的心意。」

月火說完之後迅速脫下襪子。

脫襪子的方式異常煽情。

然後她像是功夫電影演的那樣金雞獨立，把舉起來的那隻腳伸到我的鼻頭。

就這樣氣勢凌人說道：

「給我舔。」

我舔了。

「還真的總是毫不猶豫！」

她像是功夫電影演的那樣，就這麼往我鼻頭踹下去。

天啊，這一腳真的好痛，別說流鼻血，鼻梁斷掉都不奇怪了。我就是受到這種等級的攻擊。

「妳做什麼啦！」

「這是我要說的！」

「不，應該是我要說的！只有這句臺詞絕不能交給妳！」

「給我交出來～！好噁心好噁心好噁心！」

月火頻頻大喊，並且擦著被我舔過的腳背，就像是要連同不堪回首的記憶沖刷掉一樣拚命擦。

「什麼嘛，把我的舌頭當成髒東西，我會很受傷的。是因為妳說『舔舔看吧？』哀求我，我才會心不甘情不願舔妳吧？」

「根本是積極到心甘情願的程度吧！而且模仿得一點都不像！我並沒有用這種方式哀求，這是子虛烏有的中傷誹謗！」

「如果不想被我繼續舔腳，就乖乖把那筆錢交出來。」

「這已經是威脅了啦！」

月火把三張千圓鈔扔向空中。

我像是搶年糕的小孩，在鈔票落地之前全數接住。

啪啪啪。

我以銀行行員的數鈔動作檢視。

「很好很好，三千圓確實收到了。」

「明明是把我僅有的零用錢借給你，為什麼變得像是我還你錢一樣？」

「我想妳應該不會相信我，所以我會主動跟爸媽說，從我這個月的零用錢自動扣三千圓給妳。」

「很感謝哥哥這麼安排，不過既然有這種念頭，希望你可以稍微努力一點，讓妹妹更加相信你。」

「我會以消極的態度善加處理。」

我說完之後看向時鐘。

將近十點。

原來如此，這時間騎車外出剛剛好。

我打開衣櫃再度換衣服——從居家服換成外出服。總覺得從剛才就像是時裝秀。

「哥哥。」

在我套上牛仔褲的時候，閒著沒事亂摸我桌上東西的月火，忽然向我搭話。

有什麼事嗎？

既然已經把錢給我了，趕快消失不是很好嗎？

乾脆從這個世界消失算了。

「你什麼時候練身體的？」

「啊？」

「肚子。」月火說著指向我的腹部。「這麼說來，我好久沒看到哥哥的身體了，但你以前沒有把腹肌練成那樣吧？」

「啊啊……」

我現在有六塊腹肌。這麼說來，身體變成這種狀態之後，這是我第一次在妹妹面前脫衣服。

我是在春假變成這樣的，所以……什麼？我已經一個月沒在火憐與月火面前裸體了嗎？

太大意了！

居然沒讓妹妹看我的裸體，好丟臉！

……不對不對。

這也太變態了。

而且，總覺得從剛才就經常進行「這也太變態了」這種自我吐槽，或許這就證明了我是個變態。

「其實，我正在專攻腹肌。」

「是喔，原來在專攻啊？」

「對，我在練比利的訓練營，而且只挑腹肌部分來練。」（註33）

「為什麼要進行這麼極端的身體改造……」

註33　原名「Billy's Boot Camp」，著名的拳擊有氧瘦身運動。

我當然不能告訴她真話，所以決定隨便編個藉口帶過話題。

「因為我想到一個好笑到肚子會抽筋的笑話，為了說給妳們聽，我正在進行事前準備。」

「好笑到連自己講出來都會笑啊……」

「沒錯。如果妳們不想死，還是練一下腹肌比較好。」

「比方說比利的拳擊有氧運動，或是核心節奏瘦身操？」（註34）

「不，現在我比較推薦萬人迷伸展操。」（註35）

「萬人迷伸展操？」

「應該很適合妳這個時尚教主吧？」

「唔～明白了。」

似乎順利以這種說法矇騙過去了，月火點頭同意。

她雖然是個聰明的傢伙（這個設定真的還有效嗎？），但是不會詳細計較哥哥的行動。

是因為我找她商量，所以她才會和我打交道。

「那就這樣了，今天謝謝妳。」

註34　原名「Core Rhythms」，著名的減肥瘦身操。

註35　日本節目播放的塑腿伸展操，標榜練好就能成為萬人迷。

穿上外出用的長袖上衣之後，我終於向月火正常道謝了。

其實從一開始就應該這麼做。

「別這麼說，不用客氣～」

「我出門了。」

「路上小心。」

轉頭一看，月火再度躺在我的床上，看來似乎打算就這麼睡一下。妨礙別人睡回籠覺的傢伙，居然做出這麼任性的舉動？雖然我並不是沒有這種念頭，不過她在檯面上與檯面下都幫了我不少，我就不吝提供床鋪給她睡吧。希望她記得把鐵撬造成的慘劇處理好。

我在最後詢問月火。

「小月。」

「什麼事？」

「總之，這次的結論是『我誤會了』，但妳覺得像我這樣的人，將來也會落入情網嗎？」

「應該會吧？只要是人類都會。」

「這樣啊。祝妳好夢。」

得到月火的答案之後，我關上自己房間的門。

然後笑了。

淺淺一笑。

「人類」是吧……

該怎麼說呢，自從春假之後，光是這種平凡無奇，理所當然的分類，我都會敏感反應。

主要是腹肌。

這真的是令我——肚子抽筋的話題。

「現在回想起來，『人類強度』這種說法，聽起來真的滑稽又丟臉。」

所謂的強。

強與弱。

這種概念，也在春假被某人粉碎了——這個人不是別人，正是H同學。

H同學。H同學。H同學。

「咯……」

就在我的淺笑，即將轉變為阿修羅人的放聲高笑時……

「我回來了～」

傳來這樣的聲音。

火憐似乎晨跑回來了，比我所想像的還早。從她在家裡的綽號是暗喻一去不回的

「子彈」就可以知道，這傢伙一旦出門就很難回來。

至今的最久紀錄，是火憐小學六年級的時候，說要到附近散步一下，結果整整三天沒有回來——順帶一提，後來是在沖繩找到她的。

不准在海面散步。

當時連警察都出動了。

「歡迎回來~」

雖然這個妹妹待在家裡也只會礙事，不過回想起當時鬧得沸沸揚揚的騷動，要我接受她這麼早返家的事實也無妨。

沒辦法了，過去讓她瞻仰一下吧。

經過這種自抬身價的心路歷程之後，我嘴裡說著歡迎的話語，並且快步下樓前往玄關。隨即我看到全身溼透的運動服女孩——阿良良木火憐，正在玄關門口脫鞋。

……？

全身溼透？

「咦？怎麼回事，外面在下雨？我正要出門的說……」

不過，窗外並不像是在下雨，而且也沒有雨聲，更重要的是太陽依然光芒四射。

太陽雨？

「喔，哥哥，回籠覺睡夠了？」火憐脫鞋擺好之後，踩在玄關的踏墊上。玄關踏墊被她弄得溼答答。「哥哥號稱與艾斯塔克並列雙璧，把叫醒哥哥的這項重責大任交給月火一個人處理，其實我還挺擔心的，不過看起來順利成功了。」（註36）

「沒有啦，哎，該說是順利成功嗎……」

總之，「叫醒我」這個目標本身確實達到了，但我總覺得月火為了這種小事付出不少代價。

她為此只穿內衣擺姿勢，用胸部揉手心，被舔腳，最後還被拿走三千圓。

究竟是誰害我的寶貝妹妹落得這種下場？

不可原諒。

「嗯嗯，月火終於也進入獨當一面的階段了，做姊姊的我好寂寞。不過得稱讚她一下才行。」

「如果要找小月，她完成任務之後留在我房間睡覺，所以現在讓她靜一靜，要稱讚等她起床再說吧。不提這個，小憐，妳沒帶傘？」

「唔啊？」火憐疑惑瞇細眼睛。「哥哥，你怎麼了？難得聽到哥哥用這種方式稱呼我們，不是因為用小憐小月稱呼會不好意思，所以叫我們大隻妹和小隻妹嗎？」

「啊啊，這種劇情限制很麻煩，所以從這一集解除了。」

反正沒人希望留著這種設定。

註36　遊戲「勇者鬥惡龍」的魔王角色，經常在睡覺。

我自己忍著點就行了。

「是喔。總覺得以時間軸來看，這樣會變得亂七八糟的……哎，算了。」

火憐的大腦屬於「沒辦法思考太複雜的事情」這種悲哀構造，大部分的事情都會以「哎，算了」來帶過，所以她沒有深入追究稱謂這件事。

「不，沒下雨啊，外面陽光普照，完全就是黃金週第一天應有的樣子。」

她如此回答。

「啊？那妳為什麼會溼成這樣？掉到水池裡了？」

「我會上升，但從來不會掉落。」

火憐小姐以做作的表情這麼說著。

這個妹妹比劇情限制還要麻煩。

「無論說出多麼好笑的笑話，也不會收尾。」（註37）

「這種角色設定真是殘忍……」

「只要誇幾句，豬也能爬上樹。這句諺語就是為我存在的！」

「………」

真的要用這句話，當作是為妳存在的諺語？

無論身心都M過頭了，令我無言以對。

註37　日文單口相聲裡的「收尾」與「落下」同字。

「妳要掉落或是上升都與我無關，總之說出妳全身溼透的原因吧，難道是像美少女戰士的水手火星那樣，代替火星被責罰了？」（註38）

「哥哥，別說傻話，她是我的同伴。」

「說傻話的是妳這丫頭才對。」

「沒有啦，這是汗水。你自己看！」

火憐說完就衝過來抱住我。

就像是吸滿水的海綿包裹全身的觸感。

也就是……

「好噁！難受指數破表了！而且汗味好臭！」

她說這是汗水？

全部都是？

「哥哥，你真是的，居然說我這個花樣年華的少女好臭。太過分了。」

「放開我～！呀啊～！真的很難受，不對，受不了啦～！」

我用盡全身的力氣掙扎，但卻徒勞無功。

火憐跟月火不一樣，是運動風格的力量型妹妹。

當然不可能用蠻力掙脫。

註38　水手火星原本的招牌臺詞應該是「代替火星責罰你」。

「我蹭我蹭～！」

火憐以臉頰跟我磨蹭。她的汗水成為潤滑劑，使得磨蹭起來異常滑順，不過以我的角度，這種行為與其說是磨蹭臉頰，更像是她以汗水的鹽分摩擦我的臉。

簡直是除垢按摩。

「小，小憐住手啊！考量一下身高差距吧！妳的胸部正夾著我的臉啊！」

「咦？真的？討厭啦～羞～死～人～了～！」

聽到我如此指摘，火憐一下子就放開我，並且露出嬌羞的表情。

雖然我撿回一條命，但我搞不懂她嬌羞的標準。

都已經進行那麼熱情的擁抱了，還在害羞什麼？

「妳說這些全是汗水……？真的假的……慢著，不過這確實是汗水……」

雖然不到溼透的程度，不過被火憐這麼一抱，連我也溼答答的。我以手指沾起這些水，並且以舌頭檢驗，貨真價實是汗水沒錯。

「別舔妹妹的汗水啦，哥哥真噁心。」

「居然變成像是在河邊出沒的妖怪回家，妳這種妹妹比我噁心太多了。」

那種妖怪叫做什麼名字？

好像叫做溼濡女？

如果是這個名字，那還真是名副其實。

「只是慢跑會流這麼多汗嗎？妳該不會在附近和哥吉拉打架吧？」

「不，是因為我平常沒什麼在慢跑，不懂得怎麼拿捏，所以配速失誤。」

「這樣啊……」

明明是慢跑卻全速奔跑，是這個意思吧？

原來如此。

不過，火憐身上的水分總量，我覺得明顯超過她自己的體重……

「四二・一九五公里，長得出乎意料耶。」

「原來妳是跑全程馬拉松？」

「因為這次的慢跑，是要慶祝黃金週從今天開始，而且我把自己想像成傳遞聖火的跑者。」

「傳遞聖火的跑者不會跑四二・一九五公里！」

她把傳遞聖火和奧運馬拉松賽跑搞混了！

「咦~？不過要從這個國家跑到另一個國家，應該會跑這麼長的距離吧？」

「傳遞聖火是由很多人接棒一人跑一段，而且如果以妳這種想法，四二・一九五公里太短了！」

妳對於各國之間的距離感也太短了。

簡直只像是鄉鎮運動會。

「不，哥哥，四二．一九五公里很長喔。」

「當然長吧，至少足夠讓妳汗流浹背到這種程度。」

「嗯，我體驗到了。體驗到無可取代的程度。我原本以為即使是四二．一九五公里，頂多也只有一百公尺的十倍左右。」

「…………！」

好恐怖好恐怖好恐怖好恐怖！

這個妹妹的腦袋笨到恐怖！

我快失禁了！

「原來如此，難怪會累，我總算知道為什麼會累到全身無力了。」

什麼都不知道的笨蛋，居然說她知道了。

我好擔心。

「所以哥哥，終點線在哪裡？有幫我準備吧？」

「並沒有。在我隨便睡個回籠覺的時候，妹妹居然在跑全程馬拉松，我哪可能預料到這種事？」

「咦？好奇怪，我明明有拜託月火的說。」

「小月也不可能當真吧……」

或者也可能是刻意無視。

雖然她們姊妹感情很好，不過月火在這方面頗為冷酷。

也可以形容成不通人情。

「沒辦法了，月火做事總是虎頭蛇尾，果然還是不能沒有我嗎……」

「月火應該不想被妳這種腦袋空空的傢伙講這種話吧。」

「不過要是沒有突破終點線，我的長跑就不算結束。」火憐再度說聲「沒辦法了」，然後轉身看著我。「哥哥，麻煩在頭頂做個圈圈。」

「圈圈？天使光環那樣？」

「不是不是，用手臂，就像這樣。」

「嗯。」

看到火憐親自示範之後，我就照做了。以手臂和肩膀比出一個零。但我不知道她為什麼要我做出這種動作……

「喝！」

火憐原地躍起。

然後就像是跳高那樣一個轉身，鑽過我手臂圍成的圈圈。

宛如海豚。

或者說，宛如跳火圈的獅子。

擦過我的頭頂。

宛如穿針引線——以近乎大胡蜂的俐落身手鑽過去。

「好！」

而且漂亮著地。

「貫穿哥哥了！我要以此做為我的終點！」

「不准做這麼恐怖的事情！」

雖然我虛張聲勢破口大罵，聲音卻頻頻顫抖。

如果用想像的，就是全身起雞皮疙瘩的光景。

「啊～好累，應該說口渴了。喝水喝水～！」

「站住！話還沒說完啊！而且不准溼答答就在走廊上走！」

大概是要補給水分，火憐就這麼走向客廳，我則是隨後追上。

追上一看，她把馬尾頭伸進廚房流理臺，直接從水龍頭灌水。

真有男子氣魄……

這傢伙，已經是男人中的男人了吧？

明明是妹妹。

「咕嚕，咕嚕，咕嚕，咕嚕，咕嚕，噗哈！」

火憐拚命灌水，甚至令我覺得她大概喝了五公升左右，然後才總算離開水龍頭。

「好啦，哥哥說我汗味很臭，害我的純情少女心受到重創，那我去沖個澡吧。」

火憐說完就脫起運動服。

當場脫。

換句話說，就是在我面前脫。

……這種行為，哪裡像是受傷的純情少女心了……就算因為是兄妹所以不在意，不過要脫衣服應該到更衣間吧……

「…………」

不過，我想起來了。

這個傢伙跟月火一樣，已經有男朋友了。

記得叫做瑞鳥？

我不認識就是了。

換句話說，先不提純情少女心，這傢伙肯定明白戀愛的心情。

「我說小憐……」

我開口了。

雖然沒有抱什麼太大的期待，但如果她能夠回以一個漂亮的答案，那就是非常幸運的事情了。

「什麼事，哥哥？」

「想跟妳請教一件事。」

「怎麼了，哥哥終於也想踏上空手道之路了？」

「不，我想請教的並不是什麼武術精髓。」我姑且改用正經的語氣，然後提出詢問。「我問妳，妳是用什麼方式判斷自己戀愛了，用什麼方式判斷自己喜歡對方？」

「啊？什麼嘛，居然是戀愛諮商？」

火憐赤裸著上半身，把脫下來的運動服、上衣與運動胸罩，當成毛巾扛在肩上。

「看到臉蛋會覺得想生這個傢伙的小孩，有這種想法就算是喜歡了吧？」

她如此回答。

……雖然這樣的答案很有男子氣概，不過很遺憾，我沒辦法拿來當參考。

003

光是和妹妹們嬉戲，就不小心用掉一百頁左右，相當於整本書四分之一的篇幅，所以接下來要加快節奏進行。從動畫入門的阿良良木初學者們或許已經全部脫隊，但我希望還在看的人能夠忍著點。別放棄，加油！

從親愛的妹妹月火那裡搜刮——更正，借用三千圓資金（之後或許會面臨強制償還的狀況），又從火憐那裡得到中肯的建言（中肯到今後應該沒機會活用）之後，我跨上心愛的越野腳踏車，朝著可說是鎮上唯一的大型書店前進。

不用說，當然是為了購買A書。

雖然是黃金週，卻絕對不會讓內心雀躍到有失體統，基於這種平凡的目的外出。對於自己如此嚴謹度日，我甚至感受到一種感動，就這麼讓肩膀以下沉浸在自我陶醉的感覺，努力踩著踏板前進。

然而在途中，我發現了H同學。

更正。

發現了羽川翼。

HANEKAWA同學。（註39）

「…………！」

雖然並不是想到什麼特別的事情，但我以反射動作緊急煞車，讓車身微微傾斜，車輪與地面摩擦（二輪甩尾？）停下腳踏車。

「唔喔……喔喔喔喔喔……」

嚇我一跳。這時機也太巧了。

不久之前剛與妹妹熱烈討論羽川的話題，並且得知我對羽川的情感並非戀情而是欲求不滿，就在這時候看見像是在散步的她，簡直是天大的巧合。

那要去哪裡？

註39　羽川的日文發音。

難道是要去圖書館——不，現在是黃金週，所以圖書館沒有開。

既然這樣，她有可能正要去書店買參考書——如果是這樣，這時候遇到她就是最差的狀況了。

將會逼不得已中止計畫。

我的這份決心，以及月火借我零用錢的那份心意，都會因而無所適從。比生命還重要的妹妹心意要是化為烏有，比水壩之類的公共建設中止進行還要嚴重。

「……唔，不對，應該沒問題。」

仔細一看，羽川的行進方向與書店完全相反，而且她似乎沒有察覺，維持原本的走路速度，如今正在過馬路。

看來，她的目的地應該不是書店。

嗯。

既然這樣，她要去哪裡？

「…………」

姑且在這時候說明一下羽川——羽川翼這個人吧。

羽川翼。

我班上的班長。

班長中的班長——宛如優等生象徵的女孩。

麻花辮加上眼鏡的外型，完美反映出她的內在。今天明明是黃金週，她卻依然穿著制服，我認為正是因為她遵守校規的關係。

她的頭腦非常好，總是維持學年第一的成績——而且非常不以為意。每次考試都能輕鬆拿下第一的她，在全學年赫赫有名。

而且個性也很好，處事公平，光明正大，深得人心。該怎麼說呢，總之是宛如完美超人的恐怖女高中生。

「完美」這兩個字，或許是古代的占卜師以超能力預知羽川的誕生，為她量身打造的概念。這是我個人的想法。

對於我這種吊車尾的學生來說，她原本應該是另一個次元的人，一輩子都不可能有所關連——然而在不久之前的春假，我和她有所關連了。

應該說，我被她拯救了生命。

她救了我。

這份溫柔，可以說深深折磨我的身心——所以從那之後，我和羽川成為朋友了。

……她似乎誤以為我是不良少年（在羽川的觀念裡，吊車尾似乎與不良少年同義，認定成績吊車尾一定是因為蹺課，這是頗為跳躍的理論），努力想要讓我改頭換面，我就這麼順勢受命成為副班長了，總之這方面請多包涵。

春假之後的這個月，羽川和我這種隨處可見的平凡人，相處得非常融洽。

甚至令我誤以為是戀愛。

「呼，不過在這種時候，應該要視而不見。」

我升上高中之後，人際關係一直沒什麼很好的進展，基於這種意義，我非常不會拿捏人與人之間的距離，不過即使如此我還是知道，在假日遇到朋友的時候，一般都應該打聲招呼才對。

這就是所謂的朋友。

用不著想得那麼嚴重——然而只有今天，只有這一天例外。我現在背負著重要的使命，必須背負著妹妹們的心意（其實火憐沒說什麼），騎著腳踏車前往書店。

踩著踏板前往。

以結果來說，我這麼做也等於是在保護羽川——和月火討論的時候就有想過，先不提胸部的事情，雖然我並沒有刻意打算這麼做，但如果就這麼抱持誤解的心情，而且陰錯陽差不小心主動告白，羽川肯定會困惑至極。

不，與其說她會困惑至極，我覺得她肯定會向我說教，並且糾正我的誤解。

告白之後卻被說教，我應該會很沮喪吧。

不過就某方面來說，似乎挺有趣的。

會被她說「不行哦！」這樣。

即使除去這樣的預測，我個人也非常想和羽川打聲招呼，不過這時候應該忍下來，以嚴謹律己的態度直接離開，這樣才叫做男人。

再見了，羽川。

等到黃金週結束，再在教室相會吧。

到時候，我應該會在人性方面更加成長。再怎麼樣都別愛上成長的我啊。

就在我打算重新踩踏板的時候，我的腳再度停止動作。

與其說是腳——不如說全身停止動作。

「……啊？」

羽川忽然在路口轉彎，換了一個方向——因為這次的轉向，使得至今只看得到側臉的羽川，變成以正面朝向我。

正面。

因此，我察覺到羽川的左臉，覆蓋一層厚厚的紗布。

我啞口無言。

那是只能啞口無言——光看就令人痛心的治療痕跡。

完全看不到左半邊的臉。

這種治療的方式，很明顯不是在治療輕微的擦傷或是撞牆的瘀青。以透氣膠帶固定的白色紗布，完全遮住羽川左半邊的臉。

與其說令人痛心，不如說就是很痛。

光看就覺得痛。

宛如陣陣的刺痛直接傳達過來。

不。

如果只是普通的受傷，我應該要立刻跑過去問候羽川。

應該要擔心她。

應該問她發生了什麼事，問她為什麼會傷成這樣。

是絆到腳跌倒？還是撞到電線桿？能問的問題太多了。

然而，我的身體完全僵住了。

因為……不，是我想太多吧？

只是因為我在春假經歷許多戰鬥，這樣的回憶促使我聯想到這種粗暴的事情吧？

大部分的人是右撇子，而且要是以右手毆打別人的臉，剛好就會像那樣，只會讓左半邊的臉受傷。類似這種……

「…………」

除了那層紗布，羽川完全一如往常——包括麻花辮與眼鏡，甚至連制服都一如往常，這樣的羽川反而震撼。

反而震撼。

著實強烈。

看到這樣的羽川，使得我僵在原地動彈不得，隨即羽川似乎發現我了。她發現我的存在。

被看見了。

這是當然的。如果是橫向還很難說，但我們是面對面的方向，既然我有發現羽川，羽川當然不可能沒發現我。

真要說的話，我覺得這是我在黃金週的第一個失敗——是我的過失。要是一開始就不打招呼直接離開，要是一開始就打算視而不見，我應該立刻消失才對。

像我這樣的傢伙，應該要消失不見。

因為我沒有這麼做，像是恍神一樣僵在原地，羽川才會清楚認出我。

「啊……」

羽川開口了。

她伸手指著我。

「呀呼～阿良良木。」

她如此說著，露出親切的表情，以小跑步的速度接近過來。

「耶～過得好嗎～？」

這樣的態度也一樣——完全就是一如往常的羽川。

正因如此，她左臉的紗布，看起來就像浮現出一片烏雲。

「……呀呼～耶～我過得很好……」

也因此，我回話的語氣完全無法一如往常。音調有點高，而且明明是這麼短的問候語，我卻講得好像吃螺絲了。

「唔，啊……」

羽川在這時露出失敗——類似失敗的表情。

大概是聽到我這種過於不會搭腔，連照本宣科都稱不上的結巴回應，因而回想起來了——回想起她自己現在的模樣。

不過，又不是沾在嘴角的飯粒，羽川不可能沒察覺到自己臉上的紗布。

所以羽川不可能不明白，我為什麼會如此結巴回應——如果說我失敗了，那麼羽川在這個時候也失敗了。

羽川也和我一樣——在發現到我的時候，絕對不應該主動前來問候。

就是這麼回事。

羽川雖然完美，但不是不會失敗。

不，說不定這並非失敗。

或許羽川是想忘記這種令人心痛的傷——因為像這樣努力，所以真的不小心完美的忘得乾乾淨淨。

如果是這樣，害她回想起來的人——是我。

是我拙劣的反應能力。

反倒是如此。

羽川會像這樣支支吾吾的狀況也很稀奇。她正在煩惱現在是什麼狀況，煩惱要如何解決眼前的這個難關——與其這麼說，不如說她純粹只是感到困惑。

「唔……那個……」

不過，我明白。

我明白羽川正在困惑，並不是因為這樣的自己被我看到而尷尬，並不是因為這種小事，是因為這樣的她造成我的困擾而不知所措。

正在思考要如何彌補，讓我的心情能夠舒坦。

在這種狀況，她依然顧慮著我。

不是為自己，而是為他人著想。

正因為我徹底明白這一點——我更加無地自容。

「那個，阿良良木……」

「喝！」

或許是想要解釋，或許只是先聊幾句，藉以打破漫長的沉默，然而在羽川叫我的時候，我就像要打斷她的話語——採取行動了。

與其說採取行動，坦白說，我沒有想太多——講得更坦白一點，我什麼都沒想。

連小聰明都不存在。

我腦中只有非常私人的欲求，我不忍心看到羽川這種令人痛心的模樣。

不想看到她臉上的紗布。

不想看到為我而困惑的羽川。

所以，我做出一項奇特的行徑。

我想像自己是一名如果真實存在將會被看好席捲棒球界的知名下勾投手，將右手從下方往上揮——將羽川過膝的長裙往上掀。

也就是俗稱的掀裙子。

「啊呀？」

我進行這項奇特行徑之後，羽川賞了我一個耳光——這是女生理所當然的反應。羽川的這個動作當機立斷到美妙的程度，不過冷靜想想，她不應該做出這種事。

雖說是掀裙子，不過我們的距離很近，是伸手就能碰到對方臉頰（換句話說就是打得到耳光）的距離，假設我沒有被打，也就是沒有因為這個打擊而單腳跪地，以角度來說，我肯定幾乎看不到裙底風光。

然而羽川這記耳光相當沒有節制力道，完全沒有留情可言，現實上我已經單腳跪地——應該說已經成為趴在地上吃土的姿勢，這樣的相對位置，使得我得以徹底拜見裙子掀起來之後，裙子被我掀起來之後的美妙風光。

與其說是落得這樣的結果，不如說是達到這樣的成果。

正如字面所述，拜見。

這是令人想要雙手合十的光景。

而且我真的雙手合十膜拜了。

基於反射動作，並非大腦指使。

實際上，如果這是神社，我應該每天都會來進行百度參拜——不，光是能夠目睹這幅光景，要說我的願望已經全部實現也不為過。（註40）

真靈驗。

而且，我要在這個時候，收回今天早上與月火交談的部分內容。

羽川所穿的內褲，是宛如能夠抹滅一切的黑色——我對衣服材質不是很清楚，所以無法想像要如何才能呈現這樣的黑色。

就是如此漆黑。

鮮明的黑。

可以形容為超乎想像——也可以說顛覆了世間輿論關於情色的論點。

而且既然我收回部分發言，月火也非得收回部分發言——雖然當時我費盡唇舌，似乎也沒能讓那個傢伙有所領悟，不過「正經率真又清純的形象就是白色」這種觀念

註40　反覆從神社入口走到主殿參拜，重複相同的動作一百次，祈求願望能夠實現。

完全是偏見，要是月火看到這光景肯定會認同。

白色也好，黑色也好。

只要穿在同樣的人身上，就沒有差別。

這種漆黑，緊貼著羽川胴體的黑色，實在是過於正經、過於率真、過於清純——令我眩目。

而且，情色、正經、率真與清純是可以並存的，這樣的顏色是存在的。連這樣的人都是存在的。

我與月火都應該銘記於心。

兄妹必須一起徹底反省。

何況在那個時候，之所以會從內衣話題聊到H同學的話題，起因是我在春假不只一次兩次三次，經常有機會看到羽川所穿五顏六色各式各樣的內褲——不過話說回來，沒想到羽川翼連黑色都列入嗜好範圍了。

令人甘拜下風——貨真價實的恐怖女孩。

「……不，我堅決認為恐怖的人應該是阿良良木。」

倒在地上的我，讓思緒像是安裝渦輪引擎的走馬燈高速運作，絲毫沒有起來的意思。不過羽川似乎已經恢復冷靜，以非常冰冷的語氣對我說：

「都已經是高中生了還會掀裙子……阿良良木，你在想什麼啊？不乖。」

被罵了。

被她當面直接這麼罵，我完全不知道該怎麼解釋。

她問我在想什麼，我只能說我什麼都沒在想。

我到底在做什麼？

居然掀裙子。

這時代連小學生都不會這麼做了。

「那個，羽川……」

「我明白的。來。」

羽川向我伸出手。

似乎是「抓著吧！」的意思。

我雖然趴倒在地上，然而並不是受到什麼重創，不用幫忙也爬得起來，但我不能讓羽川白白伸出手。

所以我以握手的力道抓著她的手。

然後起身。

「…………」

為什麼呢……

像這樣握她的手，與她相繫的時候，這種心跳加速的感覺——也單純只是欲求不滿的產物嗎？

搞不懂。

「阿良良木真溫柔。」

羽川如此說著。

面帶笑容。

以紗布遮住半邊的笑容說著。

「是一個溫柔的好人。」

「…………」

應該怎麼形容？

這張笑容——很恐怖。

率直令我覺得恐怖。

令我體認到，能夠在這種狀況對我露出笑容的羽川——果然和我這種吊車尾的傢伙「不同」。

雖說是「不同」，卻不是格格不入的感覺。

反倒像是畏懼。

也就是恐怖。

這麼說來，記得忍野那個傢伙，曾經以更加露骨的方式形容——以「噁心」形容羽川的這一面。

「我啊，很喜歡阿良良木的這一點。」

她隨口就說出天大的事情。

雖然是羽川一如往常的作風——但是，為什麼呢？

聽到羽川說她喜歡我，我當然有種開心的感覺，卻莫名有另一種受傷的感覺。

像是被柔軟的利刃掏挖。

有種落寞的心情。

說真的，到底是為什麼？

「稍微走一走吧。」

此時，羽川如此說著。

她如此邀約，不等我的回應就踏出腳步。

雖然有所疑惑，卻毫不猶豫——我收起身旁腳踏車的腳架，握住龍頭推著腳踏車，立刻追上羽川。

然後與她並肩前進。

聽說在男女並肩前進的時候，男性依照禮儀應該走在靠馬路的一邊，但要是現在這麼做，我就會走在她臉頰受傷的左邊，所以我逼不得已改為走在她的右邊。

如果有車子開上人行道，我當然願意挺身而出保護羽川——但我認為現在的羽川，肯定不希望我繞到她的左邊。

不希望我位於紗布所在的那一邊。

我如此認為。

「羽川。」並肩前進之後，我先以無關緊要的話題進行交談。「妳要去哪裡？」

「嗯？唔唔……沒要去哪裡。」對於這個問題，羽川如此回答。「假日就是散步的日子，我只是閒著沒事出來走走。」

「……就算這樣，也應該有目的地吧？」

「沒有喔，我並沒有要去任何地方。」

「…………」

「何況也去不了任何地方。」

「…………」

「哪裡都去不了。」如此回答之後，羽川繼續說下去。「阿良良木，記得你有妹妹吧？」

她提出這樣的詢問。

說她忽然改變話題——也並非如此。

「記得你在春假有提過。」

「啊啊……」

我應該有說過。

她居然記得這種事——不對，這不是值得佩服的事情。

羽川的記性好到可以形容為超級電腦，即使她記得至今交談的所有內容，也不是什麼不可思議的事情。

不過相對的，我也把至今看過的羽川內褲，全部記得很清楚！

「阿良良木，你在胡思亂想？」

「不，完全沒有。」我否定之後回答她的問題。「對，我有妹妹。」

我不斷尋找，努力思索羽川為何會提到這個話題。

「有兩個可有可無的妹妹。」

「居然說可有可無？」

「不，我是說真的。」

羽川咧嘴露出像是調侃的笑容，我則是頗為不滿的如此主張。要是被當成我在掩飾內心的難為情，那就是一件憾事了。

我不是傲嬌，也不是逆傲嬌。

真要說的話，是反嬌。

「那麼麻煩的妹妹，在這個世界上沒有第三個——應該說，就只有那兩個了。那兩個傢伙，不知道害我的人生步入歧途到何種程度……不知道把我的人生摧殘得多麼淒慘，想到這裡我就無可奈何。要是沒有那兩個傢伙，我不知道會踏上多麼正經的人生道路，想到這裡我甚至會一陣暈眩。」

「真敢說耶，不過我覺得你雖然嘴裡這麼說，和她們的感情卻很好。」

羽川依然是笑咪咪的表情。

反倒是笑得更開心了。

「感覺好像會露內褲給對方看。」

「…………」

這傢伙知道我多少底細？

慢著，雖然並沒有刻意露給對方看……不過這種說法聽起來，就像是完全看透我今天早上和月火的互動。

如果真的是這樣，或許她也看透我原本要騎腳踏車去做什麼……真恐怖。

妳是會讀心的妖怪「覺」嗎？

暱稱是「覺妹」嗎？

「絕對沒那回事。」

我斷然回答，表情宛如男人中的男人。

以畫風來形容，就是原哲夫老師的著作。（註41）

註41　漫畫家，作品有《北斗之拳》、《花之慶次》等。

「我們老是在吵架，這五年甚至沒有好好講過話，就算她們找我說話，我也當作沒聽到。」

「滿嘴謊言。」

「不，這是真的。我們只有用肢體語言交談。」

「你們感情很好吧？」

「應該說，這十年我們甚至沒見過面，頂多只有用字條交談。我們稱呼彼此為筆友。」

「所以說，你們感情很好吧？」

確實。

在旁人眼中，我們是感情很好的兄妹。

「不對，像是今天也鬧事了。像是今天，像是今天早上，我真的是剛和小妹吵了一架，她還用胸部揉我的手，有夠慘的。」

「用胸部揉手……？」

「是啊！受不了，她是撲過來揉耶！」

雖然我表達出強烈的憤怒，不過很遺憾，似乎沒能得到羽川的共鳴。

而且她瞪大眼睛，一副非常驚訝的樣子。

完全顯露出內心的想法……

剛才那副調侃的模樣完全消失。

我重新來過。

「總之，就算再怎麼說，畢竟是親人，不會把氣氛搞得太險惡，不過她們真的在各方面為我添不少麻煩。即使這麼說，我似乎也稍微為她們添了一些麻煩。」

「所以是彼此彼此？這樣真好，就像是家人一樣。」

「家人？」

「嗯。家族。」

羽川的走路速度非常穩定，就像是全部經過緻密計算。我推著自行車，配合她的速度前進。

「我有說過我是獨生女嗎？」

「不，我應該沒聽妳說過。」

不過，像這樣現在聽她說，就覺得應該是這麼回事。羽川不太像有兄弟姊妹。

「所以，阿良良木……我沒有家人。」

接著，羽川以平凡的語氣——說出這種話。

因為語氣過於平凡，我甚至差點聽漏。

差點只是應聲隨意帶過。

沒有？沒有什麼？

「等一下，羽川。只是沒有兄弟姊妹，卻說自己沒有家人，這種說法太過分了吧？不是還有爸爸媽媽，或是爺爺奶奶……」

「沒有。」

這次，並不是平凡的語氣。

羽川以斷定、強硬的語氣——如此說著。

如此堅稱。

「我沒有爸爸媽媽，沒有任何家人。」

「………？」

一副害羞的態度。

在這個時間點，我完全不明白羽川這番話的意思，也完全無法預料——明明稍微動腦就可能會明白，卻沒有這麼做。

因為這樣的羽川，和我對她的印象完全相反。

話中的內容是如此。

說話的語氣也是如此。

「阿良良木，要珍惜家人喔。」

「羽川，妳……」

「不，別誤會了。」

雖然羽川說出這種傲嬌風格的臺詞，不過以現在的狀況，當然沒有特別的含意。

「我並不是舉目無親喔。也對，抱歉，我說得太過分了，要說我說得太過分也不為過。我有爸爸，也有媽媽，我們住在同一個屋簷下，三人共同生活。」

「啊啊……這樣嗎？既然這樣，可是……」

「只不過，我們不是家族。如此而已。」

說出這番話的羽川，走路速度——還是沒有變化。

「我的爸爸媽媽，並不是我真正的爸爸媽媽，只是如此而已。」

「……不是真正的？」

「換句話說，就是假的。」

羽川以異常乾脆的語氣如此說著。

與其說是刻意這麼說，更像是只能這麼說。

「那麼，接下來……」

羽川沒有停下腳步。

「要從哪裡說起呢……很久很久以前，在十七年前，有一個可愛的女孩。總之就像是這種感覺吧？」

「女孩？」

「請想像成和我一樣的十七歲女孩。」

「嗯……」

摸不著頭緒的我點頭回應，隨即羽川繼續說：

「有一天，這名女孩有喜了。」

脫口而出。

羽川隨口說出這種不得了的事情。

「有……有喜？」

「嗯，就是懷孕了。順帶一提，她不知道男方是誰，畢竟她是一名四處留情的女孩。至於她生下的孩子，就是我。」

「等……」

感到困惑的我，連忙牽著腳踏車繞到羽川面前，阻止她繼續前進。

「等一下，事情進展得太快，我跟不上……咦？是妳？」

「是我。」

「…………」

羽川沒有特別的變化。

真的就是往常的——一如往常的羽川翼。

「所以我是所謂的私生女。嗯。」

「慢著……這種事很奇怪吧？居然不知道爸爸是誰，這樣很奇怪吧？不久之前，妳不是說妳和爸爸媽媽三個人共同生活嗎？」

「啊～抱歉抱歉，那位爸爸是另一位爸爸。我的意思是說，我不知道基於生物學，有著血緣關係的親生爸爸是誰。雖然嚴格來說並不是不知道，但是追究這種事情也沒用。」

羽川歪過腦袋，輕盈閃躲擋在她面前的我，然後前進。

明明沒有目的地，依然繼續前進。

「順帶一提，現在的媽媽也是另一個媽媽。因為生下我的媽媽很早就自殺了。」

「自殺？」

「自殺。以繩子上吊。以自殺的方式來說，這算是很常見的——不過上吊位置選在嬰兒床的正上方，這一點就有點特別了。就像是天花板的吊飾一樣。」

羽川如此說著。

一副不足為提的語氣。

宛如在簡介以前看過的連續劇。

述說自己的人生。

述說原本不可能留在腦海的昔日記憶。

「不過，她在自殺沒多久之前結婚了。畢竟她舉目無親，經濟上要養育孩子有困難，所以是為了錢結婚。」

「錢……」

「沒有愛情的婚姻，依照狀況可能不會受到批判，不過以這種場合就難說了，對於男方來說應該是悲劇吧。與其說是悲劇，應該說累贅。因為必須收養一個不知道妻子跟誰生的小孩。啊啊，這個人就是我第一個爸爸。」

「第一個？」

「這個人也和現在的爸爸不一樣。」

「………」

不一樣的爸爸嗎……

不過，所謂的不一樣，到底是何種程度的——不一樣？

「關於媽媽自殺的原因，老實說，我不知道。她原本好像就多愁善感。不過，她對戀愛抱持過度的憧憬，這種為錢而維持的婚姻生活，對她來說有點沉重。不過即使如此，我覺得整件事的受害者，應該是第一位爸爸。」

羽川提出自己的見解。

這種冷酷的說法，一點都不像她的冰冷說法，每字每句都撥亂我的心。

「我對第一個爸爸幾乎沒印象了，不過聽說是正經八百，宛如書裡才會出現的工作狂，根本不會養育子女。後來他再度結婚，這次結婚應該是為了養育子女吧。既然這樣，其實雇一個保母就行了，大概是覺得如果沒有母親，對孩子的教育不太好，因為他是一位正經的人。」

羽川為「第一個爸爸」的做法進行解釋。

「然後，這位爸爸工作過度，最後過勞死了。留下來的媽媽是第二個媽媽，也就是現在的媽媽，現在的爸爸則是她的再婚對象。以上。」

羽川以笑容做結。

如果她立刻接著說「開玩笑啦，騙你的，等等回家之後，就會有熱騰騰的湯，溫柔的爸爸，以及有點俏皮的媽媽迎接我」這種話，我應該會直接相信。她敘述的這段往事，就是如此缺乏可信度。

不，實際上確實很像謊言——荒唐無稽。

也可以說莫名其妙。

沒有到複雜的程度，只要圖解就可以一目了然的家譜。

然而，如果這是真的，那麼現在和羽川住在一起——和她住在一起，並非家族的父親與母親是……

「沒錯，現在和我住在一起的爸爸媽媽，和我完全沒有血緣關係，說穿了就是陌生人。啊哈哈，沒有血緣關係的陌生人——吸血鬼聽到這種話，肯定會笑出來吧。」

「……不會笑的。」

我都這麼說了，所以肯定沒錯。

今天依然在那座廢墟雙手抱膝坐在角落的那名小女孩，應該也完全不會笑吧。

只不過自從春假之後，我就沒看過那個幼女的笑容了。

「這是怎樣，現在是在講什麼話題？」

「在講昆蟲物語（註42）的話題。沒有啦，以戶籍來說，他們確實是我的父母親，是我的爸爸與媽媽。不過他們完全沒做過父母該做的事情。」

即使我自認有好好扮演女兒的角色。

像這樣宛如隨口追加般，傳入我耳中的這句話，或許是我聽錯了。

因為我不認為羽川會單方面像這樣對我吐苦水。

但是，真的嗎？

或許這才是我的誤解吧？

我懂羽川什麼？

難道我覺得如果是羽川——就不會有任何煩惱？

以為羽川翼這個人，不會受傷？

以為只要是她，就不會反省或後悔？

沒有討厭與不擅長的事情？

羽川理所當然應該幸福——我如此認為嗎？

註42　早期日本動畫，蜜蜂王子萬里尋母的故事。

把自己的想法，強行套用在她的身上？

「即使沒有血緣關係，也可以成為一家人——我以前也曾經這麼認為。因為是輾轉待過各種家庭之後終於穩定下來的家，我曾經想要努力建立良好的家庭關係，不過真的不是所有事情都能稱心如意。無法稱心如意，真無聊。」

羽川說完之後忽然轉身，這次是她繞到我面前，擋住我的去路。

「對不起，阿良良木。」她如此說著。「我剛才說了壞心眼的事情，對吧？」

「咦……不，沒那回事。」

我不明白為什麼會演變成羽川向我道歉的狀況，所以不知所措。

「因為，這是我在亂發脾氣。」在我不知所措的時候，羽川如此說著。「忽然聽到我說這種事，你應該會不知道如何反應吧？會覺得我到底是怎麼回事，何況這件事根本與阿良良木無關——但你卻不知為何有點同情我，而且對於自己這種不合理的同情心抱持罪惡感吧？感覺自己好像做錯了……所以心情變差了吧？會覺得偷看到朋友的隱私，所以內心變得沉重了吧？」

滔滔不絕說出這番話的羽川，洋溢著悔恨的情緒。

表情忽然變得非常軟弱，就像是處理的時候一個不小心，就會損壞到無法挽回的程度——有種不允許我反駁的氣氛。

或許是她臉上的紗布，強調了這股氣氛吧。

「所以我才會說出來。」

羽川如此說著。

「正如我的預料。其實，我在利用阿良良木宣洩情緒。」

「…………」

「用這種方式，害得阿良良木心情變差，藉以宣洩情緒，讓自己舒坦……這甚至不能叫做吐苦水吧。」羽川抱持著極度愧疚說話的模樣，令人不忍正視。「這是在消除我的欲求不滿。」

「欲求……不滿。」

說實話，在這個時間點，我大致推測出來了。

關於之前擔心的推測是否正確，以及基於這項推測的演變，我大致有底了。

覆蓋羽川臉頰的紗布。

導致這種狀況的原因。

如果並不是我所推論的那樣——羽川就不可能忽然跟我聊家人的話題。

如果不是這樣，就用不著宣洩情緒了。

用不著以我來宣洩情緒。

「不過，沒想到妳居然知道這些事。父母不應該把這種事告訴本人吧？比方說，應該保密到妳二十歲生日那一天……」

「爸媽是心直口快的人，我還沒上小學就聽他們說了。他們……似乎真的把我當成累贅。」

「……羽川。」

我下定決心——提出詢問。

無法不過問。

以這種場合，不要得到明確的答案，並且不去驗證答案，肯定是最好的做法。雖然我如此認為——

然而，太遲了。

我已經深入羽川這個人的物語了。

她的心。

她的家庭，被我粗魯闖入了。

「妳的臉，是誰打的？」

毫無證據。

冷靜思考就會發現，即使不用多想，臉受傷的原因要多少有多少——居然認定是某人打的，我也太武斷了。

然而……

「為什麼要問這種問題？」

羽川如此說著。

並不是拒絕我的詢問，就像是小孩子將詫異的想法脫口而出的語氣。

「阿良良木，為什麼要問這種問題？」

「因為……」

我結巴了。

這或許是羽川給我的機會——不對，不是「機會」這種積極的玩意。

要收手就趁現在。

或許她在提出警告——最後通牒。

也可能類似威嚇射擊。

然而，我沒有退縮。

「應該是因為，我是妳的朋友。」

「……朋友。」

「雖然我不太懂，不過在這種場合，是朋友的話就應該問清楚吧？」

因為羽川是我久違結交的朋友。

距離感——我無法拿捏。

就像是在看3D電影，無法確認位置——存在著視差。

「嗯～這樣啊，說得也是，或許吧。」聽到我這番話，羽川點了點頭。不讓我繼續追問，點了點頭。「說得也是，如果話題在這裡中斷，真的就只是利用阿良良木宣洩情緒了……不夠和剛才的掀裙子抵消。」

「…………」

不，早就能抵消了。

我甚至想讓妳看我的內褲來彌補。

但我沒有真的說出口。

「可以保證不告訴任何人嗎？」

「嗯，那當然。」

「是任何人喔，真的是任何人喔。甚至對妹妹們——對家族，都要保密。」

這種百般叮嚀的語氣，會令人覺得她在開玩笑，卻也感受得到她嚴肅的態度。

換個直接的角度來看，就像是要求我進行絕不毀約的承諾。

就是這樣的語氣。

即使感受到這樣的壓力——我依然點了點頭。

「我……保證。」

「是爸爸今天早上打的。」

羽川幾乎是在我做出承諾的同一時間回答。

毫不在意，掛著笑容。

笑咪咪的。

她像是把這種事視為理所當然，視為每個家庭經常發生的事情，如此說著。

「不……」

我的聲音，在顫抖。

因為憤怒。因為恐懼。

「不能這樣吧——！」

想當然耳。

依照話題的演變，這應該是無須驚訝，理所當然的結論——會出現的誤差，就是動手不是父親而是母親，或是使用的不是拳頭而是物品，頂多只是這種程度的差別。

「雖然他們完全沒做過父母該做的事情……卻沒想到會做出父母不該做的事情，害我嚇了一跳。」

「居然說嚇了一跳……」我無法掩飾困惑。「你們不是……冰冷的家族嗎？」

「不是家族。不過確實很冰冷。」

羽川如此說著。

真的是以冰冷的語氣。

「或許有點冰冷過頭——結冰了吧。即使如此，我如今還是想和他們的關係拉近一點。明明好不容易取得平衡的說。既然這樣，就應該是我的錯了。」

「怎麼可能是妳的錯？妳不可能會錯……」

因為，妳總是——正確的一方。

「到頭來，妳爸爸為什麼要打妳？」

「沒什麼大不了的。爸爸把工作帶回家，我不小心插了嘴，然後就被打了。媽媽則是默默旁觀，就只有這樣。」

「就只有……這樣？」

這……應該沒什麼大不了的吧？

真的就只有這樣。

沒什麼好強調的，就只有這樣。

然而……

「只是這種沒什麼大不了的事情，為什麼爸爸會對女兒——動手？」

「因為啊，阿良良木，你想想看，假設阿良良木現在是四十歲左右……如果有個來歷不明的十七歲丫頭，講得好像什麼都知道一樣，你會有什麼感覺？即使稍微火大，或是一氣之下動手，不覺得這也是無可奈何的事情嗎？」

「————」

來歷不明的十七歲丫頭？

為什麼要用這種——自虐的說法？

比起羽川被打的事實，這件事反而比較恐怖。

不，這種感覺——不是恐怖。

我明白身體發抖的原因了。

明白內心騷動的原因了。

我——感到噁心。

並不是借用忍野的說法。

我現在是基於自己內心的情感——以我的說法，說出實際的感受。

羽川翼很噁心。

即使不稱為家族，即使說他們不是真正的父母，是假的父母，即使以冰冷的語氣如此斷言——現在的羽川翼，依然在袒護這樣的雙親。

我不知道這是我的角度，還是世間的角度，還是哪個人的角度。

總之。

這種不是父母的父母，會打女兒的父母——

她正在袒護。

對於這樣的羽川，我以朋友的身分——率直覺得噁心。

這傢伙是怎樣？

到底是怎麼回事？

「施暴也是無可奈何的事情……這是什麼話？妳真的可以講這種話嗎？這不是妳最不能原諒的事情嗎？」

「沒關係吧……也才一次而已。」

羽川說出這種話。

不對。

是我讓她說出這種話。

「既然這麼說，我剛才不是也打了阿良良木嗎？就算這樣，阿良良木會對我生氣嗎？」

「不，那是……」

那是我不對。

雖然有著足以稱為大義名分的理由，不過即使如此，掀女同學裙子的男生被打，也是無可奈何的事情。

「對吧？所以這是無可奈何的事情。」

羽川笑咪咪綻放出毫不在意的笑容——不是逞強，也不是引人同情，宛如只是打從心底如此認為。

她說：

「因為我是我——所以被打也是無可奈何的事情。」

「…………」

我語塞——錯了。

是找不到話語可以塞。

對於現在的羽川——我無言以對。

我現在啞口無言的模樣，不知道羽川究竟是如何解釋的。

「阿良良木，我們約定過吧？」

她像是再三叮嚀的如此說著。

往前一步，和我拉近距離。

宛如語帶玄機如此說著。

「阿良良木，我們約定過吧？你不會告訴任何人……你有承諾過吧？」

不會告訴任何人。

包括妹妹們，包括家人。

或者——包括學校，包括警察。

不。

錯了，不只如此。

最重要的是，不會再度對羽川本人提到這個話題——我應該已經承諾過了。

這是羽川要表達的意思。

羽川一五一十說出所有的真相，藉以反過來束縛我的行動。

羽川得到我的承諾，藉以抓住我的把柄——為了雙親。

為了毆打她的那名父親。

為了冷眼旁觀的那名母親。

為了保護——陌生人。

「可，可是，這種約定……」我好不容易才擠出來的聲音，應該有在微微顫抖。「這種約定，我怎麼可能遵守……」

「……阿良良木，求求你。」

羽川如此說著。

朝著回話時支支吾吾的我，如此說著。

誠實無比的羽川翼，朝著我這種面不改色就能毀約的輕佻傢伙——低頭了。

深深鞠躬。

下彎到腰都快要折斷，宛如沉入黑暗，將她綁著麻花辮的頭低下來。

「請不要把這件事告訴任何人。」

「羽川……可是，我……」

「請不要把這件事告訴任何人。」我依然試圖抵抗，然而羽川宛如機械，重複著相同的話語。「如果你答應保密，我願意做出任何事。」

「咦？真的？羽川願意為我做任何事？太棒了！」

我上鉤了。

「阿……阿良良木？」

我以雙手握拳擺出勝利姿勢，並且當場跳起來大呼痛快。看到這樣的我，羽川沒有隱瞞驚訝的神情，瞪大眼睛收回剛才踏出的那一步。不對，還退了第二步、第三步，退了這麼長的距離。

感覺內心的距離退得更遠。

然而現在的我，無暇在意這種事情。

羽川願意為我做任何事？

羽川翼？

只要我不講？

「唔哇，怎麼辦，要讓她做什麼要讓她做什麼？要讓她做什麼才是最佳選擇？不。慢著慢著，我別慌張，不要心浮氣躁，這種時候更需要冷靜，要以莊嚴肅穆的心來進行，將這個未曾有的機會發揮到極限！」

「呃，咦？是這種反應？現在是這種場面嗎？難道不是阿良良木內心被我的真摯打動，雖然心不甘情不願卻還是承諾保密的場面嗎？」

「真摯？那是什麼，我沒聽過！」

那種玩意扔給貓吃吧！

我完全靜不下來，開始莫名在周圍踱步轉圈。雖然在旁人眼中完全是個可疑人物，但我不在意他人的目光，也不在意羽川給我的白眼。

「任何事嗎～不過聽到這種說法，反而不知道該怎麼辦了耶～可惡，我真懊悔自己這麼優柔寡斷，像是這種時候更應該當機立斷，才叫做男人中的男人吧？」

「不，我覺得是最差勁的男人……」

羽川一副不敢領教的樣子。

似乎隨時都會逃走。

「阿良良木，還記得我們剛才聊了什麼嚴肅又沉重的事情嗎？」

「不記得了。」

「原來不記得了……」

「阿良良木是誰？」

「原來連自己的姓名都忘了……真是預料之外的演變。」

羽川以抱頭嘆息的語氣如此說著。我忘記自己的姓名，居然能讓她受到這種程度的打擊，我對此感到欣慰。不過我這種來路不明的傢伙一點都不重要。

我只要記得一件事就好，那就是羽川剛才的那句話。

「沒錯，就是羽川剛才所說，『阿良良木同學的任何要求，翼老師都會聽哦☆』這句話……」

「我沒這麼說！」

羽川生氣了。

即使被罵，我也不痛不癢。

「你說的翼老師是誰啊？」

「嗯？啊啊，抱歉抱歉，我只是在模擬羽川扮演女老師陪我玩的狀況，卻不小心脫口而出了。」

「你到底在模擬什麼？」

「所以，羽川剛才說了什麼？」

「唔……」即使透露出極為苦澀的神情，但她一言既出駟馬難追的誠實個性，不允許她拒絕我的要求。「……請不要把這件事告訴任何人。」

「不對！是下一句！」

「這件事」是什麼意思啊！

我第一次聽到這三個字！

聽起來真新奇啊，喂！

「如果你答應保密，我願意做出任何事……」

「來自宇宙的電磁波干擾，害我聽不清楚！麻煩把後半句再說一次！」

「…………」

羽川的雙眼，與其說是在對我白眼，更像是達到翻白眼的等級了。

唔～……

可以的話，我希望她能害羞紅著臉頰講出那句話，但我就不奢求了。內心鄙視卻依然發誓絕對服從的她，也別有一番滋味。

……或許是我多心，目前正在鄙視我的視線，似乎不只是來自羽川……我甚至覺得，好像聽到各位投以這種視線之後啪一聲闔上書本的聲音。尤其是從動畫接觸這部作品的讀者們。

算了。

無論他人怎麼想，最重要的是要活出自己的風格。應該有某位可能很偉大的古人這麼說過。這位古人，謝啦。

「我願意做出任何事。」

羽川複誦了。

語氣有夠死板。

「…………」

死板成這樣終究不太對。

「麻煩再稍微加入一點情感。」

要求對方絕對服從的我，莫名放低姿態提出請求。

「請想像剛才的死板語氣，充滿我目前對阿良良木抱持的所有情感。」

「不，沒這回事，羽川，要相信自己，如果是妳，肯定能講得更有靈魂。」

「我・願・意・做・出・任・何・事。」

這次不是以死板的語氣，而是加入名為憤怒的靈魂，聽起來極為粗暴。

聽起來像是不願意做出任何事。

甚至不願意為我吐個舌頭。

「唔……我不會輸的。」

我不會屈服於這種魄力。

如今我已經確實得到她的承諾了。

既然這樣，接下來我將可以隨心所欲。

我站上舞臺了。

這是阿良良木曆一個人的舞臺。

「願意做出任何事嗎……不過說真的，到底要讓妳做什麼！因為選項太多，所以令我迷惘！不，這簡直是在寫小論文！我的語文組織能力正在遭受挑戰！」

早知道應該多唸點書！

明明好不容易就讀升學學校，為什麼我至今上學老是遲到！

俗話說過於幸福會使人陷入混亂，我現在就是處於這種狀況。要是沒能冷靜行動，有可能會以天大的失敗收場。

「等一下？這麼說來，羽川沒有限制願望的數量！換句話說，如果換個角度解釋剛才那句話，不就代表她願意實現我無限個要求？」

「只有一個！」羽川立刻修正。「你可以隨意對我提出『一個』要求！」

「唔……被妳進一步解釋了。」

這個世界果然沒這麼順心如意嗎？

算了。

我喜歡地球的神龍，更勝於納美克星的神龍。因為能夠讓死掉的同伴們一次復活，很方便。

「我真的開始頭痛了……」羽川如此說著，並且真的抱住頭。「比起被爸爸打的臉頰，頭反而比較痛。」

「頭痛？」

「嗯。春假和阿良良木有所來往之後，我就一直有頭痛的毛病。」

「唔……」

這令我很擔心。

不過這種事，現在暫時放在一旁。

「羽川，總之先到沒有人煙的地方吧。」

「不，我覺得現在這個空間已經很沒人性了……」

「我不是說人性，是人煙。往這裡走吧。」

我如此要求。

「唉~……好的好的，我明白了。反正我沒有特別要去哪裡。」

羽川誇張嘆了口氣，然後跟著我走。

哼，就算妳想用這種方式鬧彆扭讓我有罪惡感，這種作戰也對我沒用。

如今，羽川可說是完全受到我的掌控——我可沒有幼稚到會放過這種機會。現在正是關鍵時刻，是面臨成敗的關頭，就讓她見識我的男子氣概吧。

我把腳踏車停在看似安全的地方（這是挺高級的越野腳踏車，所以得小心遭竊），然後帶羽川到附近的樹叢。

「………………」

帶羽川到附近的樹叢。

帶羽川到附近的樹叢。

帶羽川到附近的樹叢。

……怎麼回事，這句話聽起來莫名有種犯罪的感覺……令我全身顫抖！

不！

這是你情我願，所以肯定不是犯罪！

而且以這種狀況，應該說羽川帶我到附近的樹叢比較正確！

這就是所謂的誘受吧？（註43）

不然就是傲嬌受！

……不對，我完全看不出羽川有任何傲嬌的要素，不過總覺得她只有現在處於高傲狀態，才會令我莫名如此認為。

期間限定的傲嬌。

「好啦，所以阿良良木，要做什麼？」

羽川一副看開的模樣，以這樣的語氣詢問我。

她把身體靠在後方的樹幹，總覺得就像是陪幼稚園小孩玩家家酒的親戚姊姊。

被迫應付小朋友的感覺。

「什麼嘛，羽川，看妳挺從容的嘛。」

「是很從容。」

羽川宛如挑釁般說著。

遊刃有餘。

「因為我已經預見接下來的進展了。反正阿良良木無論提出任何要求，都會因為我

註43　BL用語。

光明正大準備回應，到最後害怕得什麼都不敢做吧？」

「妳、妳說什麼？」

居然說我會害怕？

這是何等侮辱！

說說看啊，我到底在何時何地害怕過了！

「春假，體育倉庫。」

她回以一個直截了當的答案。

我不得不以沉默回應。

完全沉默時的使徒，應該就是這種心情吧？

如果是這樣的話，那我面前這架EVA還真可愛。

大概是吉崎觀音設計的。（註44）

「哎呀～我想起來囉～阿良良木在春假的那副弱雞模樣。就算是不認識雞這種生物，只要看到當時的阿良良木，就可以大略明白是什麼樣的生物囉。」

難得看到語氣如此嘲諷的羽川小姐。

雖然嘴裡說「我想起來囉～」，但她似乎不願回想當時的事情。

「所以，弱雞阿良良木，你要我做什麼呢？反正我應該什麼都不用做，不過我就聽

註44 《KERORO軍曹》的作者，參與新世紀福音戰士的特別企劃《使徒XX》。

聽你怎麼說吧。要做什麼？脫衣服？幾件？」

「…………」

唔〜……

看來，羽川對我的男子氣概評價很低。

身為男性，這是無比的屈辱——不對，但是羽川有所誤解。

春假的我確實是弱雞。

這一點我承認。

然而，如果以為弱雞永遠只是弱雞，那就大錯特錯了。就像是小雞總有一天會成為大雞，我也——咦，這樣的話依然是雞。

不對不對。

即使是雞，但我是名古屋鬥雞！

我反而必須抱持著彌補春假失態的氣魄，在此時此刻好好表現。

哼。

居然讓這樣的我得到平反的機會，神也挺慈悲的。

…………

說真的，是「這樣的我」耶？

神會不會太好心了？

「嗯……」

我伸手抵著下巴思索。盯著羽川，讓視線從頭到腳，仔細在她的全身遊走。

「唔……」

我這樣的視線，使得羽川隱約出現畏懼反應，然而她依然逞強地將雙手放到身後，做出挺直背脊的動作，反而讓我更方便觀察羽川的全身。

唔。

這就是膽量嗎？

還是說，她打從心底確信我是弱雞？

……應該是後者。

哼，既然這樣，就容我乘虛而入吧——反正不用擔心這種作品的改編動畫會做到第六集的劇情，就算我恣意妄為也不會被發現。

雖然在電視播放這種光景會不太妙，不過既然只是文字，我的好感度肯定不會受到影響！

小說並沒有受到管制！

「怎麼了，阿良良木，賣關子賣得這麼大……還是說，你完全想不到點子？還是說還是說，阿良良木想做的事情，就是像這樣用眼神舔遍我的全身？所謂的視姦？」

「…………」

唔。

慢著——對喔。

對羽川來說，這番話或許只是用來挑釁我，或者是用來挫我威風的話語——但是對我來說，這反而是很大的提示。

這正是最好的線索。

沒錯。

羽川「願意做出任何事」這句話，導致我不禁滿腦子都在思考要讓羽川為我做什麼事——不過以這種狀況，反過來的做法也可以成立。

不是由羽川為我做某件事——也可以由我對羽川做某件事。

換句話說，如果要使用符合文理的說法，就是要讓羽川「忍耐」——嗯。完全可以成立。

而且，羽川這番話裡的提示不只如此。羽川也太傻了，一點都不像她。

這等於是羽川主動把攻略她自己的方法告訴我，還是說真的是那樣？她果然是誘受嗎？那我就不用客氣了。

如今，我心中僅存的一片良心消失了——不，等一下，這是很嚴重的事情吧？

良心耶？

良心消失？

「羽川。」

「什麼事？」

「我想做的事情，並不是用眼神舔遍妳的全身。」

「嗯，我想也是……」羽川微微歪過腦袋如此說著。「因為，這是阿良良木平常就對我做的事情。」

「被發現了！」

我在上課的時候偷看羽川（胸部）的事情被發現了，我好想死！

「容我苦口婆心給個忠告，我覺得還是專心看黑板比較好，畢竟老師那麼努力想要傳授各種知識給我們。」

「嗚……」

居然用這種溫柔勸說的語氣……！

相較之下，還不如嚴聲斥責比較好受……我的心快要屈服了！

我要加油！

要讓內心撐下去！

把受傷的心補強吧！

只要跨過這個障礙，就會有極樂天堂迎接我了……應該吧！

「然後，我要告訴你一件事做為參考。女生對視線意外敏感，所以你在看的時候要小心一點比較好。」

「混帳……就算妳想用這種話讓我的心屈服或粉碎，也沒有用的……」

我好不容易讓幾乎脫力跪下的膝蓋重振起來，使勁挺直身體。

「羽川，我想做的事情，並不是用眼神舔遍妳的全身。」

「嗯，我想也是。」

「我……」

我看著羽川，而且是筆直凝視著羽川的雙眼，並且說出來了。

「我想要仔細舔遍，妳紗布底下被打傷的部位。」

004

中場休息。

雖然至今也有略微提及，但我打算在這個時候，以簡潔易懂的方式，稍微提一下春假發生的事情。

老實說，我身為當事人，不太願意提及那兩個星期發生的事情，不過很遺憾，為了陳述這段黃金週的經歷，我認為我無法迴避這個話題。

春假。

我遭受吸血鬼的襲擊。

在磁浮列車進入實用階段，畢業旅行理所當然會出國的這個時代，這是丟臉到再也不能見人的可恥失態，不過總而言之，我遭受吸血鬼的襲擊。

吸血鬼——怪異之王。

連鮮血都會結冰，連鮮血都會沸騰。

鐵血、熱血、冷血的吸血鬼。

擁有無數稱號的怪異殺手。

耀眼眩目，光輝奪目，金髮金眼的美麗吸血鬼，朝我的脖子一口咬下，吸盡我全身的血——然後，我變成了吸血鬼。

不死之身，無敵，最強的——吸血鬼。

無論是專門獵殺吸血鬼的吸血鬼獵人，身為吸血鬼卻狩獵吸血鬼的「同類殺手」，或是宗教的特種部隊，都沒能拯救我——為了恢復成人類，我整個春假都在戰鬥。

直接講結果吧，在一位路過的邋遢大叔，以及同班班長的協助之下，我在最後成功恢復為人類。

這是一種幸運。

這是一種不幸。

即使多多少少留下輕微的後遺症，至少我成功恢復到——極為近似人類的程度。

可喜可賀。

美好的結局。

這個世界與我的人生，並不會以這種簡潔的方式結束，而且不會有劇終的一天。不過如果堅持要有個結尾，那麼當我被那位美麗吸血鬼咬下的那一刻，可以說一切都結束了。

這件事講到這裡為止。

至於我為什麼要在這時候插入這段往事，關鍵在於「輕微的後遺症」——吸血鬼的後遺症。

後遺症的最明顯部分，在於恢復能力與治癒能力——總之，吸血鬼的不死特性，就像是現今坊間動漫畫敘述的那樣。

比方說，無論是在路上跌倒害得膝蓋擦傷，或是手指被紙張割傷，或是與妹妹火憐扭打受傷，雖然要依照我當時的狀況，也就是「吸血鬼度」而定，不過這種小傷一眨眼就能治好。

治好。

恢復。

正如字面所述，遠超過常人的恢復能力——而且依照狀況，這樣的恢復能力也可以用在他人身上。

可以治療他人的傷。

只要將血液或唾液之類的體液，塗抹在對方的傷口上——只要擦上去，就可以治好傷口。換句話說，可以想像成藥妝店會賣的藥用軟膏。

只要塗個口水。

只要舔一舔——就會好。

因此。

所以。

就這樣。

「謝謝。」

——事後，羽川如此向我道謝。

我的企圖一下子就被發現了。

我假裝不以為意，即使犧牲自己的好感度也不以為意，一副只想滿足自己慾望的樣子，想為羽川治療紗布底下的傷，但我的企圖完全被她看透了。

想說即使表達治療的意願，羽川肯定會婉拒，才會像這樣利用她的語病，不過這項作戰似乎完全被她看在眼裡。

好丟臉。

好想自殺。

而且羽川也是，明明已經看透我的企圖，卻二話不說任憑我處置，與其說是想讓我療傷，更像是要給我一個面子。

唔～……

總覺得就像是一場預先設計好的比賽，真悲哀。

「姑且還是把紗布貼回去吧。」

我像是掩飾內心的難為情如此說著。

不對，真的是在掩飾內心的難為情。

「傷忽然痊癒也很奇怪吧？至少得假裝受傷才行，不然……」

「爸媽會懷疑？」羽川搶了我的話。「不會的。」而且，她還進一步如此回答。「他們不是這樣的人。就算我把頭髮剪光，那些人說不定也不會發現。或許那些人……連我的長相都不記得。」

……姑且進一步說明吧，其實我是個沒膽子舔羽川臉頰的弱雞小子，所以我是以包包上的安全別針戳指尖，以滴出來的血塗抹羽川的患部，使用這種極為健全的行為幫她療傷。

成為名古屋鬥雞展翅啟程的那一天還很遙遠。

即使如此，如果是春假還很難說，但現在的我只是類吸血鬼，體液並沒有完全治癒的根治效果——不過從最終的結果來看，應該有做到不會留下傷痕的程度。

反過來說。

要是我沒有進行這樣的治療——將會留下露骨的傷痕。

她的傷就是如此嚴重。

甚至懷疑要以什麼樣的力道，才能打成這種模樣。

殘酷。

狠毒。

父親動手毆打女兒的臉——依照羽川說法，聽起來就像是一時衝動只打了一拳，然而我實在無法如此認為。

宛如糾纏不休——執拗反覆毆打同一個部位。

就是這樣的慘狀。

羽川所說「被打的原因」，怎麼想都是極為瑣碎的小事——具體來說，即使再怎麼「好像什麼都知道一樣」，也不足以成為父親打女兒，或是成年男性打女孩子的理由。

即使如此……

「要送妳回家嗎？」

「不，不用。」

我的這項提議，被她斷然——嚴詞拒絕。

她的態度，宛如完全不讓他人介入這件事——這是當然的。

因為羽川並沒有向我求助。

我們就只是在路上巧遇。

只是偶然的產物。

不，即使她向我求救，我也沒辦法救她。因為人們總是——

人們總是自己拯救自己——

就是這樣。

所以在這之後，暫時一如往常並肩閒聊散步，在時間差不多的時候，不經意就隨口道別。途中似乎有讓一隻車禍死掉的白貓入土為安，但我記得不是很清楚。

總之，大致就是這樣。

後來我也被迫大幅修正後續的預定計畫——水壩建設中止進行了。我實在沒有心情去書店，我在道別的地點跨上腳踏車，就這樣直接返家。

「喔。哥哥，怎麼回來了，真早。」

回家一看，火憐正在倒立爬階梯——慢著，這個妹妹在做什麼？這是什麼訓練？

「………………」

但我甚至沒有心情吐槽，就這麼無視於她，前往洗臉臺洗手。

「什麼嘛，哥哥，別把我當空氣啦，好歹向可愛的妹妹說聲你回來了吧？東西買好了？」

「買東西？不，我要買的東西……」

所以，我沒買。

不只是沒有消除欲求不滿的狀態，內心的陰霾還只增不減。

這份心意，就只是不斷加重，更加明顯——

005

隔天。

也就是四月三十日。

與其這麼說，感覺或許比較像是四月二十九日的深夜（何況我只要沒被妹妹叫醒，就不會覺得新的一天來臨）——在我的爸媽，以及因為放假而玩得很晚的火憐與月火總算入睡的時候，我悄悄溜出家門。跨上越野腳踏車，儘可能不發出聲音，偷偷摸摸靜悄悄踩下踏板，而且好一陣子沒有開車頭燈。謹慎到這種程度，連我自己都覺得有點誇張。

夜遊？

並非如此。

我沒有這種勤於玩樂的勤快個性——雖然成績完全是吊車尾，不過我即使看起來這樣，依然是相當循規蹈矩的男高中生。

若是把我當成不良少年誠屬遺憾。

我強忍睡意要前往的地方，是位於郊外的廢墟，曾經是補習班的一棟廢棄大樓。那是即將崩塌，宛如廢墟，甚至不會用來當作試膽地點的建築物——我在這種三更半夜前往這樣的地方，絕對不會給人多好的印象。

要說這是不良行徑，我也無從反駁。

但我這麼做是有理由的。

我有前往這種地方的理由——以及把時間選在深夜的理由。明確的理由。

我在廢棄大樓外圍的圍欄前面停下腳踏車，以周圍毫無人影的狀況來看，應該完全沒有這個必要，不過可以說是以防萬一，也可以說單純只是習慣，我還是以鎖鏈鎖固定後輪。接著我從圍欄縫隙鑽進內部，進入大樓。

雖然剛才提到不會用來當作試膽地點，不過實際上像這樣在深夜入侵，即使是已經熟悉內部構造的廢墟，依然頗能令我背脊發寒。更何況——

更何況，這座廢墟裡有個貨真價實的怪物——所以更加驚悚。

怪物。

妖怪。

怪異——怪異之王。

吸血鬼。

夜行性的闇夜行者。

「不過，如今這也已經是往事了……」

就像是「很久很久以前，某個地方有一個吸血鬼」這樣。

位於這裡的並不是吸血鬼——是吸血鬼的餘燼。

吸血鬼的殘渣——吸血鬼的渣滓。

是類吸血鬼的幼女。

建築物內部比外觀還要荒廢。我避開瓦礫與各種廢棄物，沿著階梯走上四樓。

四樓有三個房間——每個房間都曾經是教室——我沒想太多，按順序從最靠近我的教室開門。

今天運氣似乎不好。

第一扇門以及第二扇門，都沒中獎。

第三扇門也難以算是中獎——因為雖然類吸血鬼幼女在裡面，另一個應該會在的男性卻不在裡面。

「咦……忍野那傢伙，這麼晚了還跑去哪裡？」

出門了？

這傢伙還是老樣子，完全看不出行動模式——不過畢竟是這種時間，他有可能是在樓下某處，拿老舊的書桌拼成床鋪睡覺。說不定他為了避免我妨礙睡眠，才故意不挑四樓的教室睡覺。雖然我從未預告正確的來訪時間，不過那個傢伙就像是能看透別人的心思——或許早料到我會在這時候來訪了。

總之基於這種意義，我也算是不速之客。在這種深夜時分前來找他，實在是不合邏輯。如果我認為他永遠都會說「你好慢啊，阿良良木老弟」迎接我，那我就錯了。

既然對方是超乎常理的吸血鬼，就要採取超乎常理的行動，這應該是理所當然至極，不過……

我伸手關上身後的門，看向坐在漆黑教室角落，曾經是吸血鬼的幼女——並且嚥了一口口水。

我明顯露出緊張的神情。

因為仔細想想，上次與這個傢伙兩人獨處，已經是春假的事情了。

至今像這樣在這裡見面時，忍野總是在場——雖說是兩人獨處，但是這名幼女絕對不是人類，而且我也絕對不是人類。

是不上不下的怪異——不上不下的人類。

而且，我與這名幼女，我們之所以會變成這樣——大多是我的責任。

所以當然會緊張。

內心當然會緊繃。

罪惡感——當然會萌發。

會萌。

「…………」

啊，不對，這裡說的「萌」，是與「萌發」同義的說法，絕對不是穿著清涼的金髮幼女可愛得令我著迷。

即使她的坐姿，是八歲女孩的純真模樣。

即使她金色的頭髮如此豐盈，每一根都像是絲絹般細緻。

即使她穿著可愛的連身裙——即使她赤裸的雙腿有著白皙潔淨的膚色，細嫩得不太能在這座廢墟四處走動。

她也一點都不可愛。

關於這一點，無須多做解釋……完全不用當作議題討論。

只要描述她那雙用力瞪過來，隱含著憎恨之意的刺人視線——就已足夠。

「……別露出那種眼神，標緻的臉蛋都糟蹋了。」

我半開玩笑如此說著，朝她接近過去——慎重踏出每一步。

「來，笑一個看看，笑容是最適合妳的表情。」

沒有回應。

明明不是冰冷的屍體——不，她已經類似冰冷的屍體了。

雖然這麼說，但我也不是期待她回應才向她搭話。她自從春假結束之後就不發一語，而且我也不會自己打起如意算盤，希望她在這種時間點忽然開口說話。

原因很簡單。

要是連我也沉默不語，我的精神力可能會撐不住，所以才會讓自己多講幾句話，如此而已。

忍野今天不在，所以這種念頭更加強烈。

雖說如此，「笑容是最適合妳的表情」這句話，純粹是我的真心話。

她雙手抱膝坐在教室角落，宛如會就這樣和周圍的黴菌同化。我在這樣的她面前一屁股坐下，然後脫下上衣。

……不，雖然我是在穿著清涼的金髮幼女面前忽然脫起衣服，但我並不是即將挑戰模仿魯邦三世的行徑，完全不是這麼一回事。

即使是小說，做出這種事終究會禁止出版。

嚴格來說，她不是幼女，是怪異，而且已經五百歲了，所以不成問題。但是這樣的藉口，不會有任何人聽得進去。

我會在四月底這個依然有些涼意的時期，在廢墟裡脫成半裸——是為了讓這名幼女進餐。

進餐？

那為什麼要脫衣服？

不是女體餐盤，而是男體餐盤？

雖然我聽到各位提出這樣的問題，但是這種事情用不著說明（話說，提出第三個問題的各位，我認為你們應該在某方面有問題）。

不用多說。

說到吸血鬼的進餐——就是吸血。

「……來，好歹說聲妳要開動吧。因為再怎麼辯解，這種進餐方式看起來都很沒教養。」

我以雙手摟住她嬌小的身體，強行將她抱起來，引導她的嘴接近我的脖子——因而成為相擁的姿勢。我無論做多少次都沒辦法習慣。

用餐。吸血。

不，對她來說，這甚至稱不上是進餐，如果要使用更加正確的說法，或許應該形容成「打點滴」——現階段的她，已經失去原本意義的吸血能力了。

在怪異專家——忍野咩咩的改造之下，她的體質已經只能吸收我的血液——反過來說，要是她沒有定期吸取我的血，她就會轉眼死亡，轉眼消失。如今的她就是如此脆弱的存在。

如今的她，以靈魂階級來說，就像是阿良良木老弟的奴隸——忍野曾經這麼說。

不，可是我認為，像這樣持續餵血給她的我，應該是她的奴隸才對。

應該是她的廝役才對。

吾之廝役。

她曾經以強勢又高傲的態度如此稱呼我——回想起她如此稱呼我的那段時光，就會令我對她如今脆弱的模樣感到心痛。

每次讓她吸血，勉強殘留下來成為吸血鬼餘痕的虎牙每次刺進我的脖子，就令我感到疼痛——痛的不是脖子，是胸口。

心會痛。

強烈的刺痛，陣陣傳來。

只能任憑處置。

不過，正因如此，這份痛楚能夠令我安心——無比安心。

因為只要她願意攝取我的體液，就代表她至少還有求生的意志。

一時之間甚至企圖自殺的吸血鬼。

原本已經宛如行屍走肉的吸血鬼。

如今為了我，就像這樣抱持著求生的意志——

「……咦？」

說到這裡，我察覺了。

就只有今天，她並沒有朝我的脖子咬下去。我們維持著相擁的姿勢，她將體重完全壓在我身上，不只是她細細的手，連細如樹枝的腳也纏住我的身體，讓彼此的上半身緊密貼合，呈現宛如無尾熊的姿勢，但卻沒有咬我的脖子。

「…………？」

猜不透她的意圖。

慢著，該不會事到如今，她打算拒絕吸我的血——不想繼續活下去了？我在瞬間感到戰慄，抱著她的手自然而然增加力道，差一點折斷她的背脊——然而並非如此。

我錯了。

仔細一看——沿著吸血鬼幼女的視線看過去。

她並沒有在看我的脖子。

相對的，她正在看我抱她過來的時候，放在身旁的物體。

散發甜美香氣的物體。

「那個……」

這是我帶來這裡，要給那個應該與豐饒生活無緣的流浪漢，如今住進這棟廢棄大樓的遊民——忍野咩咩的東西。可以說是伴手禮，總之就像是慰問品的東西。

Mister Donut 的優惠組合。

店裡十個賣一千圓的那種玩意。

黃金巧克力、蜜糖法蘭奇、天使法蘭奇、草莓奶油法蘭奇、蜜糖吉拿棒、椰香花捲多拿滋、蜜糖波堤、六小福、雙層巧克力多拿滋、椰香巧克力多拿滋。

當然會有甜美的香氣。

其實這是我和羽川道別回家的時候，買給妹妹們的伴手禮。

不過火憐與月火異口同聲說出「在減肥」這種莫名其妙的話，糟蹋哥哥的好意。正值發育期的女生減什麼肥，給我吃得圓嘟嘟一點！當時演變成如此激烈，似乎會嚴重影響今後人際關係的爭執，不過到頭來，這盒 Mister Donut 是我用月火借我的那筆錢買的，所以我在這場爭吵屈居下風。

最後被逼著向她們道歉了。

這是一種不講理的兄妹關係。

雖然這麼說，我一個人吃十個實在太多了，而且甜甜圈這種東西放越久會越走味，所以逼不得已，才會拿來要送給忍野這個別說今天的三餐，連昨天的三餐應該也沒著落的傢伙。

那個傢伙勉強以這棟廢棄大樓遮風避雨，而且搞不好只喝雨水過活。我好歹也會稍微同情他，偶爾拿點甜食讓他祭拜五臟廟。

…………

春假的那個事件，使得我欠他一筆鉅額的債務，具體來說就是五百萬圓。這樣的我為什麼只靠一千圓的甜甜圈組合就把架子擺這麼高，連我自己都不得其解。

五百萬圓。

這應該是足以讓大人上吊的龐大債務了。

我完全不知道該怎麼還，甚至懶得想方法。

不然去賣內臟？

利用不死之身的體質，不斷生產內臟來賣。

「聽起來真可怕。」

總之，先不提這件事——

芳香的甜甜圈組合，基於這樣的來龍去脈而出現在這裡。至於吸血鬼幼女就這麼被我抱著，卻完全無視於我，專注凝視著那盒甜甜圈。

火熱的視線。

換句話說，就是熱情注視。

「不……可是，怎麼可能……」

怎麼可能。

不應該有這種事。

即使是落魄的下場，即使是渣滓。

即使存在的意義幾乎被剝奪殆盡——即使無影無形，連名字也被剝奪，她依然是傲視天下的吸血鬼。

而且不是普通的吸血鬼。

是鐵血、熱血、冷血的吸血鬼，擁有貴族的血統。

也就是吸血鬼的純種。

她擁有此等地位耶？

做為主食的血液，都已經送到她面前了，她居然比較想吃甜甜圈？怎麼可能有這種事……

滋嚕。

響起這樣的聲音。

仔細一看，幼女正在流口水。

「不准破壞我的夢想！」

我隨著怒罵扔下幼女。

被我扔出去的幼女，腦袋撞上後方的牆壁，就這麼蹲了下去。

糟糕，不小心用這種粗魯的方式吐槽了。不過她口水直接滴在我裸露肩膀的討厭感覺，也是令我衝動的原因之一。

但要是說出這種話，即使當時是未遂，我甚至曾經想把唾液塗在羽川的臉上，這絕對不是什麼可取的事情。

「還、還好嗎？」

剛才那一撞的力道似乎很重，即使我朝著正要摸頭的幼女伸出手，也被她粗魯撥開了。

她似乎生氣了。金髮微微倒豎。

……話說，她簡直像是動物。

像是不太願意給別人摸，不肯親近人的貓。

不過，惹她生氣實在不太妙。要是再不幫她加油……更正，讓她吸血的話，她的身體真的會撐不住。最近我被奇怪的煩惱纏身，一直空不出時間來到這棟廢棄大樓，我把這種奇怪的煩惱誤認是戀愛的煩惱，這也可以算是我遲遲沒來的原因，不過多虧月火協助我解決這個煩惱，所以如果可以，我希望今晚餵她喝血，把之前浪費的時間補回來。

要瞞著妹妹們半夜溜出家門，並不是簡單的事情——雖然這麼說，但也不能簡單認定我可以白天過來。因為對於夜行性的吸血鬼來說，白天基本上是睡覺的時間。

沒有任何生物會在睡眠被打斷的時候依然維持好心情——以這種狀況，要讓她吸血也得費好一番工夫。

深夜果然是吸血的最佳時段。

……感覺真的像是在應付一隻動物。

或者是應付嬰兒。

餵奶的媽媽，或許也有這樣的心情。

好啦，這下子該怎麼辦——我雙手抱胸試著思考。

如果忍野在場，我就會想要找他商量，但他不在。即使他在別間教室睡覺，這個問題也沒有大到必須叫他起來。一個不小心的話，他甚至可能以諮商費的名義向我請款，我可不能再讓債務增加。

而且，我已經下定決心，要一輩子背負著她走下去。

如果連這種程度的問題，都沒辦法獨自解決，那怎麼行？

「記得在這種狀況，是不是只要摸她的頭就好……不對，這是服從的證明……」

唔～……

啊，對了。

雖然這種方法輕鬆到有點隨便，不過追根究柢，Mister Donut 就是這件事的起因，所以同樣用 Mister Donut 來解決不就行了？

沒錯，所有糾紛都能以食物來解決。

就像《美味大挑戰》那樣。

類似「哈哈哈，美食都已經上桌了，當然只能息怒囉？」的感覺。

我從塑膠袋取出 Mister Donut 的紙盒，放在自己的大腿上，以吸血鬼幼女看得到的角度緩緩打開。

然後拿起盒裡最旁邊的黃金巧克力，伸手遞給她。

遞給她。

並且在同一時間被搶走。

超高速被她搶走，甚至令我懷疑她說不定完全沒有失去吸血鬼的能力。

然後幼女毫不審視就一口咬下。

幼女同樣是以超高速的動作，大概三口就吃掉黃金巧克力，一副像是連自己手指都啃掉的吃相。

等一下等一下。

妳也吃得太津津有味了吧？

雖然是老話重提，但妳在喝我血的時候，也沒有喝得這麼津津有味吧——這個事實令我挺受傷的。

「……慢著，唔喔！」

吸血鬼幼女吃完之後，立刻朝著我大腿上另外九個甜甜圈發動攻勢。

我好不容易連人帶盒閃開。

並非開玩笑，幼女伸手畫出弧形軌道的動作，犀利得像是連我的腹肌都會遭殃被挖掉。

「坐下！」

在幼女準備發動下一波攻勢時，我不由得開口大喊。

雖然開口大喊，但我居然喊「坐下」？

她又不是狗。

然而吸血鬼幼女乖乖聽話當場坐下——而且不是平常雙手抱膝的坐姿，是蹲著讓臀部微微離開地面，非常漂亮的坐下姿勢。

而且以端正又正經的表情注視我。

「…………」

我無法理解現在到底是什麼狀況，但也覺得不採取行動將無法有所進展，總之試著從剩下的九個甜甜圈裡，拿出我最推薦的蜜糖法蘭奇，緩緩遞到吸血鬼幼女面前。

回想起剛才黃金巧克力的狀況，要是就這樣拿給她，我似乎連手都會被她一起吃掉，所以是放在端正坐好的她面前。

當然，即使是說客套話，廢墟地板也沒有很乾淨（雖然吸血鬼幼女赤腳，但我和忍野都是穿著鞋子到處走動），所以我先把附贈的紙巾鋪在地上，再把甜甜圈放好。

原本以為吸血鬼幼女會立刻撲上來吃，但她只是流著口水，保持原本的坐姿。

不過如字面所述，正以鬼一般的眼神瞪著我。

微微上揚的強烈視線，甚至令我覺得先前她瞪我的視線平易近人——實際上，如果眼神可以殺人，我應該已經死了。而且是發出詭異的慘叫而死。

不過，吸血鬼之中的某些種族，真的可以用視線殺人。

邪眼或是魔眼之類的。

這麼說來，這傢伙在春假的時候，好像也曾經只用眼神粉碎水泥塊——我現在是不是面臨生死關頭？

「……握手。」

不經意。

我試著伸出手。

隨即吸血鬼幼女毫不猶豫，將自己的手心與我的手心重合。雖然這一幕就像是電影「E．T．外星人」，不過大概是想稍微宣洩情緒吧，她做出握手動作時的力道，就像是打者轟出全壘打回到本壘板時的擊掌。

「那麼，那個……吃吧。」

在百人一首的遊戲裡，有所謂的關鍵字。

必須一聽到和歌題目的關鍵字就立刻找牌，說玩家的聽力左右勝負也不為過——很遺憾，我對百人一首的造詣並不深，但如果這種說法是正確的，我不得不評定這個吸血鬼幼女，在百人一首擁有相當優秀的才華。

在我還沒說完「吃吧」之前，她就已經採取行動——不，已經結束行動了。她宛如野獸，露出利牙咬下蜜糖法蘭奇。

話說，與其形容她是野獸，她完全就是一副家犬的模樣。推定八歲的金髮女童跪伏在地上，就像是在舔地面，將蜜糖法蘭奇連同紙巾大口啃食，感覺這幅光景在各方面都在挑戰尺度。

不過，居然連紙巾都一起啃……沒有直接用手拿給她，果然是正確的做法。雖說如此，紙巾終究不在可以消化的範圍之內，她俐落在嘴裡分類，然後只把紙巾「呸」一聲吐出來。

實在稱不上是有教養的舉動。

何況在她跪伏著吃甜甜圈的時候，就已經很沒教養了。

總之，即使是在春假，這傢伙的吃相也好不到哪裡去。而且回憶她當時的說法，吸血鬼與人類的用餐禮儀似乎完全不同。

記得她當時說過，看別人用餐是沒禮貌的行為，不過現在這傢伙之所以狠狠瞪著我，肯定不是因為我沒禮貌，單純只是在覬覦另外八個甜甜圈。

「不，可是，這原本是要拿給忍野吃的……」

何況，吸血鬼幼女再怎麼津津有味享受甜甜圈，也沒辦法從中攝取任何營養。因為對於吸血鬼幼女來說，所謂的營養——唯一的完全營養食品——就只有我的血。

「……不過，再給妳吃三個應該無妨。」

原本有十個。

如果讓忍野與這個傢伙平分，那就是一人五個——而且仔細想想，忍野應該也跟我一樣，一個人吃十個實在太多了。

「那妳要哪幾種？挑三個吧。」

我拿起盒子，讓幼女看得見內容物。

「用指的就可以了。」

幼女隨即伸出左手——從最左邊依序把每一個都指一遍。

從左到右，每一個都指一遍。

「…………」

居然想全吃。

真是貪心。

吸血鬼幼女似乎不想讓步，就這麼板著臉再度從左到右，清清楚楚把每一個都指一遍。

而且還刻意把六小福的每一個都指一遍，真用心。

「唔～……」

原來如此，這傢伙愛吃甜食……不，可是就算這樣，應該也沒辦法全吃吧？這麼嬌小的身體，要如何吸收這麼多甜食？

在我難以做出決定的時候，吸血鬼幼女一直盯著我瞧——我感受到壓力。一股足以粉碎水泥塊的壓力。

慢著，我真的好像會被壓垮。

不過，我幾乎要被壓垮的主因，或許是罪惡感。因為這個吸血鬼幼女淪落到這種處境，責任終究在我身上。原本優雅高傲又美麗的吸血鬼，如今卻趴在地上吃甜甜圈，這樣的現實果然令我心痛。

春假之後，她不發一語。

明明曾經那麼愛笑，如今卻只會悶悶不樂板著臉。

回想起她曾經做的事情，她至今所做的事情，其實不應該對她置以理所當然——對於人類來說理所當然的同情。我明白這一點。

「明白了，全部給妳吧。」

我如此說著。

大方又爽朗，把整盒甜甜圈放在地上。

就像是供品。

「那麼，轉三圈汪一聲。」

啊。

糟糕，這樣的進展，使我不由得要求她表演這種才藝——在我驚覺並且收回命令之前，她已經像是陀螺一樣，在原地做出漂亮的三連環甩尾動作了。

與其說是陀螺，更像是知更鳥。（註45）

但她在最後沒有汪一聲，而是冷淡撇過頭去。這部分或許是她曾經身為貴族的最後自尊——慢著，這份自尊也太晚登場了。

唔……

不說話就是不說話嗎？

原本以為她會順勢開口說話，不過事情終究沒這麼順心如意。

哎，要是她在這種搞笑片段說話，我也會很失望。

不可能有這種搞砸氣氛的狀況。

我把甜甜圈盒子推過去說聲「吃吧」，隨即吸血鬼幼女像是期待已久再度趴下，這次是連同盒子，把八個甜甜圈混在一起食用。

不只是吃得忘我，簡直像是連地板都要一起啃了。

這樣的她與其說是狗，更像是餓壞的兒童。

「太扯了，這種環狀食物，超好吃的，真的是充滿香甜美味的戒指珠寶盒！」

「妳剛才說話了？」

註45　日文「陀螺」與「知更鳥」音近。

剛好不經意看向旁邊的我，大吃一驚把頭轉回來，然而吸血鬼幼女毫無異狀，只是以近乎面無表情的表情，大口啃食著地板……不對，啃食著甜甜圈。

什麼嘛，原來是幻聽……

唔哇～我心臟跳得好快。

還以為氣氛被搞砸了。

真是的，安排這種驚喜也太狡猾了。

「嗯……不過，能夠知道這傢伙愛吃的東西……應該就算是很好的收穫了。」

能夠知道她愛吃這種東西，甚至愛吃到令我幻聽的程度，對於今後我和她繼續來往的過程是一大助益。

不過。

然而即使如此，她還是不肯說話。

即使我祈求到甚至會產生幻聽，她依然堅持不肯對我開口。

雖然時間短暫，但我們曾經是主僕關係的說。

「唉～又不是因為喉嚨與舌頭是八歲兒童，所以口齒不清……」

慢著，雖然我沒想過，不過或許這也是原因之一。

然而即使如此，即使隻字片語也好，我依然希望她說話。

就像是現視研的蘇西。

就像是現視研的蘇西。

就像是現視研的蘇西！

「斑木老弟，你在做什麼？」（註46）

就在此時。

後面忽然傳來這個聲音，使得我嚇了一跳，像是被潑冰水一樣立刻起身。

轉頭一看，忍野就在後面。

無聲無息。

「你也不要這樣嚇我啊……」

我輕撫胸口如此說著。

我也在這裡住過一段時間，所以終究已經適應這個地方了，不過這裡畢竟是廢墟——在這種狀況忽然有人站在我身後，我當然會嚇一跳。

「……不要忽然冒出來啦，就算你姓氏是忍野，也別像忍者一樣偷偷摸摸的。」

「哼，我才要問斑木老弟，就算是有春假那段過節，你也不能用這種方式虐待吸血鬼小妹吧？」

「我沒有虐待她。」

「把幼女當狗玩弄，我覺得已經相當滿足虐待的要件囉，斑木老弟。」忍野刻意像

註46　日文「斑木」與「阿良良木」音近，與「斑目」相近，斑目也是漫畫《現視研》的角色。

是無可奈何般聳了聳肩。「就我看來，那盒 Mister Donut 似乎是拿來送我的伴手禮……唔～結果我無福享受了。」

「…………」

忍野咧嘴露出笑容，一如往常說出這種看透一切的話語。

話說回來，別叫我斑木老弟。

不知為何，我總覺得這是另一個角色的段子。

這樣是在破壞未來的劇情鋪陳。

無論如何——忍野咩咩。

三十歲左右的大叔。

正式登場。

一年到頭都穿著夏威夷衫，看起來就很輕佻的不良中年大叔。怪異專家，妖魔鬼怪的權威，魑魅魍魎的行家——實力完全配得上這些頭銜，非常可疑的人物。

聽說改編成動畫的時候，他變得非常帥氣又充滿魅力，不過這種神祕的情報，我一點都不想理會。

總之對我來說，他是個奇怪的大叔。

也可以說是稀奇古怪的大叔。

「阿良良木老弟，或許我沒有對你說過，但我非常喜歡甜食。如果下次還有機會，

請務必留我那一份啊，我最喜歡的是歐菲香，因為我是走復古路線的人。」（註47）

「不准冒充復古風格，有夠煩的。」

自命維護著過時傳統文化的大人，是最棘手的存在——不過歐菲香確實很好吃。

轉頭一看，無論是歐菲香還是蜜糖波堤，吸血鬼幼女已經全部吃光，如今則是露出「啊？什麼？Mister Donut？我不知道那種玩意」的表情，回到教室角落的既定位置，恢復為雙手抱膝而坐的基本姿勢。

正因為春假發生過各式各樣的事情——所以她不想在忍野面前露出丟臉的模樣。

可惜即使再怎麼裝蒜，依然藏不住髒兮兮的嘴角。

不過，嗯。

雖然用來比較的人選不太合適，不過相較於忍野，她還願意稍微對我卸下心防，光是這一點就令我感到安心。

……也可能只是沒把我放在眼裡。

「知道了啦，那麼如果下次還有機會，我會買一盒歐菲香系列給你……畢竟點數似乎也可以剛好集滿。所以忍野，三更半夜你跑去哪裡了？」

從他給我的感覺來判斷，他應該不是在其他教室睡覺，所以我如此詢問。

「唔～去幹活了，幹活。」忍野沒有賣關子，不過依然是以一如往常的裝傻語氣回

註47　歐菲香的原文是old fashion。

答我。「原本居無定所的我，之所以會一直待在這座城鎮，之所以會來到這座城鎮，是為了蒐集各種怪異奇譚——只不過我現在最重要的工作，是幫阿良良木老弟做出的事情善後。」

「善後是指……」

我移動視線，窺視抱膝而坐的吸血鬼幼女。

吸血鬼幼女，似乎已經對我們的交談漠不關心了。

「就是像這樣，在這裡照顧這個傢伙？」

「這也是其中之一，但是不只如此。實際上，吸血鬼這種傢伙真的很麻煩，畢竟是怪異之王——光是存在於某處，就會引發各式各樣的現象，持續對周圍造成刺激與影響，我必須把這方面的事情好好解決，這就是阿良良木老弟交付給我的工作。」

「所以你同時在進行各式各樣的工作嗎？簡直就像是不吉波普那樣。生意興隆也是一件好事吧？」

只不過，先不提我欠下的五百萬圓，我不認為蒐集怪異奇譚，是一項可以賺錢的「工作」。

「很抱歉，我可不像不吉波普那麼幹練。以我的腦袋構造，沒辦法同時對複數事情進行平行思考。」忍野如此說著。「話說回來，回到正題吧。阿良良木老弟，不要太欺負吸血鬼小妹喔，這種行徑會留下禍根。」

「我不是說過了嗎，我並沒有欺負她。」

總之，雖然覺得稍微捉弄過頭了，不過大致上都是這個傢伙的任性行徑。雖然不能形容成受到波及，但我就像是被迫和她打交道的感覺。

「話說，我從春假之後就一直在想，這傢伙是不是連心理都變成小孩了？」

雖然外型真的就是八歲女童，但她原本的外型是妙齡貴婦。即使吸血鬼的個性會受到外在影響，最真實的她肯定已經五百歲了。

何況即使是八歲女童，也不會趴在地上吃東西。

「啊啊，這方面就無可奈何囉，阿良良木老弟。不只是吸血鬼，真要說的話，怪異都是源自於人類的信仰。」

「人類的信仰？」

「沒錯。人類認為存在，所以存在——這就是怪異。有一篇俳句是這樣子寫的：『朦朧幽靈影，真面目已然揭曉，乾枯芒草枝』，不過在看清真面目之前，乾枯的芒草枝其實真的是幽靈。」

「唔～？我聽不太懂，大概是心誠則靈的意思吧？不過為什麼會跟現在的這個傢伙扯上關係？」

「吸血鬼之所以是最強的怪異，是因為所有人都認為吸血鬼是最強的怪異。怪異會按照周圍的認知而顯現——按照周圍的期待而表現。就是這麼回事。」

忍野如此說著。

並且看向吸血鬼幼女。

即使視線能夠殺人，但是這雙視線連蟲子都殺不了，是毫無壓力的柔和視線。

「然後，話題回到這位吸血鬼小妹——阿良良木老弟，現在認知到她是吸血鬼的人，就只有你一個。」

「…………」

「嚴格來說，我和班長妹也算在內，不過即使如此，阿良良木老弟依然是最能影響吸血鬼小妹的人。因為現在的阿良良木老弟，是吸血鬼小妹獨一無二的營養來源，所以造成的影響強勁又直接。」

「那麼，你的意思是……現在的這個傢伙，是因為我認為她是這個樣子，所以才會變成這個樣子？」

慢著。

如果是受到我的影響而喜歡Mister Donut，那也就算了，不過如果是因為我才學狗吃東西，這終究是……如果我期待吸血鬼做出這種行徑，那我就不得不說我的精神出問題了，真的得好好進行心理治療才行。雖然現在是半夜，但我應該立刻預約掛門診。

「我的人格確實不像你或羽川那麼出色，所以就某方面會把這個傢伙當成八歲女童……不過就算這樣，也不代表這是完全符合我期待的光景吧？」

「子女也不一定會完全符合父母的期待成長吧？即使如此，還是會受到這份期待的影響——大致上就是這種感覺。」

「父母的……期待。」

家庭的……影響。

「我並不是在諄諄教誨，希望你能成為正直不阿的人，但要是你老是胡鬧過頭，不只是造成影響，還可能造成負面的影響。畢竟都已經如此了。」

忍野說到這裡就打住了。

沒有繼續說下去。

因為在意我的感受，所以沒有說下去——並非如此。忍野不會做出這種貼心的舉動。肯定只是因為沒必要說下去，所以才沒有說下去。實際上以我的立場，這是無須多問的事情。

都已經如此了。

都已經把那位高貴不凡的吸血鬼，貶低成如此稚嫩的孩子——要是繼續給予負面影響，那還得了？

就是這麼回事。

然而，對於忍野這番話，某些部分我無法認同。即使不一定會符合期待，不過這名吸血鬼，至少在某一點符合了我的期待。

也就是——不原諒我。

不露出笑容，不開口說話。

吸血鬼——無法原諒我。

如同我無法原諒吸血鬼。

「所以，阿良良木老弟，既然你剛才在拿甜甜圈給她吃，代表她已經吃完營養晚餐了？」

「營養晚餐……」別講得像是營養午餐一樣。「還沒。真稀奇，你居然會判斷錯誤。我先讓她先吃甜甜圈，再來才是吸血。比起我的血，這傢伙似乎比較喜歡甜甜圈，我的內心正因為這個事實受到重創。」

「這樣啊，哎，阿良良木老弟的血應該不會很甜吧，我不是無法理解吸血鬼小妹的心情。」

忍野逕自頻頻點頭。

你到底在認同什麼？

「話說，阿良良木老弟，剛才就有稍微提到了，那位班長妹最近過得好嗎？」

「啊？」

怎麼回事，唐突就問我這種問題。

這種說法聽起來，就像是已經知道我白天見過羽川似的，這又是他擅長的預知能力嗎……雖然我如此認為，不過仔細想想並非如此。

重新思考就會發現，這麼說來，忍野從平常就像是莫名在意羽川。

有的時候，只要找到機會，就會向我打聽羽川的事情。

不，與其說他在意羽川——說他在意羽川的動向比較正確。

不亦宜乎。

歷經春假的事件之後，忍野就某方面相當警戒羽川——先不說他認真到什麼程度，不過在忍野眼中，羽川這樣的人應該是棘手的存在。

「那個女孩比任何人都棘手。」

我明明沒有說出口，忍野卻稍微糾正我的感想。

就是因為這樣，我才會說他看透一切。

「對於阿良良木老弟來說，吸血鬼小妹的來訪，大幅扭曲這座城鎮的怪異大小事，不過如果套用這種說法，班長妹的存在，也頗為扭曲這座城鎮的人類大小事。」

「再怎麼樣，這種說法也太誇張了吧？」

「老實說，以那個女孩的狀況，以『太誇張』來形容她才貼切。誇張，而且大膽。所以，她過得怎麼樣？」

忍野如此詢問。

「哪有怎麼樣……沒什麼，她過得很好。」

「真的？」

有夠難纏。

不對，忍野之所以會纏著我繼續追問，是因為對我這種敷衍的反應（應該說含糊帶過的答案）感到質疑吧。

哎，如果要我回答是不是真的，其實不是真的。

其實是假的。

然而這畢竟是羽川的家務事，我認為不應該在這種地方大肆宣揚。

包括左臉紗布的事情——以及幕後的真相。

我已經承諾不告訴任何人了。

即使對方是忍野也一樣。

「嗯，原來如此，不能說啊。」

該說了不起嗎，光是我這種遲疑著是否應該拒絕作答的反應，忍野似乎就已經察覺到我「不能說」的隱情了。

「也就是說，她發生了某些不能說的事情，我可以做出這樣的推論吧？那就令我擔心囉。」

「……並不是你需要擔心的事情。」

而且，當然也不是──我需要擔心的事情。

「這是羽川自己的問題，我們沒辦法過問。因為無論發生什麼事，她唯一能夠得救的方式就是──自己救自己吧？」

「這樣啊，那我就不追問了。」

依照這樣的進展，我原本以為他會進一步逼問，但忍野出乎意料，二話不說就讓步了。

「確實，阿良良木老弟和班長妹再怎麼打得火熱，都不是我能過問的事情。」

「不，我們並沒有打得火熱……」

「無論你做了掀裙子還是其他的事情，我都不能過問。」

「你知道了哪些事？」

「那我換一個方向來問吧。」

忍野完全不聽我解釋──逕自說著。

「把不能說的事情以外的事情告訴我吧。並不是只要跟班長妹有關的事情都不能說吧？」

「…………」

哎──既然他用這種方式問我，我確實就不能完全保持沉默了。

即使必須隱瞞羽川的家務事，隱瞞她被父親毆打的事實，也不代表我非得守口如瓶，完全不透露相關的事情。

至少，把今天——以日期來說已經是昨天了——在路上巧遇並且閒聊的內容透露給忍野知道，應該不會造成任何問題。

反正無論如何，忍野終究不會讓步的。

至少不會二話不說就讓步。

如此心想的我，巧妙——不知道是否稱得上就是了——隱瞞不能說的部分，說出今天發生的事情。

把應該隱瞞的部分隱瞞起來。

從早上被妹妹叫醒開始。

到我遇見羽川。

直到最後——埋葬一隻車禍喪命的貓為止。

說給他聽。

「阿良良木老弟。」

然後，忍野他——

忍野咩咩——

從夏威夷衫的胸前口袋取出一根菸，沒有點燃就含在嘴裡的忍野咩咩——

「那隻貓……該不會是一隻銀色的，沒有尾巴的貓吧？」

他這麼說著。

很高興各位讀者撐到現在。

容我致謝。

接下來，進入正題了。

006

雖然這件事後來演變成非常嚴重的狀況，不過當時的我，真的沒當成一回事。

因為只要和羽川共同行動，若是看到馬路上有一隻應該是出車禍被壓扁的貓而為牠憑弔，說穿了簡直是家常便飯。

這種事稀鬆平常。

如同在春假的時候救了我。

羽川只是——埋葬了這隻貓。

理所當然。

「阿良良木，能幫我一下嗎？」

她這麼說。

簡直是已經忘記貼在臉頰上的那塊紗布，展現一如往常的模樣，露出一如往常的笑容。

這隻貓原本應該雪白的毛，被來往車輛反覆輾過，變成無法形容是血紅還是汙黑的顏色。羽川就這樣抱起牠的屍體。

慈祥。

愛憐。

擁抱在懷中。

如同日文以「當成貓來照顧」來形容溺愛，應該有很多人喜歡貓這種動物——而且我也不討厭——不過，即使沒有被輾得不成原形，有多少人會願意將貓的屍體抱進懷裡？

想到這裡，思考到這裡。

我的心——再度騷動。

想要說些什麼，卻依然什麼都說不出口。

「障貓。」

應該形容成因緣際會嗎——其實我原本想把血餵給吸血鬼幼女，把甜甜圈交給忍野之後，就立刻回家睡懶覺，但如今已經無法如願了。

我落得必須協助忍野工作的下場。

不對，不應該使用「落得這種下場」這種類似受害者的說法。欠下五百萬圓債務的我，應該盡量接受忍野的要求，如果是和羽川相關的案件更不用說。

不只是協助。

我甚至想要扛下這項任務。

「食肉目貓科的哺乳動物。」

忍野——如此說著。

貓。

「所謂的障貓，是我正在這座城鎮蒐集的怪異奇譚之一。其實我出門到現在才回來，就是在追那個傢伙。這種狀況該說是巧合嗎……還真的是相當討人厭的巧合啊，借用我一個老朋友的說法，我不得不認為這源自於某種惡意。」

「慢著……忍野，等一下。」

忍野的這番話，使得我在稍微混亂的狀態——其實應該說完全摸不著頭緒的狀態，反射性地，沒有多想就從字面上提出反駁。

「是我說明的方法不好嗎？我和羽川埋葬的貓，並不是什麼怪物，是真正有生命——曾經有生命的貓。是真實存在，並非虛構的貓，似乎是被車子撞死的。確實如你所說，那隻貓沒有尾巴，而且回想起來，毛色是偏銀的白色，但牠不是怪異或妖怪這種玩意，是實際存在的生物。」

「沒錯，不是那方面的玩意。」

沒錯吧——我也這麼心想。

「以普通的狀況是如此。」

忍野如此補充。

忍野絕對不會以情緒化的方式否定我的反駁，他一如往常展現輕佻的態度。總是想要取得平衡，總是想要處於中立，這正是忍野咩咩這個人的態度，忍野之所以是忍野的態度。

雖然忍野就像這樣一如往常，即使如此，他叼著沒點燃香菸的嘴角，似乎隱約帶著一些嚴肅的氣息。

似乎帶著一些真實的氣息。

而且，這種感覺應該不是基於我的多心。

真要說的話，是基於羽川。

「不過，阿良良木老弟，班長妹並不是普通人吧？關於這一點，我們已經脣槍舌戰很多次了，所以我不想繼續爭論下去，不過那個女孩真的很難應付。」

「……哎，你一直在警戒羽川，這我明白。」

「並不是警戒。你看看吸血鬼小妹。」忍野俐落地以嘴上的香菸，指向坐在教室角落的幼女。「她成為那種求生不得求死不能的狀態，雖然是阿良良木老弟的責任，不過追根究柢，班長妹也是一大主因。」

「真要這麼說……確實沒錯。」

春假。

我確實受到羽川的拯救。

只有羽川拯救了沒人肯拯救的我。關於這一點，我再怎麼向她感恩都不為過。

然而按照邏輯，假設沒有羽川，甚至可以說春假的那個事件根本就不會發生。

即使完全沒有個人的意志或意圖——即使沒有故意，並非本意——我也不得不承認，羽川有種自導自演的特性。

「沒錯，自導自演的特性，正是如此。這女孩太厲害了，簡直是蝴蝶效應的具體呈現，混沌也該有個限度才對，真的是出色的編劇，高明的導演。埋葬車禍喪命的貓，即使是這種微不足道隨處可見，說穿了只是日常生活的溫馨小插曲，一旦經過她的手，就有可能成為驚天動地的大事件。尤其貓又是最麻煩的狀況。」忍野如此說著。

「那樣的班長妹，與障貓是絕配。」

「……………」

關於忍野正在追捕，名為障貓的怪異——我並沒有詢問細節。最主要的原因在於沒時間問，不過我內心某處，或許也不願意得知真相。

是的。

我，也是如此。

從一開始，就有種不好的預感。

是從什麼時候？

從埋葬貓的時候？不是。

從看到她左臉紗布的時候？不是。

應該是從——初遇羽川的時候。

我早就明白了。

「忍野。」

所以，我省略無謂的反駁——開了口。

爭論的餘地，並不存在。

「既然這樣，我該怎麼做？假設現在正在發生某些事……」

「不，十之八九，什麼事都沒發生。只是得維持這種沒發生任何事的狀況。」忍野如此說著。「總之只是要小心，小心駛得萬年船。別說十之八九，機率根本就只有萬分之一。只是考量到風險，必須多花一些心思來處理。阿良良木老弟，用不著露出這麼擔心的表情。」

忍野最後說的這句話，就像是在調侃我這種很想參與的態度，然而不知為何，我覺得這番話只是在安慰我，忍野自己就像是完全不這麼認為——十之八九，連萬一都不這麼認為。

不，實際上以機率來說，或許就是這麼回事吧。

然而——無論是十分之一，或是萬分之一。

名為羽川翼的這名女孩，輕易就能踩到這樣的機率。只有這一點，可說已經是我和忍野的共識了。

那個傢伙。只有那個傢伙。

真的很難應付。

「到頭來，你提到的頭痛也令人在意——至少我很在意，希望只是毫無意義的伏筆就好了。那麼阿良良木老弟，我們就速戰速決分頭進行吧。我要去把你們埋葬的白貓挖出來，換句話說就是挖墳。」

「挖……挖墳？」

「哎，這種行為大概會遭天譴吧，但我至少要做到這種程度。如果埋在土裡的只是普通的貓，那我就能放心，事情在這個時間點就能和平落幕，迎向快樂的結局，我遭天譴也不成問題，我甘願承受。因為我這個人，原本就像是日式太鼓一樣。」

「我不知道你是日式太鼓還是什麼玩意，但我完全聽不懂你的意思。換句話說，我告訴你埋葬貓的地點就行了吧？帶你去那裡就行了吧？」

「當然要把地點告訴我，但我不需要阿良良木老弟帶路，只要口頭說明大概的位置，我就可以找到那隻小貓咪的墓。」

「這樣啊……」

也就是說，他能夠長期過著這種流浪生活，是憑著真本事。

他根本不需要地理知識這種東西——不愧是很有能耐的傢伙，能夠把這種連當地人都不知道是否存在的廢墟當成根據地。

「我當然可以告訴你，不過那裡不在我的行動範圍之內，沒辦法說得很正確，真的只能說明大概的位置，這樣可以嗎？」

「可以。」

忍野說完點了點頭。

我如此不可靠，他卻完全沒有抱怨或挖苦——反過來說，這也直截了當，簡潔易懂顯示出現狀多麼緊迫。

可是……現狀緊迫？

明明什麼事都還沒發生，卻已經是緊迫的狀況了？

類似戰時的狀況？

「相對的，我要請阿良良木老弟負起一項重要的職責。」

「啊？」

「我說過吧？所以才要分頭進行。我要麻煩阿良良木老弟直接接觸班長妹。」

「慢著……你說直接？」

「也就是現在去拜訪班長妹的家，並且親眼見到她，看著她的臉，看著她的眼睛對她說話，確認她平安無事。」

忍野理所當然滔滔不絕如此說著，我則是啞口無言。

啊？登門拜訪？

「喂……不要胡說八道了，忍野，你知道現在幾點嗎？」

「現在是晚上，而且是深夜，正因為現在是深夜才要確認。就某種意義來說，沒有在深夜確認就沒意義了。用不著拿丑時三刻來舉例，一般來說，深夜都是怪異最為活躍的時段，換句話說，比較容易認定是非真假。」

「是沒錯，我在春假親身體驗過，所以能夠理解……」

然而，世間萬物可以分為正常和反常，三更半夜造訪異性同學的家，明顯應該歸類為反常的行為。

「因為是緊急狀況，所以行為反常也無妨，甚至要說非得如此。以最壞的狀況，阿良良木老弟被班長妹鄙視就能了事。」

「這真的是最壞的狀況吧？」

哎，反正白天發生那種事，我說不定已經被鄙視了，進一步來說，我在春假的時間點就被鄙視也不奇怪，所以聽他這麼說，就覺得事到如今還在意這種問題，確實是不可思議的事情。

原本就被討厭。

真是悲哀的事實。

「何況，我們也沒辦法交換工作。畢竟我無法判斷埋葬的貓是否是普通的貓。」

「沒錯，而且——判斷班長妹是否有異狀的工作，阿良良木老弟比較能夠勝任。因為你們是朋友。」

就像是順便補充的最後那句話，該說有點嘲諷嗎，似乎隱含挖苦的成分在內——不過即使是挖苦，這句話卻莫名激發我的幹勁。

沒錯。

不提怪異——

如果是關於羽川的事情，我比忍野還要專精。

「啊，不過忍野，我不知道羽川住哪裡啊？」

「咦？哎呀？這就怪了，阿良良木老弟和班長妹同班吧？沒有班級通訊錄之類的玩意嗎？」

「你這是哪個時代的觀念？現在私人情報的管理機制都已經很完善了。雖然平常是朋友，不過大多只知道手機號碼和電子郵件網址，連彼此住在哪個車站附近都不知道。」

「真討厭的時代，活在傳統時代的夏威夷衫大叔跟不上時代囉。」

這位活在傳統時代的夏威夷衫大叔，明顯蹙眉露出不高興的神情。對於沒有手機或PHS的機器白痴來說，確實是一個討厭的時代吧。

「不過就算這麼說，包含春假至今的這個月，阿良良木老弟和班長妹來往得挺密切的，所以應該不可能完全沒有頭緒。依照平常對話的蛛絲馬跡，或是前往會合地點花費的時間，大致就能掌握班長妹住在哪個地方了吧？」

「把我講得像是跟蹤狂一樣……」

不過，確實有掌握。

這不是理所當然嗎！(面不改色)

要是連這種程度的事情都做不到，阿良良木曆的面子都丟光了。

至於金髮吸血鬼幼女，對於我與忍野的這段對話毫無興趣，只把臉埋在膝蓋底下，完全把對話當作耳邊風——類似這種感覺。

於是我騎著越野腳踏車，馳騁在深夜的城鎮。

雖然姑且有打開車燈，不過現在的我不需要燈光。離開廢棄大樓的時候，我並沒有忘記餵血給吸血鬼幼女(不經意覺得，她吃甜甜圈比較有仔細品嘗味道，果然令我受到打擊)，所以我的身體目前擁有頗高的吸血鬼特性，無論是夜晚或是漆黑，都可以清楚看見遠方。

不過，腳踏車的車燈也算是通知行人「這裡有腳踏車」的信號，要是因為看得到路就沒開燈，那就危險了。

「真是的，總覺得事情變麻煩了……話說回來，在這種時間到羽川家，我要怎樣才能見到她？」

雖說事不宜遲，雖說晚上最好，這樣也太亂來了。

對於一般的家庭就是如此了，何況羽川的家庭不和又扭曲，依照她白天的敘述，不像是會歡迎同班同學深夜造訪的環境。

要是一個不小心……

「哎，畢竟這方面的事情並沒有告訴忍野……何況，就算那個傢伙得知這件事，我也不認為該做的事情會有所改變。」

反正我們不可能交換工作。先不提是否有辦法進行判定，即使是老江湖忍野咩咩，終究沒辦法在深夜造訪女孩子家。

他原本就已經是個可疑的大叔，而且在廢棄大樓住久了，他的模樣比起春假也邋遢許多。

一副可疑人物的模樣。

或者是浪客。

或者是飛天御劍流的繼承人。（註48）

註48　出自漫畫《神劍闖江湖》，又名《浪客劍心》。

如果是由我造訪，即使後來被警方關切，也可以解釋為小孩子不懂事的惡作劇。就容我將未成年的特權發揮得淋漓盡致吧。

「何況我還被羽川形容成弱雞，挖墳這種粗魯行徑，我打從一開始就不敢做。」

所以，這應該是所謂的適才適所。

我如此說服自己，然後停下腳踏車。

依照紅綠燈下方的住宅區域圖，這裡就是我所推測，羽川所居住的區域——羽川的主場。

關於造訪時的禮儀問題，我已經決定見機行事，而且現在提這種問題還太早。

首先，我必須確定羽川家在哪裡。

……不要強人所難了。

什麼叫做「首先」？

這是很浩大的工程吧？

即使是偏遠地帶的城鎮，住宅區的構造也沒有兩樣。剛才騎腳踏車的時候，我放鬆心情認為只要逐一確認每戶的門牌就行了，不過真正要進行這項工程才發現，這是非常吃力的工作。

就像是土法煉鋼，靠毅力解開四位數的數字鎖。

絕對會半途而廢。

不，如果是數字鎖，至少可以肯定遲早猜中答案，不過以現在的狀況，我很有可能從一開始就推測錯誤。認為羽川家就在這個區域，只是我一廂情願的預測。

對方是羽川，甚至有可能預先就故布疑陣，讓我掌握不到確切的線索——慢著，如果真的是這樣，那她對我的戒心也太重了。

不就是真的把我當成跟蹤狂了？

「真是的，沒有尾巴的貓嗎……讓我想到『有沒有貓尾都沒差』這句諺語了。」（註49）

我如此說著，再度跨上越野腳踏車。

為求慎重，其實我應該放慢速度，好好檢視每一戶的門牌，不過現在的我沒必要如此謹慎。

吸血鬼擁有非常優秀的視力，而且動態視力也包括在內，甚至不經意覺得視角都變大了。雖然用不著做得這麼誇張，但我有自信即使用力踩踏板高速馳騁，也不會看漏兩側任何一戶的門牌。

總之先騎個一圈，把這個區域從頭到尾仔細繞一遍吧。我打起精神出發。

單人進行的地毯式搜索。

沒錯。我不會因為這種小事就受到挫折。

註49　日本諺語，無關緊要的意思。

回想起羽川在春假為我做的事情，即使我的內心落得複雜性骨折或粉碎性骨折的下場，也是不足為提的事情。

然而。

這樣的決心，結果也是一場空。

我的決心，總是像這樣徒勞無功。

不知道慢了多少步。

如果我真的擔心羽川的安危，真的想為她做些什麼，那麼在白天的時候，即使受到她的拒絕，被她要求保密，甚至即使受到她的鄙視，我都應該在那個時候，強行前往羽川家一趟。

正如字面所述。

為時已晚。

「……啊。」

就在我先把這一區的主要幹道騎一遍，轉第一個彎的時候，事件發生了。

畢竟是這個時間了，我至今完全沒有和他人擦身而過。就在我騎著腳踏車轉彎之後，那東西忽然出現在我的面前。

忽然間。

出其不意。

無聲無息。

違反常理——出現了。

以極為不講理的狀況——出現了。

不，那東西只是存在於那裡——因為那東西就只是存在於那裡，如果像這樣形容成刻意挑選在我面前出現，刻意埋伏在這裡等我，那就有失公允了。

這是過於自我中心的想法。

這種牽強附會的說法不恰當。

不是必然，甚至不是偶然。

純粹只是彼此的路線有所交集——在那東西眼中，我只不過是非常不足為提，甚至不值得在意的渺小存在。

就如同——怪異眼中的人類。

在路燈光線都變得昏暗的深夜。

在越野腳踏車龍頭ＬＥＤ車頭燈照亮的前方——這個不明人物是誰呢？

是眾所皆知，班長中的班長。

羽川翼。

「咦……可是……」

然而，看到這樣的羽川，應該不會有人認得出她是羽川，判斷她是羽川吧。

即使是父母都認不出來。

以這種狀況，這樣的形容句充滿諷刺，然而——

「……妳是……羽川嗎？」

白色。

白色。

白色。

存在本身——宛如純白。

白淨無瑕的純白。

或許不適合在炎熱的黃金週使用這種形容詞，不過這就是「潔白如雪」。

羽川原本宛如烏鴉溼潤羽毛般美麗烏黑的秀髮，白得宛如清澈透明。羽川原本就已經缺乏色素的肌膚，白得宛如病態。

如此變化。

身上只有胸罩與內褲，別說鞋子，連襪子都沒穿。

宛如直接從浴室來到戶外的這副模樣雖然令我震懾，卻只有這套內衣的顏色，是唯一與白色相對的，黑色。

特別顯眼。

極致的——黑色。

然而，我個人對這樣的黑色有印象。

這肯定是羽川白天穿在身上的顏色——我不可能會忘記。

宛如會被吸進去的漆黑。

雖然並不是判斷的關鍵，不過對我來說，位於眼前的存在是羽川翼。我對此抱持著確信。

腰部線條——不對，這種事不重要。

雖然並不是不重要，但是這時候必須放在一邊。

問題不在於此。

比起眼前的她只穿內衣，比起髮色完全改變，自然得不像是染色——有一個問題更加顯著。

「……喵嗚～」

問題在於她的頭頂——冒出了一對貓耳。

貓——障貓。

「喵嗚……」

她——如此鳴叫。

呼嚕呼嚕——她喉嚨發出這樣的聲音。

「羽……羽川。」

「啊啊……怎喵啦，原來你是主人的朋友喵？」（註50）

羽川如此——不對。

障貓如此說著。

無論是語氣與聲音，不，甚至是表情——和羽川都相差甚遠。

找不到彼此之間的關連性。

我面前的羽川是羽川，但完全不是羽川。

羽川不會發出這種像是撒嬌的貓咪呼嚕聲，也不會與這種呼嚕聲完全相反，露出像是隨時會撲過來咬的凶惡表情。

這是……怎麼回事？

是什麼現象？

她是羽川——卻和羽川完全不同。

宛如位於兩個極端，完全不同。

是的，換句話說不是相對，是相反。

物極必反——所以兩者如一。

「喵哈哈，這喵說來，老子並不是對你沒印象喵，是當時一起把老子埋葬的傢伙吧……哼，那剛好喵。」

註50　為表現原文的貓語，「麼，嗎，沒」這種發M音的字都會改成「喵」。

無視於我的混亂，障貓掛著一絲笑容如此說著。

而且瞇細雙眼，射出凶光。

「雖然老子完全不懂，不過所謂的朋友，就是要相互協助是喵？既然這樣，這玩意就交給你處理喵。」

她如此說著。

隨著咚的聲音——她把某種物體扔到我的腳邊。

不，她扔過來的物體有兩個，所以音效應該是……咚、咚兩聲？

然而就像是揉合在一起，成為單一的個體。

一塊，成為一塊。

「呃……」

接連發生令我驚慌的事情，使得我的精神完全無法正常運作——如果能夠這樣，或許是一種好事。

我已經不會因為這種小事嚇到了。

沒錯。

不會因為兩個人類被扔到我腳邊——就嚇到。

「…………！」

不，我還是嚇到了。

嚇得發不出聲音。

還以為我會連人帶車往後翻。

與其在意這種事——這兩個人，障貓到底是從哪裡拿來的？

從一開始就提在手上？

從現狀考量，也只有這種可能了。也就是說，羽川的貓耳內衣造型，對我造成過於強烈的衝擊，所以沒察覺到障貓手上所提的兩人？

還是說，這兩人就像是至今這樣，宛如死掉般動也不動——因為就像是屍體一樣，所以我下意識將他們排除在意識之外？

「那個～該怎喵稱呼啊……對了對了，這兩個傢伙，似乎叫做主人的『雙親』，老子不太懂就是了。」

障貓如此說著。

咧起嘴角，露出邪惡的笑容。

一副開心的模樣——就只是開心的模樣。

沒有其他的情感。

「總之簡單來說，就是喵有用處的傢伙喵。喵有殺掉的價值，也不值得修理，一點價值都喵有。所以朋友，協助老子隨便處理掉吧——不然你也可以殺掉喵，幫主人好好教訓一下他們喵。」

障貓說完之後轉身向後。

既然有貓耳就會有貓尾，這或許是過於受到動漫畫荼毒的想法——不過很抱歉，或者該說很遺憾，她的臀部真的是平滑又圓潤。

這是當然的。

因為障貓是——沒有尾巴的貓。

「唔……喂！等一下！羽川！」

我如此說著，像是要踹飛越野腳踏車一樣，立刻下車呼喚她並且伸出手。看到她若無其事要沿著原路返回，我立刻動身去追——然而，這個行動沒能付諸實行。

羽川。

她。

障貓——無聲無息忽然轉身。

「等一下？」

她——輕聲說著。

以非常痛恨的語氣，懷抱著殺意輕聲說著。

我脫口而出的話語，令她忽然火冒三丈。

太陽穴浮現血管，瞳孔染成鮮紅色。

齜牙咧嘴。

「蠢蛋，不准像這樣期待主人回應任何要求！就是因為你這副喵樣，主人才會變成這樣喵！」

話剛說完——障貓就朝我撲過來。

不對，「撲過來」這樣的行為描述句太假了，就像這隻貓一樣令人不敢置信——愛面子也要有個限度。對我來說，「已經撲上來了」才是我所認知的正確狀況。

然而，這也是令我不寒而慄的事實。

這是令我不寒而慄，甚至不想使用正確描述句的事實——正如前述，我剛餵血給吸血鬼幼女，換句話說我的身體能力，尤其是視力大幅強化。然而障貓行動的速度，快到連這樣的我都看不到。

基本上，以我現在的狀況，不應該有我看不到的事物。

而且，令我不寒而慄的，不只是速度。

力量也強得難以估計。

宛如貓捉老鼠——她咬住我的左手臂，就這麼只以牙齒與下顎的力量，連同衣服的袖子，宛如摘下沉甸甸的果實，將我整條手臂從肩膀扯斷。

「啊……呀啊啊啊啊啊啊啊啊啊啊啊啊啊啊啊啊啊啊啊啊啊啊啊啊！」

我就這樣不成體統，非常丟臉，在深夜住宅區的正中央，發出這種像是女性遭遇變態時的慘叫聲。然而應該不會有人責備我。雖然在春假也發生各式各樣，真的是各式各樣的事情，但終究沒有遭遇過整條手臂被使勁扯斷的狀況。

而且，我不死之身的程度與春假不同。

我現在的治癒力，不足以讓失去的手臂瞬間長回來。大量鮮血宛如噴泉，從我的肩頭噴濺而出。

血量多到令人質疑，人體居然儲存了這麼多的血液。

「好……痛啊啊啊啊啊啊啊啊啊啊啊啊啊啊啊啊啊啊啊啊啊！」

「別吵喵，大驚小怪喵。」

即使不會有人責備，似乎還是會被貓責備。我就像是臣服於路燈一樣當場跪伏下去，她則是咬著從我身上扯斷的左手臂，赤腳踩住我的頭。

動彈不得。

無法抵抗。

腦袋被踩住，甚至無法掙脫。

如同光是被她這麼做，身體的力量就逐漸流失——我甚至有這種奇妙的錯覺。

不對，像這樣被她踩著，左肩的痛楚反而似乎逐漸減輕——胡扯！

被羽川踩就能減輕痛楚，這也太變態了！

而且與其說是減輕，更像是麻痺——

「這種程度的痛楚……比起主人一直忍耐至今的痛苦，只像是被蚊子叮吧？」

「……妳說的主人……」

是羽川嗎？我想詢問這個理所當然的問題，卻問不出口。

雖然原因在於沒力氣開口說話，不過無論如何，這真的是理所當然，問都不用問的事情吧。

極為明白。

極為純白。

極為潔白。

清楚至極——清楚過頭的事情。

「沒錯，人類。」

所以障貓——用不著我詢問就如此回答。

「主人已經有老子了，所以不需要你喵。無論是雙親或是朋友，都已經不需要了喵。即使是主人自己也不需要了喵。」

接著，她將嘴裡的手臂當成垃圾吐掉。我的手臂無力掉在我的面前。

「妳說……不需要？」

「老子讓主人自由了，比任何人都自由喵。你應該明白吧？這是你喵辦不到的事情喵，你喵總是束縛著主人，從來喵有讓主人得到自由喵。老子首先要做的，就是讓主人擺脫這種規格匹敵整顆地球的壓力喵。」

障貓如此說完之後，縱身一躍。

說成縱身飛翔比較正確。

與其形容成跳躍，確實更像是飛翔。

只是微彎膝蓋，將重心瞬間往下移，然後輕盈一跳——就越過電線桿、越過電線、越過正前方的民宅屋頂，消失在夜幕之中。

這種動作不叫做跳躍。

這不是人類做得到的行為——雖然是馬後砲，不過這很明顯是怪異才做得出來的行徑。

簡直是長了翅膀。

不是如虎添翼——是如貓添翼。

「……羽川。」

羽川翼。

擁有異形翅膀的少女。

發生了什麼事，現在是什麼狀況，我完全不得而知，不過唯一能夠確定的，就是忍野擔心的事情漂亮正中紅心了。

將靶子上的紅心——射穿了。

滿靶。

而且，而且……

我再度遲了一步。

為時——已晚。

「啊……唔，嗚……」

我緩緩起身，以僅存的右手，撿起障貓扔在地上的左手，一邊驚訝於自己的手臂意外沉重，一邊將切面……其實並沒有工整到能夠以切面來形容，總之就是把粗糙的斷面接起來，嘗試再生。

既然無法冀望長出新的手臂，就只能將這條廢品回收利用。雖然在春假沒有試過這種治療方式，不過依照我從動漫畫學到的所有吸血鬼小常識，這麼做應該就能讓骨肉與神經接回去。

「…………」

我模糊的視線，已經看不到羽川或障貓的身影了。只有一輛橫倒在地上的越野腳踏車，以及同樣倒在地上的兩個人。

兩名人類。

雙親——父親與母親。

羽川的雙親。

羽川翼的父親，以及羽川翼的母親。

沒有血緣關係——也沒有情緣關係的，家人。

家族。

然而，為什麼會這樣？

白天令我忿恨到那種程度的兩個人，即使如今在我面前毫無生氣，宛如斷氣一樣倒在地上，我內心也沒有湧現任何感慨，為什麼會這樣？

憤怒的情緒沒有增加。

也沒有覺得他們活該而消氣。

絲毫沒有感覺。

不想責備，不想動怒。

就只是——覺得可憐。

只會同情他們。

簡直是不可思議。對於羽川來說，他們明明只是加害者，不知為何就我看來，他們卻只像是淒慘的受害者。

007

接下來，我的記憶有一段空白。

換句話說，手臂扯斷造成的劇痛，以及大量失血造成的貧血，使得我暫時失去意識。不過我在即將昏迷之前，似乎還是進行了一些該進行的行動，成為令各位覺得「阿良良木意外有骨氣嘛！」「這樣挺帥氣的嘛，小子」的小插曲。

雖然這麼說，但我不記得了。

人類大腦似乎有一種機制，會在失去意識的時候，連昏迷之前的記憶也一起消除，當時的我就處於這種狀況。

所以接下來的內容，是由各種不著邊際的推測、未經證實的傳聞、依稀記得的記憶混合而成，請各位讀者見諒。

總之。

障貓離開之後，我首先要做的事情，就是收拾事故現場。

雖說是事故現場——其實並不是發生什麼重大事故，不過姑且算是為殘局善後。

我用手機叫了救護車。但我並不是使用自己的手機，而是使用了倒在面前的羽川雙親之中，從父親口袋找到的手機。

雖然可能是謹慎過頭，但我想避免自己的手機號碼留在急救中心的通話紀錄。畢竟即使設定保密號碼，也不一定能完全不為人知，何況我是要請救護車處理這種事情。

雖然通話內容應該有被錄下來，但是也無可奈何，應該說我當時想不到這麼多。因為原本會流進腦袋的血液，已經全部灑到路面了。

即使如此，但終究是吸血鬼。

原本來說——先不提怎樣才算是「原本」——要處理這種宛如血洗住宅區道路的場面，必須使用長柄刷與大量的清水，不過怪異現象本身是超越物理學的存在。

在我向急救中心通報現場位置完畢時（不過我用假音力圖隱瞞身分，把聲音裝得像是外星人一樣，反而更加詭異），我噴灑在路面的血已經完全蒸發了。

「…………」

腦袋缺血的我，依然只是心不在焉凝視著這樣的現象，沒有抱持太大的疑問。

不，我原本就不會對於血液蒸發抱持疑問，這是我在春假就看膩的光景。

我甚至應該在此時抱持著另一個疑問，那就是血花了很久才完全蒸發。

直到我打完電話，路面有好一段時間處於淹水……更正，處於淹血狀態。這種奇怪的現象，其實是異常狀態。

「…………」

只不過，當時我沒有餘力納悶這種事，這也正確到無可奈何的程度。我叫的救護車很快就到了，救護車似乎經常因為送醫任務而忙得團團轉，不過抵達通報現場的速度，果然值得令人瞠目結舌。

所以，我得趕快逃離現場。

我的身體構造（尤其是現在）沒辦法讓一般的醫生診治。如果要就醫，找獸醫應該更加合適。

硬是把扯斷手臂接回去的手術，只有假日出勤的神谷醫生（註51）辦得到。

我以搖搖晃晃的動作，好不容易扶起越野腳踏車跨上去，一溜煙就逃走。

當時的我抱持著什麼樣的心境，我果然沒辦法回想起來了，不過如果要對這一幕加上旁白……

「嗚哇～！我受夠胸部了啦！」

這句話應該會成為黑色的圓形，圍繞著我騎腳踏車離去的背影吧。不過很遺憾，一切都尚未結束。

甚至還沒有進廣告。

以恐怖的氣氛毫不間斷……繼續進行。

此外，我已經完全沒有回程路上的記憶了，不過後來發現，我沒受到障貓攻擊的衣服部位——比方說膝蓋與右手袖子——都破掉了，看來我似乎在回程時摔車好幾次。摔車的擦傷，在我從昏迷狀態清醒的時候就已經完全治癒，所以我直到忍野提醒才發現這件事。

總之，我的意識就是如此模糊，甚至沒發現自己摔車。

註51　漫畫《幽遊白書》登場的角色。

什麼都無法想。

什麼都不願想。

思緒如此朦朧的我，騎著越野腳踏車前往的地方，並不是妹妹們熟睡的家，而是廢棄的補習班大樓。

每天早上，我總是會由妹妹們叫醒。

在這個時間點，我可以說已經下意識放棄隔天的這項權利了。

而且，直到這個時候，我的意識才終於回到現在。

終於連結。

換句話說，在我抵達廢棄大樓的時候，我就完全昏迷了——總之，我能夠努力做到這種程度，雖然稱不上表現優秀，不過應該可以拿個努力獎吧。

「……啊。」

並非陌生的天花板，是似曾相識的天花板。

我平常總是被別人叫醒，很少自己起床，所以不適應這種自然醒來的感覺。

可說是春假至今沒經歷過的感覺。

然而如今，比起這種陌生的感覺，醒來翻身的瞬間從左肩傳來的劇痛更加明確，使我不得不置身於這種突兀的感覺。

「唔……這裡是……」

這種裝模作樣的臺詞，當然就這麼脫口而出。

這裡是，廢棄大樓四樓。

是昨晚我拿甜甜圈給吸血鬼幼女吃的教室。

「咦，唔喔……」

我平靜表達驚訝之意。

其實我很想做出更強烈的反應（大概是向後仰並且倒立的程度），然而左肩的抽痛不允許我這麼做。

吸血鬼幼女，就位於平躺的我旁邊。

就在我腦袋旁邊。雙手抱膝坐著。

以角度來說，這是可以把她的下半身，連同連身裙底下看光光的角度。順帶一提，依照動畫版設定，這個幼女的連身裙底下居然是恐怖的……不，這件事暫且不提。

問題在於吸血鬼幼女投向我的視線。

並不是平常含著怨恨，充滿憎恨的視線，當然也不是看到 Mister Donut 時，那種渴望的視線。

該怎麼形容？

是一種宛如——鄙視的視線。

不是以視線殺我，是以視線引導我自殺。就是這樣的雙眼。

再怎麼樣，也不像是因為我遲遲沒有清醒而擔心，所以寸步不離看著我。她沒道理為我看護。

實際上，她的視線就像是在這麼說。

「丟臉。」

「真沒面子。」

「居然被區區一隻貓修理得這麼慘。」

「汝這樣還算是吸血鬼之眷屬嗎？」

……我在胡言亂語。

什麼叫做「就像是在這麼說」？

這傢伙——不可能會說話。

不可能會對我說話。

我憑什麼擅自把她當成不用言語就能交心的對象？仔細一看，這傢伙只是一如往常板著臉吧？

純粹只是因為距離比平常近，並且是從下方的角度看她，才會有一種與平常不同的感受。

吸血鬼是吸血鬼。

人類是人類。

彼此是無止盡延伸的平行直線。

因為我和這個傢伙，在春假已經徹底決裂了。

事到如今，她不可能把我視為眷屬。

不可能願意如此看待我。

她頂多只是在猶豫，是否可以擅自在我昏迷的時候吸血吧。對於現在的這傢伙來說，我只是維持她生命運作的營養來源。

或者是類似充電器的物品。

即使如此。

光是她願意活下去，我就非常滿足了。

「阿良良木老弟，醒了嗎？」

此時，就像是抓準這個時機——夏威夷衫大叔忍野咩咩開門走進教室。

「你真會賴床啊，我都快等得不耐煩了。太陽都下山囉。」

「啊？」

太陽下山？

咦？怎麼可能，已經是這種時間了？

意思是我睡了這麼久，睡得這麼深？我連忙以手機確認，顯示在螢幕上的時間確實是「4/30 PM5:20」。

咦咦咦？

我睡了超過十二個小時？

「不過與其說睡覺，不如說昏睡比較正確，甚至可以形容成昏迷不醒，我還以為你會直接死掉，哈哈哈！」

忍野隨口笑了幾聲。

與他這番話不同，真的只像是在嘲笑一個睡過頭的人。

雖然忍野的態度一如往常，然而現在——

「忍……忍野！羽川她！」

「嗯，我知道我知道，我已經聽說了……班長妹變成貓了，對吧？」

擔心的事情成真了。

忍野說完點了點頭，然後朝著吸血鬼幼女說：

「吸血鬼小妹，已經可以了。」

聽到這句話，吸血鬼幼女緩緩移動宛如生苔石頭的身體，就這麼拖著雙腳，以無力蹣跚的腳步離開教室。

也沒關門。

「咦……？」

我的腦袋滿是問號。

「忍野，這是怎麼回事？何況那傢伙為什麼會在這種時候醒著？因為那個傢伙醒著，我才會以為現在還是深夜，不到天亮的時間……」

「沒有啦，因為阿良良木老弟實在傷得太重，所以我就請吸血鬼小妹幫個忙了。你自己看。」忍野說著指向我的左肩。

轉頭一看，這個部位包著層層繃帶——雖然是寫著類似咒文的毛筆字，看起來很古怪的繃帶，總之就是繃帶。

「你們彼此關係的緊密程度，簡直可以說是過於緊密，要說是連結在一起也行，甚至是成雙成對的等級，恢復力也是處於連動關係，所以只要你們距離越近，技能就會越強。就是因為這樣，我才會讓吸血鬼小妹待在你身邊，提高你的基本恢復力。」

「喔喔……」

原來是這麼回事。

既然這樣，就表示那個傢伙為了我而被迫熬夜（？）——之所以感覺她與平常不同，或許是這個原因。

即使依然不算是在「照顧我」……

然而，原來得以充電的是我。

剛才我還以為她是在猶豫要不要吸我的血，我這種想法真過分。

「晚點要去道個謝啊，要是沒有吸血鬼小妹，這條手臂大概就報廢囉。」

「報廢……壞死嗎？」

到頭來，要是沒有那個傢伙，我在被障貓扯斷手臂的時候就已經沒命了。

「不過，我確實大感意外。即使不期待治癒力能到春假的程度，但我才剛餵血給那個傢伙……我原本以為恢復力會更強的，先入為主真可怕，我還以為只是一條手臂，只要接上去就可以立刻修好。」

「怎麼啦，原來你挑戰障貓的時候，從一開始就打算犧牲一條手臂？」

「不，並不是這樣……」

別說挑戰，我甚至沒有戰鬥的意願。

只不過是回過神來，還來不及回過神來，手臂就已經被扯斷了。

「……我只是在想，要是這條手臂能更早恢復，應該就不會放任障貓逃走了。不過我對自己的不死之身期待到這種程度，應該是一種錯誤吧。」

「不……阿良良木老弟，以這種狀況，錯誤的是你對障貓的認知。」忍野接話這麼說。「如果是阿良良木老弟現在的不死能力，足以承受相當程度的傷勢，因為正如阿良良木老弟所說，你才剛餵血，除非是致命傷，否則你都能瞬間恢復。不過以這種狀況，對方的問題比較大。」

如果對手有所謂的調性，那就是調性不合。

我依然躺在地上，就只是微微坐起上半身而已。忍野走到我身邊，幫我解開左肩繃帶（應該是），並且繼續說下去。

「對障貓……不管用。」

「不，不管用？」

「被障貓碰觸造成障礙的傷口，並不是普通的損傷。惹到貓所以惹禍上身了。我想想，阿良良木老弟，你知道『能量吸取』的能力嗎？」

「能量吸取……？」

我聽過。

不，這同樣是來自動漫畫的知識，所以我不是很清楚，然而……

「咦，可是所謂的能量吸取，應該是吸血鬼的特性吧？記得我在春假聽過，吸血原本就是榨取人類生命力的行為……」

「一點都沒錯，不過這可不是吸血鬼的專利。障貓的能量吸取可以說是靈障，沒辦法製作眷屬，所以與吸血鬼相較之下，在意義上有所出入，換句話說，這算是障貓的原創技能。」

「是喔……也就是說，我左手臂被扯斷的同時，連不死能力也被扯斷嗎……」

所以傷勢恢復的速度變慢。

所以血液蒸發的速度變慢。

調性不合。

同樣的能力——相互重合，產生分歧。

我懂了。

不只是左手臂的事情，也包括羽川雙親的事情。當時他們兩人衰弱至極，宛如死掉般全身無力動也不動，但是完全沒有明顯的外傷。

他們發生了什麼事？發生事情之後，是基於什麼原因才衰弱成那樣？當時我完全搞不懂狀況就先叫了救護車，但如果以「能量吸取」來解釋，就可以理解為何是那種狀況了。

弱化。

之所以變得衰弱，是「能量吸取」造成的結果。

「與吸血鬼的能量吸取不同，不需要直接吸血，所以屬於一種間接的技能。不過正如阿良良木老弟的親身體驗，技能本身的構造，直接到近乎原始的程度，所以相當具有威脅性。因為不是只要注意牙齒，光是被碰觸到就完蛋了。」

「所以才叫做……障貓？」（註52）

真是不得了。

忍野幫我解開繃帶之後，我看向患部——總之就外表看來，已經完好無傷了。

我覺得不只是因為吸血鬼幼女陪在身旁，這種神奇繃帶也是助力。

註52　日文「障礙」與「碰觸」同音。

…………

這樣下去，該不會明明為了還債而幫忙工作，反而欠下更多債務吧？

雖然這樣的質疑掠過腦海，總之先撇開這種想法，正事要緊。

「我孤陋寡聞，沒聽過障貓這樣的怪異，不過這種凌駕於吸血鬼不死之力的能量吸取，確實是一項威脅。幸好被扯斷的是左手臂，如果是腦袋，我大概沒辦法接回去就死掉了。」

「……啊，慢著慢著，阿良良木老弟，是我形容的方法不對。」

我懷著些許安心感輕聲這麼說，但忍野搖了搖手如此回答。

「所謂的調性不合，是指對方與阿良良木老弟的調性，並不是障貓的能力足以匹敵吸血鬼。」

「啊？」

「因為吸血鬼是怪異之王啊，君臨天下的王者。即使同樣叫做能量吸取，級數也不一樣，其中有絕對性的差距，妖怪社會的階級區分，比人類社會還要明顯。障貓的能量吸取，絕對無法對抗吸血鬼的吸血行為，雖說具有威脅性，但也只是對於人類來說是如此，對於吸血鬼來說微不足道。」

那叫做……微不足道？

那種程度？

我實在不這麼認為。

不過，既然專家忍野這麼說了，那麼肯定如此吧。

「阿良良木老弟剛餵血給吸血鬼小妹，所以提升了吸血鬼的體質，不過打起來就知道有幾兩重了。你終究是人類，不可能贏得了貨真價實的怪異。」

「貨真價實的……怪異。」

「如果阿良良木老弟還擁有——還維持春假時期的不死性質，或者即使是吸血鬼小妹落魄到這種程度的狀態，障貓都不會是對手。無論手臂被扯掉或是腦袋被拔掉都能瞬間再生，自身能力也不會被扯斷。」

「…………」

不。

然而對方不只是障貓，同時也是羽川翼。

既然這樣，如同春假的我，羽川也不是被怪異附身，而是整個人都成為怪異？

化為怪異。

化為怪物。

「有些怪異確實會導致肉體變化，但還不得而知，這方面只能接下來進行調查。但是無論如何可以確認一件事，那就是我們遲了一步。」忍野如此說著。「我依照阿良良木老弟的指引，稍微把小貓咪的墳墓挖了一遍，但是什麼都沒有。如果不是搞錯地點，那麼事態可說是糟透了。」

「……這樣啊。」

糟透了嗎……

我沒有力氣確認忍野是在哪裡挖的，做這種事也沒用。

因為，我已經看見了。

已經——看到入迷了。

已經眼睜睜錯過了。

為時已晚的證據。

「嗯，雖然這麼說，傷勢本身恢復得還算順利。雖然裡面好像還沒完全接回去，不過看樣子明天就會好了。」

忍野說著輕拍我的左肩。只是輕拍就造成滲入體內的疼痛（而且挺痛的），不過依照這位專家的說法，似乎是「還算順利」。

似乎。還算。

毫無確信。

「吸血鬼小妹……應該已經睡覺了，之後得向她道謝啊。不過對她來說，阿良良木老弟要是死掉會令她很困擾，所以當然不在乎陪你一整天吧。」

「……不過我真的覺得很窩心。既然她需要我這個營養來源，就表示她至少還有活下去的念頭。」

「唔～但我並不是這個意思啊，這個大木頭。」

忍野輕聲這麼說。

怎麼回事？

感覺好像莫名被斥責了。

「算啦。那麼，阿良良木老弟，趁你家人擔心之前，你先回家吧。」

「咦？」

「你口袋裡的手機好像經常在震動，那就是所謂的震動功能？」

聽他這麼一說，我再度看向手機畫面。剛才只想知道日期時間，所以我沒有細看，不過現在看了才發現，我的未接來電與郵件收件匣顯示著驚人的數字。

未接來電：146通。

未讀信件：209封。

好恐怖啊啊啊啊啊啊啊啊！

天啊……在我點開之前就已經知道了，這應該都是火憐與月火留下的……

好恐怖，好恐怖，好恐怖，好恐怖！

後面居然都是響一聲就掛斷的電話，還有空白郵件！

「這已經是惡整了吧？」

真是的。

難怪醒來的時候不太舒服。

在休息的時候像這樣一直震動，根本不可能睡得好。雖然沒能實現，不過相隔這麼遠都想要叫我起床，我真佩服這對歡樂姊妹花。去死算了。

「你和班長妹不一樣，有家人在擔心你。所以阿良良木老弟，你該回去了。」

「啊，沒有啦，這不是什麼擔心……」

嗯？

咦，「和班長妹不一樣」？

這是什麼意思？

就算是剛才拖著殘破的身體回到廢棄大樓，在意識朦朧的狀態回報受害狀況，我應該也不會把羽川的家庭狀況告訴忍野……他只是隨口說說？亂槍打鳥？

還是照例已經看透一切？

只要知道受害者是羽川的雙親，就算完全不知道狀況，還是說得出這句話——慢著，真是如此嗎？

總覺得聽他的語氣——不對。

比起這種事，另一件事更重要。

「不用這樣啦，忍野……這種傷算不了什麼，羽川都已經成為那種狀況，我怎麼可能就這樣垂頭喪氣回家？得趕快抓住叫做障貓的那個玩意處理掉，不然……」

「春假。」

我積極表達意願說到一半——被忍野打斷了。

以話語打斷。

「如同班長妹在春假對阿良良木老弟做的那樣，這次輪到阿良良木老弟想幫班長妹？是這樣的嗎，阿良良木老弟？」

「……沒錯。」

他莫名想是在確認，莫名像是有所確信，充滿挖苦，充滿惡意的這種說法，使我遲疑是否應該承認，但我最後還是承認了。

至少我的心態如他所說。

雖然覺得這種形容方式，似乎與真相有所出入，但確實如他所說。

不，即使並非如此……

「朋友有難就要幫忙，這是理所當然的事情吧？」我如此說著。

回憶與障貓那段稱不上對話的對話，如此說著。

「哼，阿良良木老弟，這不是你自己的講法，真的是班長妹的講法。當時是怎麼說的？如果不能為這個人而死，我就不會把這個人視為朋友——是這麼說的嗎？班長妹的價值觀，簡直是三國時代的玩意了。不能同年同月同日生，但願同年同月同日死——是這樣的誓言嗎？我覺得要是她活在那個時代，應該能成為了不起的武將。」

「……請不要用武將譬喻女生。」

「不過，阿良良木老弟，這是不可能的。」

斷言，明講。

忍野咩咩，就像是在進行最後通牒如此說著。

「班長妹那樣的做法，你學不來。不只是你，我也是，任何人都是。班長妹那樣的做法，任何人都學不來。現在的你非得認知這一點才行。」

再度——忍野再度把手放在我的肩頭，並且繼續說著。

「朋友有難就要幫忙，這是理所當然的事情。這句話或許沒錯。不過阿良良木老弟，把理所當然的事情視為理所當然，是被上天選上的人所處的領域，平凡如你，庸俗如我，都做不到這種事。我能理解你崇拜班長妹，想報答班長妹，希望效法班長妹的心情。不過……你千萬不能這麼做。」

「千萬不能……這麼做。」

「這是禁忌的遊戲。」忍野如此說著。「那個女孩啊，比怪異更像怪異，比妖怪更像妖怪，貿然效法她會吃苦頭的。」

「居然說效法……忍野，我所說的不是這個意思……」

「我所說的就是這個意思。總之，先不討論這種唯心論……」

忍野把放在我肩膀上的手，移動到我的頭上。

就像是大人在撫摸小孩。

「以現實層面來說，狀況已經開始了。接下來是專家的工作，沒有外行人出面的餘地，何況你未成年。」

「…………」

「阿良良木老弟，或許你覺得自己得負起某些責任。比方說早知道當時應該阻止班長妹埋葬貓，或是早知道應該把事情問得更清楚，你或許會有這種想法。嗯，我個人認為這種事不會造成任何責任，但也不認為完全不需要對此懊悔或反省。只不過……即使事情的責任在你身上，也不一定表示非得由你來解決事情。」

「啊……？」

「我是維護平衡的中立角色，所以重視責任的歸屬，不過人類的社會……進一步來說，這個世界並不是都以這種原則構成的，不可以認為我說的話就是對的，即使背負責任的傢伙拋棄責任，事情依然會出乎意料順利解決。不過這只是概括的觀點，不代表你非得要努力才行，這種義務並不存在。」忍野平淡的如此說著。「你在春假成為吸血鬼的時候也是相當努力。不過即使你沒有努力，只是偷偷摸摸窩在這座廢墟度日，或許事情也會出乎意料順利解決。」

「這……」我無法接受忍野這種說法。「這……不可能吧？而且就算是如此，那依然是我非做不可的事情。而且這次也是……」

「是非做不可的事情？或許吧。不過——你做不到。」

「…………」

「阿良良木老弟，這次你無能為力。」

忍野加重語氣——如此強調。

「如你所見，我就是這麼一副吊兒郎當的樣子，所以你應該看不出來，不過害得阿良良木受這麼重的傷，其實我感到很愧疚。雖然當時還處於預防階段，但我甚至認為不應該找阿良良木老弟幫忙，我沒資格擔任維護平衡的使者了。我無視於原則，違反行規了。你這次受到的傷害，絕大部分是我的疏失，我沒臉見你的家長。阿良良木老弟至今已經表現得很好了。」

這番話聽起來不像安慰，而且也沒什麼正經的感覺。

然而忍野就像是在消遣我這份無須強調的無力感，以嚴肅的語氣斷言。

「阿良良木曆老弟，接下來你無能為力。你沒辦法為班長妹做任何事，想做也做不到。不是心意問題，是技術與實力的問題，真要說的話，你最重要的工作就是不要妨礙我。」

008

忍野以如此冷淡又嚴肅的語氣拒絕，但我沒辦法嚴詞反駁，甚至也沒辦法微詞反駁，只能垂頭喪氣離開廢棄大樓。

這也是當然的。

雖然在那短短的兩週，我經歷了如同地獄的時光，然而成為區區吸血鬼的我——如今好不容易背負著後遺症活下來的我，在這種場合根本幫不上忙。

真的是無能為力。

我不是專家，不是權威。所以接下來，是只屬於忍野咩咩一個人的領域。

只不過是朋友。

做得到的事情——是零。

……不，這也是藉口。

是辯解。

只是在耍帥。

只是以一副丟臉的模樣耍帥。

其實整件事更加單純——總歸來說，最重要的事情，在於名為羽川翼的她，並沒有主動向我這種人求助。

不是忍野。

不是忍野拒絕我，是羽川拒絕我。

當時，羽川確實拒絕了我的協助。

要求我不要介入。甚至要求我不要假裝知道。

頑固，嚴肅——拒絕了我。

沒有交涉的餘地，也沒有讓步的空間。

所以忍野說得沒錯，現在的我只做得到一件事——不要妨礙忍野。

能力上、精神上、道義上。

我現在不應該做任何事。

要乖乖滾到一邊去。

雖說如此，即使腦袋明白，即使自認能夠接受，但我心中無論如何都殘留著陰霾與芥蒂，所以離開廢棄大樓之後，我沒有立刻直接回家的意願。

沒有乖乖踏上歸途，完全不想回到妹妹們應該會溫暖迎接的那個家，反倒是讓腳踏車龍頭朝向完全相反的方向。

也就是前往——我先前遇見障貓的地點。

要做什麼？

並沒有要做什麼。

並不是覺得只要前往那裡，就可以再度遇見障貓——遇見羽川。

並不是期望與她重逢。

並不是要將覆水回收——我只是覺得，至少要完成剛才進行到一半的任務。

也就是找到羽川的家。

我當然非常明白，如今即使這麼做也無濟於事，但我不知為何無法不這麼做。

或許我依然處於混亂狀態。

羽川成為怪異的受害者，使我看到她只穿內衣的貓耳造型，或許是這些要素令我失去冷靜。至少我並不是因為羽川消失在夜幕之中，羽川的雙親又送醫，因而擔心空無一人的羽川是否會被闖空門。我不是會注意這種事情的人。

我很快就抵達現場，然後走遍住宅區，心無旁鶩仔細尋找，出乎意料很快就找到羽川家了。

寫著「羽川」的門牌。

門牌底下寫著兩個應該是雙親的名字，相隔一段距離——一小段距離的位置，有一個漢字可以寫成「翼」的平假名名字，所以只是同姓家庭的機率應該很低。

非常平凡，自費購入的獨棟住宅。

看似如此。

至少在這間兩層樓的住宅看起來，完全不像是會發生家暴或是棄養事件的地方。

然而門牌上的平假名名字，宛如意味著這名女孩依然年幼不懂事——令我隱約感受到一種扭曲的氣息。

到底是從什麼時候？

從什麼時候，這塊門牌就沒有換過了？

沒有因應女兒長大重新製作嗎？

連拆掉都嫌麻煩嗎？

我不禁如此心想。

想這種沒有必要的事情。

想這種令人煩躁的事情。

明明再怎麼想也無濟於事。

明明沒有我幫得上忙的事。

我打開外門，像是受到引導前往玄關，然而握住門把才發現，門鎖得好好的。

「…………？」

但我對此感到疑問。

將羽川稱為主人的那隻障貓——雖然這麼說不太好，不過看起來沒什麼智商。

應該說，完全感受不到知性的氣息。

甚至令我覺得，即使是動物應該也比牠聰明。

簡直沒有任何聰明才智。

我不認為這樣的障貓，會懂得使用門鎖這種人類特有的文化產物——不對，牠不一定是從玄關外出的。

既然是貓，從窗戶出入反而比較自然。

我離開玄關，繞著住家外圍尋找開啟的窗戶。然而每扇窗戶都是緊閉著，甚至連防雨窗都關上了。

在我納悶這是怎麼回事的時候，我察覺二樓也有窗戶。

對喔，牠擁有那種跳躍力。

甚至足以跳上月亮的那種跳躍力。

牠不一定是從一樓外出。察覺到這一點，我再度繞了住家一圈，這次正如預料，我找到了開啟的窗戶。

嗯。

嗯嗯。

既然已經上了船，那就走一步算一步吧。

幸好現在的我，身體能力提升了不少。即使沒辦法像貓一樣直接跳上二樓，至少也可以爬牆上去。

既然下定決心就不再迷惘了。我姑且注意四周是否有人在看，並且著手爬牆。

我就這樣抵達二樓——

「…………？」

——並且感到納悶。

我將手放在開啟的窗子，撥開隨著夜風飄動的窗簾看向室內，然後感到納悶。

等一下。

我一直認定這扇開著的窗戶，是羽川房間的窗戶。依照刪除法，障貓抓著羽川雙親離家的管道，只會是這扇窗戶，所以這應該是妥善的推測。不對，不用把這種想法當成推測，我原本就是這麼認為的。

但卻不是如此。

該怎麼說，這個房間就像是書齋。

是羽川父親的房間嗎？

不太清楚。

何況我沒問過羽川的父親從事什麼工作。

總之無論如何，這個房間給人的感覺就是工作室，至少不會是女高中生的房間。

「嗯……」

我就像是蜘蛛人一樣貼著牆壁，以連我自己都覺得俐落的動作脫下鞋子，並且入侵羽川家。

雖然完全是非法入侵，不過我在爬牆的時候就已經是可疑人物，與其說是已經上了船，這簡直要用偷渡來形容了。

然而，我上的船可能是奴隸船——我應該要考量到這一點。

換個說法吧——我順其自然，沒有任何明確的目的，犯下了刑法的非法入侵罪，所以遭受到最為嚴厲的天譴。

無可比擬的天譴。

我阿良良木曆，在羽川家裡——在空無一人的羽川家裡，單手拎著鞋子找了一圈、找了兩圈、三圈、四圈……

「…………！」

我衝出這個家。

其實從玄關大門出去就行了，但我甚至想不到這種事，而是回到剛才爬進來，應該是書齋的那個房間，像是認定只要把至今的行動倒過來做一次，就可以讓時間回溯，當成一切都沒有發生過，從開啟的窗戶縱身一躍。

理所當然就這樣摔下去了。

沒有進行任何防護措施，筆直落在柏油路面——也可以形容成墜落，甚至覺得好不容易接回去的左手臂似乎又斷了，然而我絲毫不在意這樣的痛楚。

我幾乎陷入恐慌狀態，不顧一切連滾帶爬，衝到停在住家門口的越野腳踏車那裡，以鍊條幾乎會磨斷的速度離開現場。

離開羽川的家。

何其恐怖。

宛如存在著某種不乾淨的東西——不對。

我純粹只是感到噁心，甚至作嘔。

我不得不後悔自己做了無謂的事情。雖然不知道自己走哪一條路，雖然不知道自己繞了多麼遠的路，不過當回過神來，我已經到家了——即使沒有想要回家的念頭。

總之，我只是想要逃離。

但我宛如基於本能——回家了。

「啊，哥哥，歡……」

打開玄關大門，不知道是基於什麼巧合，月火就站在面前——從她只穿內衣加一件單薄T恤的清涼穿著來看，大概是剛洗完澡——雖然我有察覺到這一點，不過在她說完「迎回來」這幾個字之前，我已經連鞋都不脫就爬進走廊，緊抱住月火的身體了。

緊抱，緊抱，緊抱。

「唔喔喔喔!出乎意料的熱情擁抱!這個變態哥哥是怎樣！」

「……………!」

對於親哥哥的奇特舉動，月火不但驚愕，並且很明顯覺得很噁心，但我實在不得不做出這種舉動。

並不是因為她是月火。

無論是火憐或是任何人，總之我就是忍不住想要緊抱第一個見到的人。

不，不是緊抱。

忍不住——想要得到依靠。

忍不住——想要得到扶持。

不然的話，名為我的這個存在似乎會崩潰。

精神會瓦解。

這就是所謂「溺水的人連一根稻草都想抓」。

事實上，月火應該有完全感受到我身體的顫抖，徹底到無法壓抑的細微震動吧。

我在害怕。

要把我稱為弱雞或是什麼都行。

對恐怖的事物感到害怕，有什麼不對？

顫抖發冷——有什麼不對？

那個家對我的衝擊，就是如此強烈。

那是一棟獨棟住宅。如果論坪數，或許比我住的這個家還要大。

房間有六個。

然而，那個家——

羽川家，沒有羽川翼的房間——

「嗚嗚嗚嗚嗚嗚嗚……」

好恐怖，好恐怖，好恐怖。

春假的經歷根本就不能比。那段宛如地獄的回憶，如今我甚至想改寫成純樸悠閒的時光，想把那個春假竄改成平凡無奇的兩週流水帳——就是如此恐怖。

沒有房間。

而且——沒有痕跡。

雖然羽川小時候曾經輾轉待過好幾個家，還是已經在那個家住了將近十五年——即使如此，我再怎麼走遍那個家，都找不到任何羽川的氣息。

每個家，各自擁有獨特的味道。

住得越久，這種味道就越明顯。然而那個家的味道，完全沒有羽川的成分。那個家和羽川翼的切割程度，甚至令我真的以為找錯家了。

不。

當然——掛在客廳牆壁的制服，像是書庫的房間裡收藏的課本與參考書，收在浴室衣物櫃裡的內衣，疊好放在走廊的棉被，插在階梯插座的手機充電器，放在玄關旁邊的書包——從這些物品來看，我認為羽川確實住在那個家。

我如此認為。

然而，那簡直就像是住在旅館一樣。

甚至不算是寄人籬下。

我太低估了。我原本堅持抱著樂觀的態度。

即使看到她被父親毆打的臉頰，內心深處依然認為羽川不會有事，羽川是羽川所以不會有事，羽川肯定不會有事，羽川不可能會有事。我依然如此相信著。

即使她被障貓附身也一樣。

居然認為她不會有事，愚蠢至極。

「嗚嗚嗚嗚嗚嗚……」

應該沒救了。

羽川，應該沒救了。

那種狀況，根本就無從挽回——不可能修正了。

一言以蔽之，瘋了。

幾乎瘋了，完全瘋了。

只要交給忍野處理，羽川確實沒過多久就會被找到，障貓也會被那個夏威夷衫大叔輕鬆解決。不過，至少這段物語，不會以「羽川與長年存在隔閡的雙親和解並且盡釋前嫌」這種可喜可賀的方式收場。

無從收場。

再怎麼想收場也無從收場。

那個家。

那個家族。

那個家庭。

早就已經處於結束——過度結束的狀況了。

「嗚嗚嗚嗚嗚嗚……嗚哇啊啊啊啊！」

「……受不了，真拿哥哥沒辦法。乖乖不哭，是被嚇到了吧？」

我身體顫抖的程度有增無減，甚至還發出近似慘叫的聲音，至於月火，比我小四歲的這個妹妹，則是宛如完全拿我沒辦法般露出微笑，溫柔撫摸我的頭。

並且閉上雙眼，微微噘嘴。

「來，可以哦。」

「噁心死了！」

她如此說著。

我推開妹妹。

粗魯推開。

「呀啊！妹妹這麼犧牲奉獻，哥哥你這是在做什麼啦！」

「我在進行教育指導！妳們兩姊妹也活得太隨心所欲了吧！」

「有什麼辦法，我們是哥哥的妹妹啊！」

「唔！」

聽她這麼說，我就無法反駁了。

畢竟應該沒有任何人，比我活得更加隨心所欲了。

不過，我覺得自己的生活方式應該還是有稍微用點腦袋，絕對不是那種只靠脊椎反射過活，甚至連脊椎都沒有的單細胞生物。

應該是這樣沒錯。

無論如何，在妹妹噁心的犧牲奉獻之下，總之我身體停止顫抖了。

家族果然是最好的避風港——或許該如此形容吧。

家族。

家族嗎……

這兩個字，當然令我聯想到已經送進醫院，至今應該依然住院觀察的羽川父親與母親，使得我內心莫名憂鬱。

說真的，他們幾乎沒有任何值得同情的地方——即使如此，我依然會這麼想。

在那個家住了將近十五年。

對於他們兩人來說，這肯定也不是幸福的家庭環境吧……

「話說回來，我擔心死了。」月火如此說著。

她腋下抱著一件浴衣，原本應該是打算上樓再穿吧，不過她已經當場穿上了。

「因為哥哥完全沒有回來。」

「啊？」

雖然有點晚，但我還是把玄關大門關上。

也把鞋子脫下來擺好。

「哎，擅自在外面過夜是我的錯，不過如今也用不著那麼擔心吧？」

「是沒錯啦，畢竟哥哥已經在春假進行過尋找自我之旅了。」

「…………」

春假的那件事，在阿良良木家裡是如此解釋的。

我無從訂正。

妹妹們至今也偶爾會叫我「尋找自我哥」，但我非得甘願承受才行。

「不過，我和火憐還以為哥哥是不是遇到怪物了，所以一直很擔心。」

「……怪物？」

這種像是一語道破的說法，使得我瞬間緊張了一下——不對，絕對不可能是那麼回事。我連忙掩飾自己的狼狽。

「怪物……這是怎樣？妳們都已經是國中生了，還會相信這種東西？」

「唔～……」

雖然我以調侃的語氣回應，但月火的反應相當微妙。她以手指抵住小小的下巴，露出思索的表情。

「與其說怪物，應該說是貓妖。」

「貓……妖？」

我複誦月火的話語。

宛如笨蛋，出聲複誦。

貓妖？

「嗯。」

月火如此說著。

臉上並不是開玩笑的表情──反倒是非常正經。

直率老實。

如同她宣稱自己就是正義，火炎姊妹參謀的表情。

「雖然還只是謠言階段，還沒辦法斷言，不過聽說有個擁有人類外型的貓妖，在城鎮各處襲擊行人。」

「…………！」

擁有人類外型的貓妖。

如此適合、適當又適切的形容句，真的存在嗎？

如此含糊。

如此正確。

「襲擊行人……這是怎麼回事？」

「嗯。總之雖然還不確定，不過聽說要是被那隻貓妖碰觸，就會忽然變得疲倦，變得衰弱，總之會昏倒。」

雖然疲倦或衰弱這種說法有點不得要領，但是早已知道答案的我，聽到這樣的敘述就完全明白了。

能量吸取。

「這是從……什麼時候開始的？」

「啊？」

「哎，我是在問妳，那隻貓妖從什麼時候開始襲擊人的？」

「天曉得。我沒有知道得這麼詳細。雖然還在調查，不過我是在今天白天聽到這樣的傳聞，所以我才會擔心哥哥，並且狂打電話。」

「…………」

這個妹妹的直覺很敏銳。

不過，她也沒猜到真相並且晚了一步。因為在她打電話的時候，我已經被貓妖襲擊，並且昏迷不醒了。

不過……原來如此。

原來是這麼回事。

昨天晚上，障貓把羽川雙親交給我之後，就開始襲擊行人了。

除了我以及羽川的雙親，也有其他人受害。

我茅塞頓開。

我就想說忍野這次怎麼異常積極——如果受害者只有羽川，致力於維護平衡，秉持中立主義的那個傢伙，不可能會像那樣主動進行工作。

正因為出現其他的受害者……不，正因為被貓附身的羽川本人成為加害者，那個專家才會出動。

但我不懂。

為什麼障貓要——襲擊人？

光是夜行性的怪異在白天行動就足以稱奇了。不過忍野似乎說過，障貓並不是會積極危害他人的怪異吧？

……不對。

障貓本身，不一定會自覺到這是襲擊人類的行為。大致來說，怪異都不把人類當作一回事。

把人類當成營養來源，當成血液儲藏庫的吸血鬼算是比較好的，大部分的怪異，並沒有把人類的存在視為價值。

如同人類對於怪異，也抱持著相同的態度。

把對方當成可有可無——這種例子占了絕大多數。

所以，如果其他人不是像我這樣被咬或是手臂被扯斷，只是不知不覺被吸取能量的話，「遭受襲擊」這種說法，有可能只是站在人類立場的獨斷見解。

也有可能是路上遊手好閒的不肖之徒，看到只穿內衣的貓耳女孩而產生非分之想，逕自上前找麻煩。

這些受害者，或許只是遭受反擊罷了。

至少如果是我，看到如此引人注目的女孩，應該絕對不會放過吧——不，這方面暫且不提。

話說，這次事情真的鬧大了。

「哥哥沒有受害，讓我鬆了一口氣，不過身為正義感化身的火炎姊妹，不可能對這種事態坐視不管！火憐已經正在準備狩獵貓妖了！」

「……慢著。」

這時候我該說什麼？

正義使者火炎姊妹的工作，也包含降妖除魔？

妳們是靈界偵探嗎？

如果是平常，火炎姊妹出任務的時候，我只會說個幾句就放任她們不管，然而這次的狀況有些不妙。

不能和女國中生的試膽活動相提並論。

只是能量被吸走的程度就還好，但要是對障貓採取明顯的敵對行為，有可能像我一樣被扯斷手臂。

不像我擁有不死特性的火憐與月火，將會立刻沒命。

雖然火憐還算是有點本事，但如果用空手道就能打倒貓，事情就不會這麼辛苦了——這是哪門子的貓咪老師？（註53）

記得貓咪老師練的是柔道？

雖然這麼說，不過這兩個妹妹並不是勸得聽的傢伙。我越是阻止，她們反而越有幹勁，有著橫衝直撞的個性。

燃燒到亂來的程度。

火炎姊妹。

「嗯？哥哥，怎麼了？你剛才說『慢著』，然後呢？」

「……慢著，這樣我會很困擾。」

註53　不是各位想的那位貓咪老師，是早期漫畫《土包子大將》教主角柔道的角色。

月火疑惑窺視我的表情，我則是在內心深深嘆了口氣，心不甘情不願，逼不得已開口說下去。

完全就是照本宣科的生硬語氣。

「我光是晚上騎腳踏車回家就怕成這樣了，現在聽妳講這種貓妖的恐怖鬼故事，我已經嚇得快要尿出來，弱雞如我根本不敢一個人睡覺了，所以原本想說今天開始暫時請小憐和小月陪我睡覺，不過既然妳們非得為了正義上戰場，雖然只有妳們是我的依靠，我也只好打消這個念頭了。」

「什麼？只有我們是依靠？」

上鉤了。

笨妹妹上鉤了。

「那就沒辦法囉！膽小的哥哥很可憐，所以火憐那邊由我來說服吧！收拾貓妖的工作，就交給警察先生吧！」

「……謝謝。」

這個么妹對於哥哥的請求，真的是毫無抵抗性。

總之，就是如此。

我能為羽川做的事情，或許就只有不妨礙忍野，以及叫兩個妹妹陪我一起睡吧。

009

雖然這麼說，我依然有些掛念的事情。障貓的能量吸取技能似乎不會致人於死，不過即使如此，應該也是行使過度就會攸關生命的特異能力，這種事不難想像。何況障貓的蠻力，強到用咬的就能輕鬆扯斷人類的手臂。

包括速度與跳躍能力，都強大得遠超過人類的想像。

換句話說，要是沒有盡早解決，就有可能出人命。

會出現受害者，出現死者。

有人會死。

羽川可能會殺人。

雖然我挺身而出犧牲自己，成功阻止妹妹們的失控行徑，但我沒辦法阻止「警察先生」或是「鎮上有志人士」的行動，區區高中生哪可能有這種權力。要是驅逐貓妖、狩獵貓妖，或者是想瞻仰貓妖風采的傢伙越多，風險就會越大。

不能認為「只是衰弱或昏倒就無妨」。

要是出了人命——終究不妙。

因為，要是除去名為怪異的超自然現象，羽川翼將會成為殺人犯。

理所當然被視為——殺人凶手。

……我絕對不要看到這種結果。

為什麼會變成這樣？這是什麼玩笑？

即使月火位居參謀立場，對於傳聞的敏感度勝於常人，但是障貓只活動一天就令她得知消息，我不認為這樣的障貓有在隱匿行蹤。

應該說，牠大概什麼都沒想。

牠只穿內衣就在外面亂跑的行徑也是如此，牠應該完全沒有為羽川之後的日常生活著想。

之後。

之後？

不過，是什麼事情之後？

做了什麼事情的什麼狀況之後？

包括牠見人就吸取能量的行徑在內，障貓的目的——不得而知。

如果找忍野進一步詢問，或許就能明白障貓是什麼樣的怪異——不，我沒必要知道這種事情。

不應該為了這種事情勞煩忍野。

不能妨礙那個傢伙。

放心，雖然是那種吊兒郎當，給人輕浮感覺的輕佻大叔，但專家就是專家。

應該會立刻解決這一切。

在羽川誤殺別人之前——解決這一切。

想知道詳情，等到一切結束之後再問就行了。

可以問忍野——或是羽川。

之後再問就行了。

然而，可以嗎？我有知道這種事的權利嗎？

不對，到頭來，我真的想知道詳情嗎？

我非法入侵羽川家，得知那個家的真相之後——慌亂到那種程度。

我踏入羽川的私人領域，踏入她的內心——毫不客氣觸及她的隱私。都已經做出這種事了，我還能繼續當羽川的朋友嗎？

很難說。

世界上果然有一些不用知道的事情吧？

不知道這樣的譬喻是否符合現狀，比方說我們景仰一位偉人，尊敬一位歷史上的人物，因為實在太喜歡了，所以查閱各種傳記想要深入了解，卻查出這位偉人的醜聞或不幸事蹟，莫名有種受到背叛的感覺，這應該是大家都會有的經歷。不過這種失望，是出於自己的一廂情願吧？

逕自喜歡，逕自討厭。

逕自期待，逕自失望。

逕自憧憬，逕自幻滅。

既然這樣，從一開始就不應該知道吧？

或許當時，我果然不應該深入了解羽川，不用在意那塊紗布。

然而這麼一來，就是只看優點不看缺點了。

就只是喜歡、期待、憧憬。

我在春假接受她那麼多的協助——卻怎麼想都想不透。

只能懷抱著鬱悶的情緒。

我的思緒就這樣永遠在原地打轉，唯一能夠確認的，就是從春假至今這一個多月，雖然我與羽川翼共度許多時光，我卻對她一無所知。

居然覺得這是戀愛，好蠢。

真好笑。

令人發笑。

想到這裡，就覺得和月火的那段對話好丟臉。

別說正中紅心，根本就脫靶了。

然而即使如此，直到現在，我只要想到羽川，內心就像是快要撕裂。

讓妹妹們宛如孩子、宛如娃娃躺在兩側陪睡的我，思考著這樣的事情。大概是真的累了，即使白天一直在睡覺，當晚我也立刻墜入夢鄉。

四月三十日就這樣結束，進入五月一日。雖說是黃金週，不過私立高中不會在勞動節休假。

五月一日與二日正常上課。

週一與週二。

一定要到校上課。

因為昨晚一起睡，所以比平常還要省時，我很快就被火憐與月火叫醒，騎著上學用的菜籃腳踏車前往學校。

我在即將打鐘時抵達教室，不過當然沒看到羽川的身影。

她缺席。

優等生羽川翼零遲到零缺席零早退的全勤紀錄，在這天中斷了。

即使不是如此，羽川這種引人注目的學生毫無通知（既然雙親昏迷住院，當然不可能通知）就缺席，和我這種吊車尾學生蹺課的狀況完全不同，班導對此非常擔心，在班會時間詢問大家是否知道原因。

然而這樣的詢問，當然只是引起教室一陣騷動，沒能得到任何情報。

我當然也絕口不提——在這個時間點，班上某些愛湊熱鬧，眼觀四面耳聽八方的同學，或許已經聽到貓妖的傳聞了，但也不可能把貓妖和羽川直接聯想在一起。

看到障貓就能認出是羽川的人，只有我。

不，即使是我，或許也已經辦不到了。

因為我自己，也希望只是我看錯，希望只是我的誤解。

這麼說來，在眾人騷動的教室一角，有一名叫做戰場原的女同學，以莫名冷淡的態度聆聽導師的詢問，令我印象深刻。

與其說是冷淡，該怎麼形容才好……就像是「果然如我所料，她就是這樣的人」這種看透同類，面無表情的模樣——總之就是這種感覺。

五月一日與五月二日，羽川都沒有來學校。

在五月二日即將放學的時候，貓妖的事情已經在校內傳開，而且有多數人目擊，可見障貓有多麼活躍。

只不過短短三天。

很遺憾，在祥和的偏遠城鎮發生的這場貓妖事件，並不像春假的吸血鬼事件只成為女生們私底下的傳聞。這樣下去，或許會演變成狩獵貓妖的場面，絕不誇張。

而且我也沒辦法一直阻止火炎姊妹出動。她們展開行動，就代表整個城鎮的國中生都展開行動，所以我想要儘可能阻止她們，但我再怎麼嚴加監視也有極限。不對，與其說嚴加監視，待在這種總是得向妹妹撒嬌的屈辱環境，我的精神恐怕會先崩潰，這也是問題所在。

總之，在隔天五月三日繼續開始放連假之前，我再度造訪忍野居住的廢棄大樓。不，並不是有所眷戀想要幫忙，也不是有什麼問題要問。

也不是想要知道他的工作進度。

只是基於另一件事——讓吸血鬼幼女進餐的例行公事。

上次是四月二十九日，其實再隔幾天也無妨，不過從明天的三天連假開始，因為是假日，我必須把兩個妹妹盯得更緊，所以想提前讓吸血鬼幼女補充營養。而且我這個外行人認為，那個傢伙前幾天幫我「充電」，或許也已經在餓肚子了。

會挑選黃昏這個不上不下的時間，正是為了避免妨礙忍野工作。忍野這時候應該正在外出尋找障貓。

雖然不是丑時三刻，不過黃昏時分也稱為——逢魔之刻。

然而，黃金週時期的我，直覺遲鈍到極點。

直覺遲鈍。

來得正不是時候。

我首先前往廢棄大樓四樓，吸血鬼幼女上次所在的那間教室，卻沒找到她。

而是找到忍野咩咩。

不只如此，他並非只是待在那裡。

位於那裡的他，宛如一塊殘破不堪的抹布。

「忍……忍野！」

「嗯？嗨，阿良良木老弟，我都等得不耐煩了。」

我連忙跑過去，但忍野完全以一如往常的豪爽態度迎接我。仰躺在地上的他，宛如只是在做伸展操的拉筋動作，搔了搔腦袋就一副不耐煩的模樣緩緩起身。

仔細一看，殘破不堪的只有身上包含夏威夷衫在內的衣物，身體並沒有大礙，頂多只有幾處擦傷。

不過即使如此，並不代表我過早下定論。

忍野咩咩很明顯——疲倦又憔悴。

至少我在春假認識忍野之後，第一次看到他如此虛弱。

「想說你差不多要來了……原本希望能先讓身體恢復過來，不過效果很好的那種繃帶，上次已經用在阿良良木老弟身上了。」

「忍野……到底發生了什麼事？」

總之我先跑到忍野的面前，一頭霧水如此詢問。

「問我發生了什麼事？沒什麼事，就只是輸掉了。」

忍野一如往常，以從容的態度回答我。

並不是虛張聲勢。

只是在陳述一件事實。

「輸……輸掉了？輸給誰？」

「那還用說，就是輸給障貓。」

從四月三十日晚上算起，整整三天。

在這短暫的期間交戰二十次——並且輸了二十次。

忍野咧嘴如此回答。

不對。其實並不是能夠咧嘴說笑的事情。

也稱不上逞強。

反而一副脆弱的模樣。

「這樣……不就是全敗嗎？」

「是全敗沒錯，一敗塗地，哈哈！」

忍野緩緩起身。

雙腳完全沒有力道。

就像是會直接倒下。

「真是的，只穿內衣的女高中生，對大叔我來說太養眼了，害我老是分心，完全沒辦法好好打。」

「…………」

我非常明白，這肯定只是在隱瞞事實，是忍野擅長的迷糊仗——即使如此，我依然無法置信。

「看女高中生的內衣看得入迷，所以沒辦法好好打」的這種說法，可信度反而比較高。

因為……忍野居然會輸？

在春假，即使是鐵血、熱血、冷血的吸血鬼，都能夠玩弄在股掌之間的忍野居然會輸，而且還是二十連敗——這是惡質的玩笑話。是惡夢。

因為對方是認識的羽川，所以手下留情？還是說，因為認識所以粗心大意？

…………

兩種都不是忍野的作風。

這傢伙不會這麼心軟。

依照我的經驗，我甚至認為忍野對上認識的人反而更不留情。

「真是的，剛才的第二十場，牠吸得真不客氣啊，連擦傷都有可能成為致命傷，好棘手的特性。我這個中年大叔的身心早就已經枯竭得差不多了，居然還要從我身上榨取精力……」

「障貓是……這麼厲害的怪異？」情緒超越戰慄而達到恐懼的我，戰戰兢兢向忍野如此確認。「連你這樣的專家都沒辦法應付……」

「不，沒這回事。」

但忍野立刻回答，並且搖了搖頭。

就像是意味著我的推測完全落空。

「我上次也稍微提過，與襲擊阿良良木老弟的吸血鬼相比，障貓算不了什麼。這種低等怪異，拿來與吸血鬼比較都是一種傲慢。」

「啊……？」

低等？

他說……低等？

一瞬間，我以為忍野這麼說，是要拭去我內心的不安，但他講話不會這麼貼心。

然而……低等怪異？

他這麼說？

「等一下……你確實說過障貓的級數與吸血鬼有差，但你並沒有說過障貓是低等怪異啊？」

「我只是刻意不說。如果我說得這麼詳細，阿良良木有可能會要求幫忙，所以我沒講這麼多。從我這個專家的價值觀來說，這種怪異不費吹灰之力就能解決。不，用不著專家出手，光是外行人集思廣益就能應付了，只是這種程度的怪異。」

「咦，可是……」

不一樣。

與上次所說的完全不一樣。

我正想繼續說，忍野就插話打斷。

「話是這麼說，但我可沒有偷工減料，而是認真應付障貓。即使有提過已經兩不相欠，我還是覺得春假欠了班長妹一份人情，所以動手時不會有任何奇怪的顧慮，但我還是輸了。」

忍野如此說著。

完全沒有懊悔的模樣。

也沒有營造出敗戰的氣氛。

然而，他肯定在懊悔，認為自己失敗了。

我和他來往不久，並沒有多深的交情，即使如此，還是感受得到。

忍野咩咩，對於自己的工作——抱持著尊嚴。

「障貓是小角色。」

忍野再度宛如確認般說著。

「到頭來，障貓這樣的怪異，來自與招財貓對等的概念，說穿了，就是從文字遊戲誕生的民俗神話。相對於招來福氣的招財貓，障貓會招來災難，假裝死在路邊吸引基於同情心前來的人類並且附身，是替換型的妖怪，強占身體的怪異。而且會像是窮神一樣，讓當事人墜落不幸的深淵，就是這種……哎，簡單來說就是不足為奇，以範本創造出來的妖怪。」

「…………」

藉由人類的良心與同情心，乘虛而入的妖怪。

這確實是常見而且常發生的怪異奇譚。何況——

也是我親身經歷過的現象。

所以並沒有很新奇。

然而……

「沒錯，然而對方是班長妹。」忍野如此說著。「雖然我自認早已明白，不過障貓附身的對象是班長妹，以這種狀況，跳脫既定觀念的程度簡直是離譜。原本只是小角色的障貓，提升到幾近最強——搞不好與吸血鬼不相上下的怪異。」

「…………」

「比起共享宿主的身體，共享宿主的知識麻煩多了。我對付怪異的傳統手法與方法全被漂亮破解。班長妹擁有等同於專家的專業知識，那孩子——無所不知。」

「…………」

「使用戰略與戰術襲擊人類的怪異，我至今聽都沒聽過。」忍野像是自暴自棄如此說著。「雖然從一開始就知道，不過班長妹果然不是等閒之輩，包括襲擊他人的俐落手法在內，這不是怪異做得出來的事情。」

「慢著，襲擊他人的俐落手法？忍野，你怎麼講得好像羽川會積極襲擊他人？」

「哎，就是這麼回事吧，障貓原本並不是這樣的怪異。只不過，阿良良木老弟，我陷入苦戰到這種程度，或許並不是一件壞事。」

「啊？」

「沒有啦，反過來說，我認為這種狀況，證明班長妹還留在障貓裡。如果障貓已經不包含班長妹的意識，完全占據身體與知識，就不會成為現在的狀況，班長妹的意識，應該還在障貓體內占有相當大的分量，所以才這麼難應付。以目前來說，這是最不利的情報，同時也是帶來一絲希望的情報。」

「為什麼？你是指什麼希望？」

我從來沒想過和羽川為敵。

所以這樣的威脅超乎想像。既然這樣，又有什麼希望？

「哎，因為要是障貓完全占據班長妹就完蛋了，非殺不可。」

忍野乾淨俐落如此說著。

他說——非殺不可。

「得趁班長妹的意識還在，盡快把意識打撈上來，盡快解決這隻貓妖，否則阿良良木老弟的這位好友羽川翼，將會永遠從這個世界上消失。」

010

忍野形容成不足為奇，名為障貓的怪異奇譚，容我在此舉個例子——舉個範例。

路邊有一隻斷氣的白貓。

不知道是餓死在街頭，還是被行經的車輛撞死，總之側躺著動也不動。

看牠沒有尾巴，牠應該不是以家貓身分備受寵愛至今，沒有這種幸福的經歷。

覺得這隻貓很可憐的一名路過男性，抱起這隻貓。

碰觸。

找個地方埋葬貓，雖然稱不上祭拜，但有雙手合十為牠默哀——僅止於此。

當天晚上開始，這名善良男性做出各種奇怪的行徑。宛如變了一個人，情緒暴躁至極。

並且變得暴力。

又是喝酒，又是打人鬧事，無論是親朋好友，光是待在他身邊就疲累不堪。

旁人感到驚恐，認為是那隻貓的詛咒。

還說這名男性，曾經做出類似貓的舉動。

周遭束手無策的人們，忍不住請來法師作法，藉以驅逐男性身上的貓妖——

接下來正是精彩之處。

障貓的真本事。

怪異奇譚常見的真相。

善良的他，根本未曾被貓妖附身。

「結局有些不講理，頗為令人驚奇，總之就是隱含警世意義的怪異奇譚，是童話常有的寓言風格。人類不可能只有善良的一面，善良的個性只不過是上層乾淨的部分，肯定存在著另一面。有光就有影，有白就有黑，貓只不過是一個契機。這不只是形容貓妖忘恩負義，也是看透人類另一面的小故事。」

人類的另一面。

忍野如此說明。

不過，為什麼是貓？

「因為，貓是用來戴的。」（註54）

他像是在闡述真理般如此回答。

「即使是班長妹，應該也戴著一張貓面具吧。她並非完全善良又公平的人，反而因為必須維持這樣的形象，累積了深沉漆黑的壓力。」忍野如此說著。

漆黑。

班長——羽川翼的黑暗面。

註54　日文以「猫をかぶる」形容裝傻或假正經，直譯就是「戴著貓」。

「即使如此，一般來說，貓終究只是面具，但是不知道基於什麼原因，班長妹幾乎與障貓合而為一。如果貓是主體，與其形容為合而為一，更像是同化。這真的是強敵，而且與其說是強敵，應該說無敵了。」

雖然忍野這番話聽起來只是在玩文字遊戲，但也確實陳述著事情的嚴重性。越是重要的事情，這個傢伙會說得越輕佻。

輕浮——輕率。

「總之，要是不趕快處理會很麻煩，可不會以『班長妹根本未曾被貓妖附身』這種方式收尾。必須在班長妹與貓妖完全融合之前，想辦法解決這件事。」

……我明白狀況有多麼嚴重了。

以最壞的狀況，可能連忍野都束手無策。

然而即使如此，我依然無能為力。

能做的，可能做的，一件都沒有。

我無法為羽川做任何事。

即使知道她隱藏在內心的黑暗面，即使窺見那深邃的黑洞，我依然無能為力。

後來忍野立刻就出門了。雖然嘴裡說等我等得不耐煩，不過這只是隨口說說，其實他是在與貓交戰之後，暫時回到廢棄大樓休息並且補充裝備，我則是餵血給今天不知為何待在二樓的吸血鬼幼女，然後返家。

吸血鬼幼女的眼神，果然像是在鄙視我。

之所以會有這種感覺，肯定是因為我鄙視著我自己吧。

輕視，蔑視。

隔天——五月三日，憲法紀念日。

這天似乎是日本公布還是實施憲法的日子，我不太清楚。總之是假日。

無論如何，無論是什麼樣的由來與名稱，我都討厭節日。

既然不能像小孩一樣開心得手舞足蹈，只能乖乖安分。

不過五月三日這一天，我完全沒辦法靜心待在家裡，而是瞞著妹妹們偷溜出門。

關於火炎姊妹可能會出動收拾貓妖的問題，我認為暫時不用顧慮。

依照忍野昨天的說法，以及月火轉述火炎姊妹情報網收集到的傳聞，雖然障貓的能量吸取造成多人受害，不過受害程度非常輕微。

即使會令人衰弱到昏迷，症狀卻沒有嚴重到需要住院。

如果引用《七龍珠》快要完結時的達爾臺詞，就是「全力狂奔之後的感覺」。

特別嚴重的受害者，就只有羽川的雙親，以及手臂遭受物理攻擊而扯斷的我。

換句話說，就只有令人疲累的程度。

這部分與吸血鬼大不相同——不對，這部分恐怕是障貓刻意控制威力。依照預先的設定，刻意降低能量吸取造成的損害。

或許這是常駐技能的特性，所以手下留情。

要是正如忍野的推測，障貓是刻意襲擊他人，那麼障貓也是刻意拿捏力道避免出人命。

羽川的意識還在——

這句話就是這麼回事吧。

……既然這樣，我就很在意受害最嚴重的三人，為何會受害得如此嚴重。

以羽川雙親的狀況，我大致可以明白。

可是以我的狀況……

總覺得深入探討會得出令我沮喪的事實，所以我想完全停止思考。

因為這樣，我認為只要是白天而不是晚上，火炎姊妹從事什麼活動都不成問題，不用擔心會有生命危險，我甚至希望活力過於充沛的那兩個妹妹，能去給障貓吸一些能量——不，這終究是開玩笑的。

總之，我所前往的地方，是學校。

私立直江津高中。我就讀的學校。

並不是有什麼特別的事情要辦。

應該說，我沒有要辦什麼事。

我在平常要上學的日子都經常會蹺課了，居然還特別選在放假的時候過來，這連我自己都覺得莫名其妙，不過既然來了也沒辦法。

即使如此，以時間來說，我遲到得挺嚴重的。

校門為了勤於進行社團活動的學生開放，校舍也沒有上鎖。

所以和羽川家相比，要入侵並非難事——不對，這種說法聽起來，就像我是以非法入侵為樂，會招致眾人的誤解。

我沒有其他地方可去，所以爬上階梯，前往教室。

原本以為教室終究有上鎖，但是後門沒關。

天啊，真粗心。

雖然我浮現這個念頭，不過仔細想想，鎖門是我這個副班長的職責。

平常都扔給班長羽川負責，所以我才會不小心忘記。

真是的，我只要沒有羽川，連門都不會關了嗎？

真沮喪。

……不對，到頭來，我並不是會為這種事沮喪的人。

在家裡，我也是一個不小心就會忘記鎖門就外出的傢伙，不過當然是明白這座城鎮治安良好才敢這麼做。

總之我在這方面，是個冒失隨便的傢伙。

即使如此，至少現在的我，有反省自己忘記幫教室上鎖。

該怎麼說呢……

現在的我，凡事都是以羽川為起點。現在重新回想起來，甚至完全不知道我在春假遇見羽川之前，是以什麼樣的行事原則過日子。

感覺羽川把我整個人重新打造了。

不只是改變，而是重新打造——不過仔細想想，這應該是一件恐怖的事情，為什麼我會認為這是開心的事情？

不可思議。

「…………」

教室裡當然沒人。

我溜進教室，經過講臺後方然後坐下。不是自己的座位，是羽川的座位。

羽川平常坐的座位。

我上課的時候，眼神會不自主移過來的座位。

不過，像這樣以羽川的角度看黑板，也不會理解羽川的心情。

什麼都不會明白。

我嘆了口氣，就像是全身軟癱，任憑雙手無力下垂，把臉放在桌面。

完全提不起精神。

雖然並不是為了轉換心情而來到學校，不過我這麼做只是徒增沮喪。

從黃金週開始計算，這個座位已經四天沒人坐，不可能殘留著羽川的溫度。我只是在表現自己心情持續低落的無力狀態，不過這幅光景看起來，也像是我溜進無人的教室，以臉頰磨蹭羽川平常使用的書桌。

羽川小姐其實很豐滿的雙峰，總是按在這張桌子上。想到這一點，就覺得我很像偷舔心上人直笛的小學生。

要是別人看到這一幕，我的人生會在各方面完蛋吧。如此心想的我，以半開玩笑的心情伸出舌頭，舔著理所當然沒有任何塗鴉與雕刻，宛如全新的羽川書桌——

「…………！」

——被看到了。

被筆直盯著看。

對方坐在不遠處，坐在我平常所坐的座位，以雙眼注視著這裡。

這對雙眼，是貓眼。

「……你是喵有極限的變態喵。」

對方看得我不自覺莫名打顫。這雙眼神來自於——不知道什麼時候，不知道從什麼時候就在那裡，只穿黑色內衣的——白髮貓。

不對。

是障貓。

「恐怖喵……比怪異還恐怖喵。你剛才一邊舔女生的桌子一邊興奮喵……」

「慢……慢著，不是這樣！」

是這樣沒錯。

完全說中了。

我嚇到怪異了。

「這、這件事不重要。妳是從哪裡，又是怎麼溜進這間教室……」

「這件事不重要？人類，世界上有什麼事，比你狂舔主人的桌子還重要喵？」

「我完全聽不懂妳在說什麼！無論妳怎麼說，我都不會在法庭承認！所以這件事不重要！妳是從哪裡，又是怎麼溜進這間教室！」

我滔滔不絕拚命駁斥。

由於關係到今後的人生，所以真的很拚命。

「喵哈哈哈，你是笨蛋喵？走路躡手躡腳不發出聲音，是貓的專利喵。你的變態行徑，老子早就已經看在眼裡了喵。」

「…………」

哎。

反正即使詢問怪異「為什麼」或是「怎麼樣」也無濟於事，只是空虛一場……

我從椅子起身——想這麼做卻提不起勁。

無預警的遭遇。

我無預警遇見障貓。

然而切換場面的過程過於牽強，我實在無法巧妙切換心情。

完全沒有戰鬥的氣氛。

何況我早就明白，我完全無法對抗這隻貓，別說應戰，連抵抗都沒辦法，唯一能做的就是佯裝冷靜。如果是忍野還有辦法——不對，甚至連忍野都拿牠沒辦法。

既然障貓現在在這裡，至少就代表忍野昨晚向我道別離開至今的這段期間，沒有立下值得欣慰的成果。

那麼，在前一個晚上——忍野輸了幾次？

「嗯？怎喵啦，人類……看你一點敵意都喵有？」

「反正我完全拿妳沒辦法啊，貓。何況妳並不會要我的命……對吧？」

「這就難說了喵？」

障貓笑了。

以羽川的臉。

以不像羽川的模樣——笑了。

然而，這也是羽川自己。

羽川翼的——黑暗面。

「老子的能量吸取不是技能，是角色設定，光是碰觸就會帶來禍害的設定，自己不能控制力道喵，想手下留情也辦不到，即使不想殺，也可能不小心就殺了喵。」

「……就算這樣，妳沒有一見到我咬我抓我，這樣已經很好了。因為要是妳這麼做，我瞬間就會沒命。」

我做出保護左肩的動作如此說著。

這只是虛張聲勢。

嚇唬人也要有個限度。

努力逞強，隱瞞脆弱的一面。

「哼，吸血鬼？」

貓如此說著。

「哎，套用你的說法，吸血鬼原本不是老子能夠抗衡的高等怪異喵——不過託主人的福，託主人戰術與戰略的福，老子得到凌駕於怪異專家的實力，真感恩喵。」

「…………」

「老子這樣的怪異不會報恩，反而還是恩將仇報的類型喵——不過只有這次，感恩到令老子覺得報恩也不錯喵。」

恩將仇報的類型嗎……

這種形容方式很歡樂，但確實如此。

「我也聽說過，貓這種生物意外重情義，例如鍋島的貓妖傳說，貓甚至為了幫主人報仇而化成妖怪。俗話說『狗看人跟，貓挑家住』，不過這種說法挺奇怪的。」

「因為是妖怪，所以奇怪，喵哈哈哈！」

障貓笑了。

唔～……

我的羽川不會被這種無聊的雙關語逗笑。

要是我說這種冷笑話，可能會被她說教。

羽川的另一面嗎……

另一面——黑暗面。

「總之，雖然同樣擁有能量吸取的特性，不過障貓與吸血鬼截然不同。」

我如此說著。不過這句話是從忍野那裡學來的。

「吸血鬼的能量吸取是進食，障貓的能量吸取是詛咒。」

「嗯，確實是這樣喵。」

「但我不懂，妳為什麼看到人就襲擊？剛才有提到類型的話題，障貓這種怪異，並不是會襲擊人類的類型吧？」

「…………」

貓——沉默了。

似乎不想乖乖回答我的問題。

不對，要是牠覺得不想回答就不回答，覺得不想說就不說，對話就無法成立——

我不認為這樣叫做溝通。

雖然話語相通，但是想法不會相通。

如果各位認為人類之間的交談也沒什麼兩樣，那我也無話可說，不過只有這個問題，我無論如何都想問個清楚。畢竟都已經難得在教室巧遇這隻貓了。

……慢著。

這是巧遇嗎？

在羽川家附近相遇，以及在這間教室相遇，我覺得兩者的意義截然不同——

「喂，貓，妳……」

「這種做法，不像老子的作風喵。」

障貓隨即如此說著。

一副很不耐煩的樣子，蹺起二郎腿。

雖然這種時候不應該想這件事，不過羽川的腿好長。

因為現在沒穿裙子，整條腿直到大腿根部都裸露在外，所以長度顯而易見。

明明身高比我矮，但羽川的腳該不會比我長吧？

好想舔個痛快。

啊，慢著，不對不對。

是好想宛如用舔的一樣，以視線看個痛快。

……這樣有辯解到嗎？

「真要說的話，現在的老子已經無視於障貓的角色設定喵，推翻形象了喵。不對，設定上還是原本的設定，但肯定是反常的存在喵。只不過真正反常的不是老子，而是主人喵。」

障貓如此說著。

關於這方面，記得忍野說過類似的話。

「不像……老子的作風喵。」

「…………」

「別在意，只是宣洩情緒喵。」

「啊？」

「襲擊別人的理由。你不是想知道老子見人就吸取能量的理由喵？所以就告訴你喵——只是宣洩情緒，比方說按電鈴就跑！或是在牆壁塗鴉！跟這種行徑一樣！坦白說就是到處亂來，藉以宣洩壓力喵。」

障貓——露出宛如臉頰抽搐的笑容，如此表明。

什麼？

牠說什麼？

「妳說……宣洩壓力？這……咦？慢著……這是什麼意思？」

「哪有什喵意思，就是這種意思喵。你看過那個家吧？」

「那個家是指……」

「主人家。你應該明白吧？而且老子也明白囉。貓的鼻子挺靈光的，前陣子回家換衣服就發現，整個家都是你的味道喵，這叫做變態跟蹤狂喵。」

貓露出一副無所不知的樣子如此說著。

回家換衣服？

啊啊，沒錯，即使同樣是黑色，障貓現在所穿的內衣，與我四月二十九日……正確來說是三十日遇到牠的時候，所看到的款式不同。

我到底混亂到什麼程度？

居然連這件事都沒發現，好丟臉。

對喔，終究不會連續兩三天都穿同一套內衣……慢著，我不認為貓會主動換衣服，所以應該是依然在障貓體內占有很大分量的女高中生——羽川的意識令牠這麼做的。

是羽川的個性令牠這麼做的。

得知羽川應該還在貓的體內，我鬆了口氣。

會在意自己的穿著打扮，是平凡女孩應有的感性。

雖然之前遲了一步，卻不是為時已晚。

還有機會救回羽川。

在障貓體內占有很大分量的意識。

羽川的潛意識。

……慢著，如果是最壞的狀況，忍野可能已經在昨晚的戰鬥徹底敗北，這樣的話一切都完了。但以貓現在給我的感覺，應該不是如此。

該怎麼形容？

就是如此。

是的。與二十九日不同的地方，不只是內衣款式。

障貓宛如惡魔的暴戾氣息——比起貓更像是猛虎的那股氣息，似乎尖刺盡失——變得圓融了。

…………

宣洩……壓力？

「主人在那種家，在那種家庭住了十五年喵。這種狀況形成多大的壓力摧殘主人，傷害主人，你應該能想像吧？不可能不知道這是多喵龐大的壓力吧？老子為了宣洩這股壓力，所以對附近的善良百姓惡作劇，騷擾毫無關係的局外人，只是如此而已喵——這是把厄運或詛咒置之度外的行徑喵。」

「置之度外……」

不像……牠的作風？

怪異會做出這種事嗎？

所謂的怪異，應該會忠實依照設定——如果要像吸血鬼那樣無視於設定，肯定要非常勉強自己。

勉強。為了推翻道理而勉強。

「告訴你一件事喵，關於那兩人的事喵。」

貓如此說著。

「老子是附身型的怪異，如今占據主人的身體，也就是將腦袋據為己有，所以能夠共享知識喵。」

貓如此說著。

正因為共享宿主的知識，所以棘手。忍野曾經這麼說過。

正因如此，所以難應付。

「主人如何在那個家庭度過這十五年——老子都知道喵。」

「…………」

都知道。

不是無所不知，只是剛好知道而已。

「只不過，老子知道的只有知識喵，主人對於這些『已知事情』的想法就無從得知喵。何況主人似乎喵有寫日記的習慣，雖然偶爾得寫日記當成暑假作業繳交，不過總是如出一轍，用『今天很快樂』當總結喵。」

「今天……很快樂？」

待在那種家，有什麼好快樂的？

「這……不可能是真的吧？」

「是啊，老子也這麼認為喵。基本上，老子智力跟貓差不多，就是這樣的角色設定喵。不過即使是這樣，老子還是察覺得到這種事，所以才會幫主人宣洩壓力喵。」

「不過……如果是這種理由，應該不用襲擊無辜的人吧……」

「很抱歉，老子只知道這種方法喵，因為做壞事很開心喵，看到局外人困擾的模樣很有趣喵，用不著理由，用不著歪理喵。不覺得人格與主人逆轉的老子，個性已經多少圓融了一點喵？比之前扯掉你手臂的時候好得多喵。」

「……我確實這麼認為。」

「沒錯吧？換句話說，老子這喵做確實有效果喵。」貓如此說著。「所以你就安心喵，只要再襲擊五百人左右，就能把主人的壓力宣洩殆盡喵，到時候老子這個怪異就算是完成任務，會在報恩之後消失喵。不過老子智力和貓差不多，行動範圍也只有跟貓差不多，要找五百人也沒那麼簡單喵，即使如此，大概一個月就能結束喵。」

「……一個月。」

「沒錯，所以轉告那個夏威夷衫大叔，用不著多管閒事阻撓老子喵，雖然搞不太懂，不過那個夏威夷衫小子想救主人吧？那就交給老子處理喵。」

忍野他……應該不是基於這樣的動機。

他不會有救人的想法。

即使除去那個傢伙獨特的專業意識，他也完全不認為任何人能拯救任何人。任何人，都只能自己救自己——這是那個傢伙的人生哲學。

……不過即使說明這種事，這隻貓也沒腦袋可以理解吧。

無法相互理解。

人與怪異，無法相互理解。

「真要說的話，老子這樣的怪異，是主人壓力具體呈現的人格，換句話說是新品種喵，與一般所謂的障貓並不相同，專家的做法對老子不管用，趕不走除不掉殺不死喵，那個傢伙害得老子效率降低，所以叫他別再亂來，別再浪費老子的時間喵。」

「……把羽川交給妳處理？」

我沒有說明忍野的個性，而是如此詢問。

「為什麼妳要做到這種程度？妳只不過是附身在羽川身上的惡靈吧？妳沒有理由為

了羽川主動到這種地步吧?」

「剛才不就說過好幾次喵?是為了進行不像老子會做的報恩行徑喵。」

障貓咧嘴笑著——起身離席。

應該說，牠從椅子上移動到桌上，完全不在乎我的視線，跪伏在桌面做出伸直背脊的動作。

「……不過，這是假的喵。」

做完伸展動作之後，牠如此補充。

「老子是不懂報恩的貓，這個設定可不能當作不存在，就像是吸血鬼非得吸血不可，怪異就是這喵一回事喵。所以理由不是要報恩。何況老實說，除了得到知識之外，老子沒理由認為主人有施恩喵。」

「……啊?」

這是什麼話?

妳在路上被車子撞死的時候，埋葬妳的不就是羽川嗎?妳不就是利用這份同情心與溫柔而附身嗎?

「並不是那樣喵。只以現象來看，確實是相同的狀況，主人撿起躺在路上的老子，帶到視野不錯的地點喵葬，正如你也有在旁邊見證，這樣的認知喵有錯喵。啊啊，順帶一提，當時在主人旁邊的你只有挖洞，完全沒有碰觸老子的屍體，所以才喵有遭殃喵。不過要碰觸屍體確實需要勇氣，因為這樣似乎會被詛咒，而且也真的會被老子詛咒喵。」

貓如此說著。

「啊啊……總之，我承認當時有怕到，何況正因如此，面不改色做出這種事的羽川很了不起。結果她卻遭受詛咒，真是好心沒好報，羽川的溫柔造成反效果了。」

「不過，並不是那樣喵。」

雖然我做不到這種事，但如果我當時有阻止羽川——至少如果我沒有害怕，由我抱著貓埋葬的話，就不會導致這種事態了。

聽完我心存後悔的這番話之後，障貓這麼說。

「主人在那個時候，完全喵有同情老子喵。」

「————」

「主人絲毫喵有覺得老子可憐，完全喵有溫柔的要素喵，依照設定，老子是藉由這種情緒附身的怪異，所以能如此斷言。喵。」

障貓刻意在語尾補喵了一聲——這或許也是設定之一。

類似萌要素那樣。

但確實很萌。

不過，帶著這種要素作亂的羽川另一面，羽川的黑暗面——

何其烏黑。

何其漆黑。

何其黝黑。

何其……昏黑。

「主人簡直是套用既定流程，把死在路上的老子埋葬祭拜，完全喵有情感，絲毫喵有可憐老子喵。換句話說，老子其實完全喵有機會附身喵。」

「不對，可是，羽川她……」

「當個平凡的女孩，這是主人唯一的心願喵。」

貓如此說著。

「這已經稱得上是心底的懇求喵，以這種場合，這是主人認定理所當然的做法，符合倫理的做法喵。主人的原則就是做正確的事情，看到路邊有貓死掉就要埋葬喵。總之，這確實是正確的做法喵，也可以說是法則，或者是方程式，所以主人遵照這樣的法則與方程式行事——只是如此而已喵。」

「…………」

貓這番話的魄力與分量，令我完全無法反駁。

不。

即使不是如此，我也沒有反駁的餘地。

因為我也一直有這種感覺。羽川翼重視規律與準則，嚴格到異質的程度。她的價值觀——老實說超脫常軌。

貓以既定流程、法則與方程式這種字眼來形容，但以我的說法，這是戒律。

因為在特殊的家庭環境成長，不想被當成踏入歧途的人，基於這份小小的賭氣，造成她遵守戒律的個性。然而……

「……『一般』來說，根本不可能有辦法遵守這種戒律，即使知道這是正確又美好的行為，但是大部分的人看到死在路邊的貓，都不會想要埋葬。不，或許會有這個念頭，但不會付諸實行。即使是在電車上讓座給老人的行為，都會覺得難為情而做不到。」

即使做得到，頂多只算是火炎姊妹那種正義使者的遊戲——算是這樣的遊戲。

而且那兩個妹妹升上高中之後，應該會從這樣的遊戲畢業吧。

總有一天，那兩個傢伙也會成為平凡的女孩。

成為羽川絕對無法成為的——平凡女孩。

「無論在情感或是能力上，都不可能辦得到。但羽川成功做到了。」

「沒錯，主人成功做到了，而且毫無感情喵。喵有任何想法，宛如機械，完全依照倫理行事……即使是被喵葬無數次的老子我，也喵有見過這樣的人，所以老子才會想幫主人，說穿了就是一時興起，這就很像貓的個性吧？」

障貓像是招財貓一樣舉起左手，對我做出詼諧的動作。

「那麼，記得幫忙轉告喵。告訴那個夏威夷衫小子，對喵喵的惡作劇睜隻眼閉隻眼吧，不然會被控告虐待動物喵。因為老子都已經放他一馬了喵。」

「……這是什麼意思？」

「你應該懂吧？如果老子——應該說主人真的想動手，第一次交手就能送那個小子上西天喵，是因為認識他才會放水陪他打喵。至於你……哎，你似乎不打算採取任何行動喵。」

貓說完之後跳下桌面。明明只有五十公分的高度，卻能在半空中轉一圈。

「總之，你的做法是正確的。如果為了主人著想，什喵都不做才是正確答案喵。你應該也不想立刻死在這裡喵。」

障貓轉過身背對我，沒發出半點腳步聲就走向教室的門——貓有肉球所以不會發出腳步聲，但羽川腳底應該沒有變成這種構造。

這也是所謂的……設定？

超越理論、道理、物理、倫理的——角色設定。

還真的有這種穿著長靴的貓。

「告辭啦，像你這樣的人類喵……就努力讓自己過得幸福喵。」

障貓說完之後，從教室前往走廊。

「慢著！」

我不由得叫住牠了。

貓輕哼一聲，只有把頭轉過來——正如字面所述，回眸美人。

不對，如果要這麼形容，牠的表情也過於詫異了。

「如果妳的目的是宣洩羽川的壓力……這種事，妳做不到。」

「啊？為什喵？」

「因為……壓力的源頭是羽川雙親吧？就算是全部宣洩了，回到家就會再度累積。」

雖然正在住院，不過那兩個人，也不會永遠住在醫院裡。

只要時間到了，他們就會回去——回到沒有女兒容身之處的那個家。

「就算妳襲擊五百個素昧平生的人，花一個月把壓力宣洩殆盡，總有一天還是會恢復原狀。」

「是喔，嗯，說得也是喵，既然這樣……」

似乎沒想到這一點，思慮不周的這隻貓，聽到我的指摘之後露出笑容。

如同春假時，那位吸血鬼經常對我露出的那種——懾人笑容。

「就用這個好好折磨他們，讓他們再也不敢回到那個家喵。」

然後貓——對我展露右手的爪子。

足以殺人，足以刺殺他人，五根銳利的爪子。

「這次不會只有吸取能量那麼簡單，而是以家暴對付家暴……這也是主人自己的願望喵。」

「怎麼可能！」

羽川怎麼可能期望這種事！

我踹開椅子猛然起身，進逼到障貓面前。

不對，原本想進逼到障貓面前。

然而，在我正要抓住牠的肩膀時，我好不容易打消念頭。

「……對，這是正確答案喵。碰觸到的瞬間，就會產生障礙——所以是障貓。接近不得碰觸不得，連一根寒毛都不能碰，明哲保身才是正確答案喵。不只是對老子而言，對主人而言應該也是如此喵。」

「貓，妳……」

「告辭啦，你就努力讓自己幸福喵。」

障貓重複剛才的話語，然後這次真的離開了——再也沒有回頭看我。

「………」

教室裡剩下我一個人。

我厚臉皮回到羽川的座位，把起身時撞倒的椅子扶正，然後再度坐下。

與貓還沒出現的時候一樣，讓上半身趴在桌上。

明明沒有碰觸到障貓，我卻疲倦又憔悴。

「啊啊……」

感嘆。

全身無力。

確認教室裡沒有任何人——不，即使有人，我應該也會視若無睹發出聲音。

不得不如此細語。

「不行了，我果然……喜歡羽川。」

不得不將滿溢而出的這份心意，化為言語。

不得不將這份意念成形。

「過度喜歡，甚至不太敢碰觸她。」

連一根手指都不敢摸。

頂多只能像這樣，以臉頰摩擦桌面。

並不是因為春假的那個事件。

不是因為受她搭救，不是因為她有恩於我。

不是因為她可愛，更不是因為她可憐。

沒有這種類似藉口的理由。

我喜歡那個女孩。

有種「喜歡她嗎～」的想法。

有種「喜歡她耶～」的感覺。

體認到自己「喜歡她」。

「……不過，小月說得沒錯。」

而且，我繼續平靜細語。

真的是毫無感情，脫口而出。

「雖然喜歡她喜歡得不得了，不過，這份情感不是戀愛。」

我繼續細語，並且下定決心。

重新下定一個決心。

這應該是從一開始就既定的事情。

既定的事情，我事到如今才察覺。

我對羽川的心意，累積過度……

早已超越了戀愛。

絕對不只是想要永遠在一起的程度。

「因為，我滿腦子想為羽川而死啊。」

011

說到我從這天開始的黃金週怎麼過，就是一直跪伏在地上。

在學校教室遇到障貓是五月三日，直到大型連假最後一天的五月七日星期日，也就是直到今天為止，我都是跪伏在地上度日。

投注心血努力跪伏。

以天數來說，整整五天。

以時數計算，雖然沒辦法給個明確的數字，不過大概是一百個小時左右。

就是這麼久。

我不吃不喝，週六也沒去上課，從身體到視線都是動也不動，中途從來沒有抬起頭，就像是雕刻成這個姿勢的石像，跪伏在地上。

總之，這是常見的狀況。

不是特別值得一提的事情，是任何人在人生當中都有過一兩次的經歷，總之我就是這樣度過連假。

……我衷心希望黃金週過後，學校別要求我們交一篇休假心得的作文。

慢著，又不是小學，不可能會出這種作業。何況即使預先就出這種作業，我應該還是不會改變主意，依然以完全相同的姿勢度過黃金週。

我在無人教室做出這種悲壯的決心，或許有人期待接下來會是我和障貓的壯烈戰鬥，不過請容我表示極度的歉意。很遺憾，我知道自己有幾兩重。

認知。

熟知。

即使障貓襲擊他人宣洩壓力之後，剛開始的凶暴個性多多少少稍微緩和，但身為「人類」的我，依然完全無法對抗那個傢伙，絲毫沒有勝算，這是自明之理。

連忍野都贏不了的對手，我不可能贏得了。

要是被殺死就完了。

我想為羽川而死——不過反過來說，如果不是為了羽川，我就不想死。

不想枉死。

不想白死。（註55）

真要說的話——我想貓死。

所以，襲擊人的障貓與拯救人的忍野，正在城鎮各處斷續又持續展開陰陽師風格的異能戰鬥時，我全心全力全速全意跪伏在地上。

補充說明我跪伏的對象吧。

這也不是特別值得一提的事情，只要是結束發育期的男生，即使不是處於我這種

註55 「白死」的日文是「犬死」。

狀況，應該也曾經當成必經儀式像這樣低頭。對象則是——八歲的幼女。

八歲的幼女。

鐵血、熱血、冷血的吸血鬼。

姬絲秀忒·雅賽蘿拉莉昂·刃下心——落魄至極剩下的殘渣。

金髮幼女的前吸血鬼。

所以現在的構圖是這樣的：在廢棄補習班大樓四樓的某間教室裡，我朝著面無表情抱膝而坐的吸血鬼幼女，做出很有男子氣概的跪伏姿勢。

…………

雖然這麼說不太對，不過肯定是百分之百不會改編成動畫的場面。

該怎麼說呢？

總覺得沒有任何構圖，能比現在的構圖更能讓媒體斷然放棄改編的念頭——不對，要是這麼說，我覺得從開頭與妹妹互露內褲的那一段，就已經全部無法過關了。

到時候整部動畫都是黑畫面。

「阿良良木老弟，你在做什麼？」實際上，忍野也對我說過這種話。「話說在前面，如果你想拚命，或是覺得死掉也無妨，那你就錯囉。我原本以為阿良良木老弟，已經在春假學習到這個道理了。」

而且語氣聽起來非常普通，沒有那個傢伙會有的挖苦或諷刺，輕佻輕浮的感覺也不強烈，只有微微透露出來的程度。

雖然這麼說，不過忍野這五天只對我說過這段話。忍野似乎每和障貓打過一次，就會回到這棟廢棄大樓療養身體（想到他每次休息做好準備就立刻外出，那個傢伙應該也是幾乎不眠不休吃敗仗吧），但他察覺我的意圖之後，就沒有多說什麼了，甚至在經過我身後的時候也不發一語。

吸血鬼幼女原本就是不發一語。

我也——不發一語。

無論對忍野，或是對吸血鬼幼女，堅持不發一語——我不可能開得了口。何況我擺出這個姿勢，並不是在懇求什麼。我無法堅稱自己完全沒有這種想法，不過實際上，我是基於謝罪的意義跪伏在地上。

事到如今還這麼做，對不起。

事到如今還想拜託妳，對不起。

我誠心誠意道歉。

發自真心。說真的，我居然還有臉做出這麼厚臉皮的舉動，難怪忍野會一副無可奈何的樣子，我乾脆希望就這樣以臉摩擦地面，把我的整張臉磨掉。

我明白。

我正在做什麼樣的事情——我非常明白。

這樣多麼自以為是。

這樣多麼自我中心。

這樣多麼自我滿足——我都明白。

然而忍野只是無可奈何不發一語，並沒有試圖阻止我的行徑。

或許這是他這種平衡維護者的價值觀，或許是稍微感受到我的想法。

或許是和我有所共鳴。

……慢著，終究不會是這樣。

既然我單純是要自己救自己，那他就沒道理也沒義務阻止我。肯定只是如此。

不過忍野，請你明白一件事。

我絕對不是希望你能共鳴甚至同意，不過至少希望你不要誤會一件事。

像是羽川那樣——像是羽川遵循的戒律那樣，願意為了朋友而死的行徑，我做不到。

我沒辦法以如此高節的情操犧牲自己。

我只是抱持著一項任性的欲望。想為羽川而死的欲望。

我——欲求不滿。

不是覺得該做，也不是覺得非做不可——只是想做。

就這樣。

我宛如貼在地面靜止不動的狀況，在五月七日太陽完全西沉之後出現變化。和我一樣在五天像是化石一樣，動也不動接受我伏跪致意的吸血鬼幼女，忽然毫無前兆站起來，赤腳踩住我的後腦杓。

哎，這也是常有的事。

不分性別，任何人在漫長的人生之中，都會有這種幼女踩住腦袋的經驗。如果各位讀者還沒有這種經驗，那就是今後會有。

被妹妹踩、被貓踩、被鬼踩。

人生就是要如此多采多姿。

吸血鬼幼女的腳離開我的後腦杓，隨即就這樣再度出腳，像是要撈起我的臉一樣，把我的頭往上踢。

我不由得維持著伏跪的姿勢整個翻過來——感覺自己像是四腳朝天的烏龜。背部重摔在地上。

這五天以來，我從未變化的姿勢——這樣的均衡終於瓦解。

被幼女踹飛。

雖然相當強詞奪理，不過這也並非不會發生的事情。相較於開天闢地的大霹靂，這也稱得上是常見的事情。

不過，接下來的事情——並非如此。

甚至可以說是空前絕後。

並非好事。

「…………！」

我不屈不撓，為了繼續做出跪伏姿勢而立刻起身，但我看到吸血鬼幼女站直身體，將嘴巴張得大大的，還把舌頭伸長到極限——就像是維持傳統表演風格的魔術師，從喉嚨深處抽出一把日本刀。

一把——長長的日本刀。

很明顯比現在吸血鬼幼女的身高還長。

應該歸類為大太刀。

我只看過一次。只有在春假看過這把刀一次。

刃下心。

心——位於刃之下。

姬絲秀忒·雅賽蘿拉莉昂·刃下心的稱號由來，最強的她唯一破例會拿在手上使用的「武器」——

妖刀「心渡」。

別名「怪異殺手」——沒有刀鞘。

不需要刀鞘。

註定要永無止盡劈斬怪異的刀，不需要這種容器——

「！」

對她來說，這把妖刀宛如自己身分的證明，也是無可取代的回憶。吸血鬼幼女把這樣的刀，當成普通木棍扔向我的胸口。

我沒辦法以雙手恭敬接下。

只能像是在耍笨拙的把戲，好不容易才抱在懷裡，幸好沒有掉到地上。

我鬆一口氣抬頭一看，吸血鬼幼女已經恢復為原本的姿勢了。

面無表情抱膝而坐。

…………

這麼說來，我錯失機會沒看到她踩我以及踢我時的表情。因為我一直凝視著地板，所以是理所當然。

而且她在取出妖刀的時候，也不可能露出其他表情。

總之，我想像得到。

應該就是輕蔑或侮蔑之類的表情。

反正是這種表情。

至少——不會是春假那種懾人的笑容。

即使是再怎麼滑稽，再怎麼值得一笑，吸血鬼幼女也不可能對我投以笑容。

現在這種狀況更不用說。

即使如此，我還是再度對她——宛如致上最深的謝意——跪伏在地上。

「我從一開始就注意到了。」

此時。

就在這個時候，宛如抓準時機——宛如看透時機。

背後傳來這樣的聲音。

稱不上久違的，懷念的聲音。

轉身一看，站在我身後的人，當然是忍野咩咩。

「阿良良木老弟，你那個姿勢是錯的。」

「啊？」

「你那樣是茶道的座禮，你再怎麼禮貌求人也沒用吧？哈哈！」

忍野快活大笑。

不過他的夏威夷衫，再度滿是抓破的痕跡——而且是至今最嚴重，像是同時對付一百隻貓的淒慘模樣。

明明不是能夠露出笑容的狀況。

「啊～因為我是參考某個茶道社國中生的姿勢……或許是我記錯了。」

「你曾經讓茶道社國中生向你下跪低頭？這種癖好真危險。」

「我並不是喜歡才這麼做。」我如此說著。「何況比起叫人下跪，我比較喜歡自己下跪。這五天過得好充實。」

「哼，所以就得到妖刀『心渡』？真是了不起……吸血鬼小妹會改變心意，也令我大感意外。總之，就讓我恭喜你一聲吧。」

忍野如此說著。

但是聽起來並沒有祝福的感覺。

完全沒有。

但即使如此，他應該不是隨口說說。就我所見，他確實處於束手無策的狀態。忍野已經不會以專家身分，把我所做，我想做的事情——當成妨礙了。

絕對不會。

「班長妹的雙親……」忍野以無關緊要的語氣如此說著。「已經出院了。」

「咦！這樣啊……」

我感到驚訝。

當時他們衰弱成那樣，我原本以為還要很久才會清醒……慢著，但是這絕對不是一個好消息。

換句話說，他們將再度回到——沒有羽川房間的那個家。

這代表著一件事實。如果障貓再度回去換衣服，並且撞見他們……

「然後，我有稍微和這對父母談過。」

「啊？」

「我在他們即將出院之前，趁著與障貓交戰的空檔過去探視。原本想說會得到某些線索，可惜並沒有。」

「…………」

我向吸血鬼幼女跪拜的這段期間，忍野居然還做了這種事……不，聽到這番話就覺得，拜訪障貓的第一波「受害者」打聽情報，對忍野來說是理所當然的程序，理所當然的手法。

只是我沒有想到這種做法罷了。

要我向羽川雙親打聽情報？向羽川雙親交談？不可能。

我不想聽他們說話，甚至不想看到他們。

「這對父母，對於自己的女兒一無所知。不過這段時期就是這麼回事吧？畢竟是孩子最難相處的年紀。」

「……那個傢伙的家庭環境很特別。」

「我想也是，這我明白。雖然完全沒有得到與障貓交戰的必要情報，不過相對的，我聽到一段有趣的往事。」

「有趣的往事？」

「是啊。當時他們剛清醒，大概是在半夢半醒之間不小心說出來吧。他們似乎把我當成醫生了。」

再怎麼半夢半醒，也不可能把身穿夏威夷衫的邋遢大叔誤認為醫生。

所以應該是忍野刻意這麼說，讓我有所誤解。

「你聽到什麼樣的往事？」

「這位爸爸毆打班長妹臉蛋的往事。」忍野維持著毫不在意的表情，像是真的當成笑話般如此說著。「這位爸爸火冒三丈，以成年男性認真起來的臂力，毫不留情狠狠打下去，力道甚至足以被鏡框割傷，就這樣打下去。當時班長妹好像被打到撞牆，畢竟班長妹的體重是輕量級啊。」

「…………」

這不是會令人想具體知道的往事。

何況是從打人的角度描述。

我甚至不願想像。

「班長妹用力撞上牆壁，痛得蜷縮了好一陣子。阿良良木老弟，你猜後來發生什麼事？」

「什麼事？當然就是……」

「被父親蠻橫不講理這麼毆打，班長妹甚至沒發出任何叫聲，就只是蜷縮在地上，你猜她接下來做出什麼舉動？」

我無法回答。

並不是不知道答案——看到忍野的表情，並且回憶羽川翼這名女孩的作風，我已經得知這件事情的後續與結果了。清楚到令我抗拒的程度。

真的是——只能絕望。

「『爸爸，不可以這樣。』」

忍野如此說著。

明明不像，卻模仿羽川的語氣。

「『不可以打女生的臉』——班長妹面帶微笑說出這句話。」

「…………！」

我聽不下去。

這是……這是被父親家暴的女兒會說的話？

居然是這種話？

「很噁心吧？善良程度簡直是駭人了，也難怪這位爸爸會更加生氣反覆毆打。要是班長妹出生在邪馬台國，這樣的聖人風範幾乎足以成為卑彌呼的繼承人。老實說，如果我有這種女兒，我也會打。真恐怖，比怪異還要恐怖，真夠噁心。」忍野收起笑容，以唾棄的語氣如此說著。「所以我覺得，班長妹對父親帶回家裡的工作插嘴，只不過是一個契機。即使沒發生這件事，這位爸爸——包括媽媽，應該也一直很想打班長妹。」

「想打？為什麼……」

為什麼父親與母親，會想打女兒？

「應該是只把她當成怪物，沒當成女兒看待吧，就像是被迫撫養一個妖怪長大的感覺。自己兒女被怪異掉包的鬼故事很常見，不過以這對父母的狀況，班長妹甚至不是他們的女兒……」

「……忍野，這是怎樣？」我打斷忍野的長篇大論。「你站在……他們那邊？」

「我沒有站在任何一邊，我中立。真要說的話，這只是看法。班長妹有班長妹的看法，雙親有雙親的看法，我們第三者並不知道哪一邊正確——不對，從一開始就沒有正確的一邊。沒有對錯，只有理由。」

這番話沒有反駁的餘地。

「以最簡單的文字笑話來形容吧，班長妹把雙親扔給阿良良木老弟的同時，也把良心扔掉了。可惜一點都不好笑——哈哈。阿良良木老弟是班長妹的朋友，或許會站在班長妹那一邊，不過這對父母的朋友，也同樣會站在這對父母這邊，從一開始就沒有正確的一邊。」

從一開始就沒有正確的一邊。

忍野重複了這句話，執拗到煩人的程度。

這才是——正確的。

沒有正確的一邊——才是正確的。

然而……

「即使如此，羽川依然是……正確的。」

「所以才恐怖又噁心吧？」我努力擠出這句反駁，忍野卻輕易駁倒。「為了維持生態系的平衡，我這次工作的立場站在班長妹這邊。但如果真的為生態系平衡著想，我甚至認為班長妹就這樣被障貓取代消失，才是最好的做法。」

「這……」

我只說到一半，無法反駁。

雖然沒有完全肯定他的說法，卻也沒有足以否定的依據。

什麼都沒有。

什麼都沒有，所以無從保護。

然而忍野，你忘了嗎？

我在春假，就是因為羽川這種超脫常軌的做法得救的。

得到她的拯救。

「班長妹的雙親，當然不是什麼值得稱讚的人，我和他們交談就知道了。他們放棄身為家長的責任與義務，這一點顯而易見。不過阿良良木老弟，我並不是無法理解他們的心情。要和如此正確的人住在同一個屋簷下，而且這個人還是自己的女兒，想到就頭皮發麻。十幾年來，身邊一直有個正確過頭的人，他們之所以變成那種人，肯定是因為與班長妹在同一個屋簷下。真可憐。」

我回憶著。

羽川家的那塊門牌。

與雙親的名字相隔一段距離，寫著「翼」的平假名。

不過，至少在一開始——在出發點的時候，還願意製作那樣的名牌。

即使只有一點點，卻肯定存在過。

存在著家族的……該怎麼形容呢，類似原型的東西。

溫馨家庭影集落得慘不忍睹之前的某種東西。

化為殘骸之前的某種東西，肯定存在過。

如同現在的我因為羽川開始改變——當時的他們，肯定也因為羽川開始改變。

和羽川共同生活，造就了現在的他們。

這樣的話……

「班長妹總是近在咫尺展現絕對正確的言行舉止，換個方式來說，他們被迫不斷認清自己的醜陋與幼稚，這是地獄，是惡夢，甚至令我想誇獎他們，居然能夠忍耐十幾年沒有動手。」

「……不過這怎麼想，都不能怪羽川吧？」

「就是得怪班長妹，她是唯一必須遭受指責批判的對象。擁有力量的人，應該自覺這份力量對周圍造成何種影響。雖然不能譬喻為歹竹出好筍，不過經常有家長因為兒女過於偉大，出現人格扭曲的症狀，班長妹在這方面太沒有自覺了。她認定自己平凡，努力認定自己是個平凡人，付出無謂的努力，如今的慘狀就是結果。」

障礙。

碰觸物體就造成障礙。

碰觸他人就帶來禍害。

宛如恣意綻放風華——引發災難。

「名為障貓的怪異，都被扭曲朝著這樣的方向演變，這次的事件每個部分都超乎常理，一切都超乎常理，而且只有班長妹超乎常理。吸血鬼小妹這次會稍微提供協助，肯定在於敵人是班長妹，這一切那一切都是班長妹的錯。」

「……抱歉，忍野。我認為你說得對，也認為我不應該對你這麼說，不過請你別再說羽川壞話了。」

我如此說著。

終於忍不住如此說著。

「不然我會想殺掉你。」

「這是你對班長妹的同情嗎？是一般人看到路邊有死貓時的心情嗎？」

忍野沒有閉嘴。

他不會因為我說出狠話就閉嘴。

他是個多話的人。

「坎坷出生，坎坷成長，坎坷得到異於常人的智慧——阿良良木老弟，你同情這樣的班長妹？」

「……錯了啦，完全不對。忍野，你也猜得太離譜了，一點都不像你。」

我把吸血鬼幼女借給我的妖刀扛在肩上——努力耍帥。

「我怎麼可能同情？不幸的女生，只是用來萌的對象吧？我只是……想消除自己欲求不滿的狀態。」

我忍受著幾乎落淚的情緒。

裝腔作勢——虛張聲勢。

「只穿內衣的貓耳女高中生讓我發情了。如此而已。」

012

妖刀「心渡」，怪異殺手——正如這個名號，是用來斬殺怪異的刀。專殺怪異。

只為了斬殺怪異存在的凶器。

反過來說，這是無法斬殺人類的凶器——不，不只是人類，怪異殺手無法傷及怪異以外的任何生物，無法破壞怪異以外的任何器物。

用來應付怪異是出類拔萃的名刀，在應付怪異以外的場合則是鈍刀一把，就某種角度來看甚至不如鈍刀——因為這把刀不會與怪異以外的物體產生物理效應，會將目標物當成不存在的幽靈直接穿過。

不過嚴格來說，吸血鬼幼女擁有的這把「心渡」是複製品，是仿造刀，是吸血鬼以夢幻又神奇的超能力打造而成的妄想產物，所以才出現這樣的特性，「真正」的怪異殺手，應該像是石川五右衛門的斬鐵劍，放眼全世界只有蒟蒻斬不斷的那種武器。

這部分暫且不提。

只殺怪異，只斬怪異的妖刀，在本次事件代表的意義——無須多說。

使用怪異殺手，就能從羽川翼——從羽川翼的身體與精神，只把障貓的部分切割出來。

只斬貓——予以切除。

能夠將表裡合一的雙重人格，一刀兩斷。

可以只除掉障貓，羽川本身毫髮無傷——要當成我在炫耀也無妨，這是連專家忍野咩咩都做不到的超級祕技。

到黃金週最後一天為止的這段期間，忍野對上障貓的戰績合計一百連敗。只有我能為他報百箭之仇。

我做得到。

不過這把刀是借來的，而且是我朝幼女伏跪五天才借得，基於這樣的事實，這並不是什麼值得自豪的事情。

完全不會令我感到驕傲。

不過，我可以結束這段物語。

無須按部就班。

可以完全無視於伏筆與脈絡，二話不說打上終止符。

而且……

只要這樣就行了。

「總之，那把妖刀改造成吸血鬼專用，我不能用，所以也只能由阿良良木老弟負責了。這樣不是很好嗎？這是個好點子。」

專家也如此給予肯定。

不過從他的調侃語氣來看，似乎不到拍胸脯打包票的程度。

實際上，即使怪異殺手真的改造成吸血鬼專用，忍野這樣的專家應該也能熟練使用吧，不過假設真是如此——

忍野應該也不會這麼做。

使用如此方便的道具——這種無須付出代價就能得到成果的道具，對他來說只是旁門左道。

犯規、作弊、違反原則——不把平衡當作一回事。

「沒錯，正是如此，你有自覺嘛，比沒有自覺好多了。」忍野笑咪咪如此說著。「所以我站在專家的立場，沒什麼話能對阿良良木老弟說了，不過站在朋友的立場，我要以阿良良木老弟最佳好友的身分，給你一些忠告。」

「忠告？什麼忠告？」

他的語氣故做親密到噁心的程度。我即使有種厭惡感，還是如此詢問。

隨即忍野豎起三根手指。

「與其說忠告，應該說是我一如往常的碎碎唸吧。第一，使用那把刀，確實能讓班長妹與障貓分開，乍看之下，這是送障貓歸西的最佳方法，不過正因為看似最佳方法，所以應該也是班長妹最為提防的方法。我之所以百戰百敗，是因為她的戰略與戰術——因為她的知識使然。因為所有企圖都被看穿，所以我打起來綁手綁腳，連尾巴都被綁住。以障貓這樣的能耐，區區阿良良木老弟能想到的方法，障貓應該已經早就有所防備，並且準備好對策了吧？」

忍野收起第一根手指。

「……或許吧。」

我煩惱著是否該吐槽他「區區阿良良木老弟」這句話，總之這部分留待後續處理，先回應忍野要緊。

「以可能性來說，確實如此。不過關於這一點，我有確信——應該會進行得很順利。雖然沒辦法保證絕對行得通，但我有我自己的策略。」

「策略？」

「不對……應該不是策略，是期待。」

坦白說，是不抱期待的希望——只是覺得如果能這樣就好了。

並不是有什麼想法。

不過，我只要有心意就好。

「……這樣啊，那我就相信吧。既然阿良良木老弟願意，那我就不過問吧。」

「拜託不要講得話中有話……另外兩個忠告是什麼？」

「啊，不對……第二個取消，這件事講出來也沒用，我只講第三個。」

忍野說完之後，同時收起剩下的兩根手指。

什麼嘛，在這種時候還優柔寡斷——我不會這麼認為。

因為我大致預料得到——知道忍野原本想忠告的第二件事是什麼。

嗯。

忍野，我已經明白了。

所以你不說——就是救了我。

但你應該沒有救我的意思吧。

至今如此，總是如此。

你不會救我。

「第三，最後一個忠告。阿良良木老弟，我覺得這是最重要，而且最實際的忠告。阿良良木老弟願意這樣進入備戰狀態，我不會阻止，不過現實的問題來了，班長妹不知道躲在鎮上的什麼地方，你要怎麼找到她？我雖然沒有贏過，但我能在黃金週這段期間和障貓打一百場，是因為我是專家，精通尋找與追蹤怪異的方法，我掌握了她的地盤意識和行動範圍，即使如此每三次就有一次會追丟。雖然部分原因在於對方是班長妹，不過阿良良木老弟這樣的外行人，要找到她的難度更高吧？這部分你要怎麼做？要怎麼讓這場戰鬥開打？真的打得成嗎？你應該不會事到如今，還想要只把尋找與追蹤的工作交給我吧？」

「忍野，你講得好像拜託我一定要拜託你一樣。」

我聳肩如此說著。

「放心吧，這部分並不是只有期待與希望，我確實有策略，不會勞煩你。總之接下來就分頭行動吧，你以專家的方式找障貓，我有我自己的做法。」

「是喔，阿良良木老弟的……做法？」

「對，而且是你做不到的超級祕技。」

「這樣啊，那我就拭目以待，隨你怎麼做吧。無論會上演激戰戲碼還是悲情戲碼，我完全不會介入。」

忍野說完之後，並沒有具體詢問我的策略，完全沒有最佳好友的樣子。

然後——對話結束的三十分鐘後。

整整三十分鐘之後。

我不像忍野外出尋找障貓，而是在廢棄大樓二樓的其中一間教室，應該是整棟大樓最小教室的正中央，直挺挺站著不動。

該做的事情已經做完了。所以只要等待。

但要是距離吸血鬼幼女太遠，妖刀會在失去效力之前就失去形體，會瓦解化為分子等級，所以我才會一直待在廢棄大樓。挑地點沒什麼意義，就算是選在學校教室也無妨——不對，太引人注目不是好事。

何況，這個房間的構圖美得出乎預料。

大概是小孩子扔石頭打破玻璃吧，這間教室的窗戶只剩下窗框。這樣的窗框宛如切下夜空，如同知名畫家筆下的一幅畫作，而且清楚看得見連同夜空切取下來的美麗月亮──

「──────！」

障貓出現在這幅名畫的旁邊。

撞破名畫旁邊的水泥牆，宛如砲彈貫穿牆面──現身了。

沒把飛散的碎片看在眼裡。

鋼筋隨著轟聲扭曲斷裂。

貓輕而易舉在我面前四腳著地。

牠落地所踩的地面也出現裂痕，宛如廢棄大樓會整棟崩塌的衝擊，透過空氣傳達到我身上。

居然在二十一世紀破牆而入，簡直是模仿《亂馬1／2》的珊璞。

這麼說來，珊璞這個角色……好像碰到冷水就會變成貓？

羽川是碰到貓所以變成貓，既然這樣的話，她們很像。

白髮。頭頂的獸耳。

黑色的內衣──赤腳。

擁有一雙貓眼的——障貓。

光是位於面前就令我發抖。

即使如此，我依然直立不動。障貓猛然抬起頭來看著我。

「阿良良木！你沒事吧？」

完全沒有隱瞞焦躁神情，甚至一副快要哭出來的樣子，慌張急迫呼喚著我。

這股氣勢，簡直像是隨時就會和剛才一樣，以撞破牆壁的力道撲向我——

「……搞什麼啦。」

但是障貓以貓的視力，確認我完好如初正常站立之後如此說著。

將抬起來的頭低下去——並且緩緩起身。

「原來……我被騙了。」

「……嗯，沒錯。」

我如此回答。

我所做的事情很簡單。

在華語世界，似乎把捉迷藏叫做躲貓貓——不過很抱歉，我不想陪障貓玩捉迷藏或抓鬼的遊戲。

真要說的話，這是踢罐子的遊戲。

而且，罐子就是我自己。

我只是寫了一封手機郵件——寫下「我要被吸血鬼殺掉了，救命」，把這封郵件寄到羽川的手機信箱。

沒有寫任何具體內容，因此可以用任何方式來解釋，直截了當的求救信——而且對於羽川來說，這樣就夠了。

幸好我這個人，讓人擔心的要素要多少有多少。

我可以令人永遠放不下心。

羽川肯定動用所有知識與想像力，擅自進行過各式各樣的想像。

並且——立刻趕來。

她總是如此。

春假也是。

她就像這樣，在我即將沒命，即將被殺——在我差點殺掉自己的時候趕來。

真要說的話，現狀就是當時的重現——只不過郵件內容完全是假的。

很抱歉讓吸血鬼幼女背了這個超級大黑鍋，不過以現狀來說，以實際層面來說，能夠扮演這個角色的只有她。

總之，對於最討厭互助互救關係的忍野來說——即使除去這一點，對機械一竅不通的忍野，不可能使得出這個妙計。

既然羽川不肯向我求救，就由我向羽川求救。

說到可能會受到旁人指摘的難點，那就是化為障貓的羽川是否會看簡訊，甚至是否會把手機帶在身上，但我對此毫不擔心。

因為只要是女高中生，肯定會隨身攜帶手機。

既然會回家換內衣，應該也會使用插座上的充電器。

…………

身材夠好的人，應該會把手機收藏在雙峰之間吧。我如此想像並且自得其樂。

「哈……不過障貓，妳來得真早，居然三十分鐘就大駕光臨，令我佩服。妳果然不是等閒之輩。」

「……阿良良木，你太差勁了。」

障貓緩緩——看向我。

瞪向我。

「居然說謊害別人擔心……不可以這樣。」

「喀喀！」

聽到這番話，我笑了。

像是反派的笑聲。

像是阿修羅人的笑聲。

臉部表情不由得鬆弛下來。

看到我的反應，障貓的表情更嚇人了。

「人家這麼擔心……有什麼好笑的？」

「沒有啦，因為……」我開口了。對貓，對障貓開口。「妳用錯語氣了……羽川。」

我指著羽川翼。

「…………」

「怎麼啦，優等生？依照障貓的角色設定，語尾不是要加個喵嗎？」

貓——羽川聽到我的指摘，沉默片刻。

「搞什麼啦。」

她終於像是死心般如此說著。

和剛開始現身時，一模一樣的語氣。

「不對，好像是『搞什喵啦』才對……算了。咦？哎呀？幾時被拆穿的？」

態度異常灑脫，絲毫沒有內疚之意，沒有反省之意。

是的，她是一如往常的羽川。

很像是羽川的——羽川。

不像羽川的部分——並不存在。

不對。

羽川不是羽川的狀況——從未發生。

不曾不像羽川。

不曾類似羽川。

就是羽川。

殘留著大部分的意識？並非如此。

雙重人格？並非如此。

沒有表裡，沒有黑白。

裡面翻過來，就是表面。

黑暗面，同時也是羽川的完整另一面。

即使反轉即使翻轉，她再怎麼轉都是她。

羽川——就是羽川。

無論何時何地。任何惡行，任何惡狀。

任何的惡作劇。

全都是——她自己的所作所為。

正如障貓的怪異奇譚所述，替換的狀況從未發生。

真的是——宛如羽川打從一開始，就不曾被貓附身——

朦朧幽靈影，真面目已然揭曉，乾枯芒草枝。

「我從一開始就隱約察覺了。我可是妳的朋友啊，所以我不會看錯。也因此……我不可能不懂。」

我毫無情緒起伏平淡說著。

幾乎是死板的語氣。

如果沒有使用這樣的語氣，會覺得這樣很蠢，無法進行這樣的對話。

荒唐愚蠢的話語。

「無論被怪異附身，還是被怪異取代，羽川，妳依然是妳。不會因為人格改變使得性格跟著改變，這就是妳，是妳自己。只要朋友寫信求救，無論處於何種狀況、何種戰況，都會排除一切障礙趕過來……就像是貓會玩毛線球，基於本能不得不這麼做！這就是妳。」

「這就是……這就是我……嗎？」

羽川如此說著，低頭看著自己的全身。

看著化為怪異的身體。

宛如怪物的外型。

「沒錯。像妳現在雖然因為我說謊而生氣，其實背地裡鬆了口氣吧？放下內心的大石頭了吧？我沒死，我沒被殺，所以妳放心了吧？慶幸那封信是假的吧？」

「……………」

「妳非常溫柔，非常堅強；溫柔過頭，堅強過頭；溫柔到活下去都覺得累，堅強到將靈魂出賣給怪異，正確得壓迫到其他人。我明白妳想否定這一切的心情。雖然不明白，但我明白。不過，羽川……不過啊，羽川……不過羽川，這就是妳啊！」

背負起來吧！

抱在懷裡吧！

不准放手！

我要收回前言——混帳。

我沒辦法維持死板的語氣，而是宛如斥責，宛如慘叫般大喊。

沒辦法不投入情感。

沒辦法不受到激情驅使。

沒辦法——不向羽川表白。

「妳一輩子都要用這樣的個性活下去！不會有所改變！不會成為其他人，不會成為不同的模樣！妳是以這樣的個性出生，以這樣的個性長大，所以無可奈何吧！這是已經結束的事情，已經完結的事情，即使影響到現在，但往事只是往事，真要說的話只是角色設定！沒辦法否認，沒辦法當成沒發生過！所以只能收起怨言，努力以這樣的個性走下去啊！」

「……阿良良木，這是什麼話？」

承受我的吶喊，羽川她——

宛如混亂。宛如困惑。

微微歪過腦袋，硬是擠出笑容。

抽搐的笑容。

令人痛心的偽裝。

「別亂說啦……我也很辛苦的。我也有辦得到與辦不到的事情，我也是人類。」

「妳不是人類吧？」

我打斷羽川這番話。

「妳讓自己任憑怪異處置，現在的妳不准自稱是人類。」

「……阿良良木，你這番話好過分。」

即使如此，羽川依然掛著笑容——如此說著。

宛如在責備我。

「你明明知道我為什麼會變成這樣，卻還是要求這樣的我繼續努力……好過分，太過分了，阿良良木不同情我嗎？」

「並不會。」

我以曾經回答忍野的話語回答羽川。

「不知道親生父親是誰，親生母親自殺，輾轉待過好幾個家庭，最後還是沒辦法跟養父母締結羈絆，在冰冷的家庭長大，即使如此還是堅強想過得平凡，而且居然真的辦到了，順利過著宛如戒嚴的生活，妳人生真的有夠不順！運氣好差，坦白說太倒楣了！不過……這種事情，隨它去不就得了！」

用不著好在意吧！

這樣不就行了！

別再把這種事——看得太嚴肅了！

「ＯＫＯＫ，別在意！不用管它！又不是因為不幸就非得過得痛苦，又不是因為不受上天眷顧就非得鬧脾氣！就算發生討厭的事情，打起精神不就行了！妳啊！妳這傢伙接下來將會若無其事回家，和出院的爸媽繼續過著一成不變，和至今沒有兩樣的生活！我保證，妳一輩子都不會和爸媽和解！萬一在將來變得幸福也沒用，就算過得再怎麼快樂，當年處不來的事實也不會改變！不會變得像是從來沒發生過，而且想甩都甩不掉！無論想做什麼，無論發生什麼事，不幸的回憶將原封不動，永遠在心裡累積！會在快忘記的時候回想起來，一輩子都會夢見這些回憶！我們將會一輩子不斷做惡夢！既然會不斷做惡夢，既然這是既定的事情，那就不要逃避啊！就算是對路人惡作劇，只穿內衣在外面逛大街，就算是稍微宣洩一點壓力，現實也不會改變啊！」

「……不會改變。」

不會改變。

不會替換。

不會更改。

即使戴上面具，即使偽裝自己。

即使成為怪異——依然不會改變、不會替換、不會更改。

妳永遠是妳自己。

「我絕對不會同情妳！」

如此反覆。

我宛如連聲警告，像是連珠砲——如此說著。

譴責著羽川翼。

「妳不是要讓我改頭換面嗎……妳自己怎麼可以學壞！」

不准用貓當理由。

不准用怪異當藉口。

不准以怪物當契機。

不准以不幸做為動力成長。

就算做出這種事，最後也只像是自殘吧？

怪異這種玩意，其實並不存在啊？

這才真的是——謊言。

「如果就算這樣也想宣洩壓力，就由我概括承受吧。我可以隨時任妳盡情讓我摸胸部，隨處任妳露內褲給我看，所以就用這種方式——忍著點吧。」

要我空多少時間給妳，我都願意。

因為我們是朋友。

默默聽完我這樣的提議，羽川——

「……阿良良木真的很差勁，我頭都痛起來了。」羽川翼如此說著。「阿良良木，即使你有辦法成為明星，也沒辦法成為英雄。」

「我甚至不會成為明星。」

我搖了搖頭。

「我只能成為吸血鬼。」

連成為吸血鬼——都不完全。

「這樣啊，不肯成為我的英雄……不願意這麼做啊。我從以前就在想了，阿良良木其實討厭我吧？」

「對。」

我點了點頭。

「我其實超討厭羽川。」

「這樣啊，其實我也超討厭阿良良木。」

羽川說完之後……

「去死吧。」

她從我身上移開視線，以侮蔑的語氣——幾乎聽不見的音量輕聲說著。

「去死吧，去死

吧，去死

吧，去死

吧，去死

吧，去死吧——我這種人，還是去死一死喵。嗚喵～！」

羽川以貓的語氣如此說著，再度擺出手腳著地的姿勢。

變形的二十根爪子插入水泥地。她之前也在學校教室做過相同的事情，這麼說來，貓爪好像可以自由伸縮？

日本諺語以「猛鷹藏爪」形容真人不露相——貓也一樣？

爪本身——即為強猛之處。

「喵哈，阿良良木願意承受我所有的壓力喵，太棒了喵。」

羽川維持這樣的姿勢說著。

從下往上看的角度。

「那也可以殺了你喵?」

「沒問題,這樣如我所願。」

我張開雙手,如此回答羽川的詢問。

「我想要死在妳手中。」

「這樣啊。」

那就死吧。

我勉強聽到這個聲音之後——或許是之前也不一定。

我無聲無息就被打飛。

正確來說,是我的上半身被打飛。

我無從斷定發生了什麼事。

總之應該是被利爪抓、被利牙咬,或者就只是挨了一撞。

反正貓做得到的攻擊方式,大致就是這幾種——而且無論是哪一種攻擊,原本都不會強到能將人體一招打斷。

不過,這就是怪異之所以是怪異的原因。

衝擊力道強得足以令心跳停止的必殺一擊,將我的身軀從骨盆附近扯斷,上半身以匹敵新幹線的速度,重重撞上後方的牆壁。

我想到如何形容了。

《神劍闖江湖》中了牙突・零式的宇水，或是《七龍珠》弗利札對決超級賽亞人的下場，就是這樣的感覺。

這珊璞也太誇張了。

即使如此，我依然看著依然直立於原地的下半身，從剛才撞上的教室牆面，緩緩滑落倒地。

啊～視角好低。

「好痛……」

片刻之後，我的痛覺產生作用。

我眺望著黏糊閃亮，肚破腸流的身體切面——不只是傷口，非同小可的痛楚走遍全身。

「好……好痛……」

「好痛啊啊啊啊啊啊啊啊啊啊啊啊啊啊啊啊啊啊啊啊啊啊啊啊啊啊啊啊啊啊啊啊！」

然而——這樣的慘叫響遍小小的教室，打斷我對於痛楚的感想。

宛如貓發情的叫聲。

迴盪在四周，掩蓋所有聲音。

「喵……喵啊啊啊啊啊啊啊啊啊啊啊啊啊啊啊啊啊啊啊啊啊啊啊啊啊啊啊啊啊啊！」

啊啊啊啊啊啊啊啊啊啊啊啊啊啊啊啊啊啊啊啊啊啊啊啊啊啊啊啊啊啊啊啊啊啊啊啊啊！

剛才中招時的無聲場面，宛如未曾發生。

宛如響遍城鎮，震撼全世界的這聲慘叫，不用說——當然來自羽川。

不。

只有這次肯定是——障貓的聲音。

怪異的斷魂慘叫。

「阿……阿良良木！怎麼回事！你對我……做了什麼！」

轉頭一看，羽川和我之前一樣跪伏在地上，以淒厲的聲音詢問我。到這個節骨眼還在問問題，這種求知的好奇心值得讚嘆。不過這種事，可說是一目了然。

我隨手一指。

指向我依然直立的下半身。

「……！這……」

羽川啞口無言。

啞口無言也是在所難免。因為我的下半身，就像是只有脊椎留在那裡一樣，立著一把日本刀。

不過以這種場合，應該形容成日本刀把下半身固定在地面，比較符合實際情形。

日本刀。

不用說，當然就是——妖刀「心渡」。

怪異殺手。

「你……你預先，把刀……」

「沒錯，我預先把刀吞下去了。就像是維持傳統表演風格的魔術師。」

如同吸血鬼幼女的做法。

不，嚴格來說，與吸血鬼幼女的做法不同。吸血鬼幼女運用吸血鬼的物質創造能力，讓己身成為刀鞘，但我就只是把刀當成身體的軸心，從嘴裡插進體內，沿著脊椎貫穿腸胃，貫穿左腳直達地面。

就是串刺。

這是只能以吸血鬼的不死體質才做得到的事情，而且身體必須不斷修復怪異殺手造成的創傷，是無止盡再生的人間煉獄。

所以我這三十分鐘沒有坐著，而是站著等待羽川。由於妖刀沿著身體中線，宛如軸心沿著脊椎而入，我根本沒辦法坐下。而我之所以把自己折磨得痛不欲生，甚至覺得現在只剩下上半身反而舒坦，當然是為了隱藏這把怪異殺手。

隱藏在我的體內。

讓羽川毫無戒心毫無防備攻擊我。

舉例來說，就像是在沙包袋裝滿玻璃碎片——羽川攻擊的是這種玩意，所以肯定吃不消。

要是她和上次一樣只扯斷我的手臂，這個作戰就沒有意義，所以我花了好一番工夫挑釁。

剛才又是說摸胸部，又是說看內褲，說出這種沒良心的變態行徑，我內心真的非常過意不去。

「嗚，咕，嗚嗚嗚嗚嗚嗚嗚嗚嗚嗚嗚！不，不過！不過……不過阿良良木，這種痛楚……」

「沒錯，妳自己不覺得痛吧？」

我如此說著。

「我藏在體內的這把刀，叫做怪異殺手。是向吸血鬼借用，只能斬殺怪異的刀。所以妳不會受傷，只有埋藏在妳體內的障貓會受傷。」

羽川跪伏在地上緊抓的部位是右手背，由此判斷，剛才打飛我上半身的招式，應該是右手的貓拳。

然而，她的右手毫髮無傷。

這是當然的。

怪異殺手不會砍傷人類——怪異殺手只會砍傷怪異。

怪異殺手只會斬殺怪異。

令忍野陷入苦戰的障貓特性「能量吸取」，是擦傷就可能成為致命傷的技能，然而怪異殺手可沒這麼簡單。

不會造成衰弱、昏倒這種不上不下的結果。

不會留下任何的救贖。

稍微劃傷就能致怪異於死地——妖刀「心渡」。

「這，這怎麼可能……」

聽過我的說明，羽川打從心底露出驚訝的表情。

「居然會有這種亂七八糟的刀……」

「是啊，妳不知道吧？」

因為我沒說。

關於怪異殺手的事情，我也是直接聽吸血鬼幼女親口說的。這不是什麼民俗故事或傳說，只是在交心時聊到的話題。

春假。

在這棟廢棄大樓的樓頂，我單獨與完美形態的吸血鬼幼女相處。

這是我和她兩人共處時得知的事情。

當時與姬絲秀忒・雅賽蘿拉莉昂・刃下心的那段對話，是我在宛如地獄的體驗之中極少數——宛如寶物的回憶。

所以關於怪異殺手的特性，我沒有對任何人說過。

甚至對羽川，我也沒有透露。

「即使是專家忍野，也是直到剛才，才知道那傢伙有這麼荒唐的刀。正如字面所述，這是超越人智的刀。」

「忍、忍野先生也……不知道？」

羽川如此呻吟。

看到羽川無法掩飾困惑的表情，我繼續說下去。

洋洋得意繼續說下去。

「如果妳知道這種必殺武器的存在，妳肯定不會中這種計。只是把刀藏在自己的體內當成陷阱，這種事任何人都想得到，任何人都做得到，是不足以稱為作戰的膚淺想法。」

然而羽川中計了。

簡單俐落，易如反掌。

像是魚兒上鉤一樣，中計了。

因為她不知道。

因為——不知道。

「哎，雖然這麼說，這依然只是我不抱期待的希望。因為即使我沒說，說不定用不著我說，妳也早就知道這把刀的存在。羽川，我放心了。妳並不是無所不知。」

「…………」

「妳並不是，無所不知。」

我刻意加重斷句，如此說著。

「既然這樣，就不准露出無所不知的表情妄自斷言。不准說什麼『去死吧』，不准說什麼『我這種人還是去死一死』，胡扯！就算是妳，也有很多不知道的事情吧！既然這樣！妳就應該跟平常一樣這麼說啊──『我不是無所不知，只是剛好知道而已』！」

咕噗一聲，我最後一句話伴隨著大量鮮血而出。

軀體與嘴都是噴血大放送，就像是街頭藝人改為表演噴水才藝。

不對，現在沒空打這種笨拙的比方了。

不用說，我應該會死。

就這樣慘死。

雖然妖刀稍微劃傷障貓就能將其消滅，但前提是障貓必須對我使出足以貫穿身體的攻擊（但我沒想到障貓能把我的軀體打成兩截）。

而且如同之前的左手臂，障貓的攻擊包含能量吸取，吸血鬼的治癒技能不管用。

實際上，我的下半身完全沒有重生的跡象，就只是不斷流出血與內臟。

如果硬是以插著妖刀的下半身接合或許還有救，但以現狀來說做不到。

何況在我吞下妖刀，以及剛才上半身被打飛的時候，怪異殺手對我的身體造成不少打擊，造成的損傷頗為嚴重。這方面的損傷，已經由吸血鬼「死也死不了，殺也殺不了」的不死特性進行治癒，即使如此——

我依然會死。

被羽川殺死。

為羽川而死。

真是的——我也太幸福了。

「…………」

我當然明白。

明白自己這麼做，完全就是小丑的行徑——顯而易見。

徒勞無功。

這麼做，對於這種事來說，連一點意義都沒有。

使用怪異殺手，確實可以除掉障貓——但也僅止於此。

物語得以完結，但問題不會解決。

羽川並沒有克服內心的壓力，家庭並沒有變得和樂。

就只是刪除障貓的存在。

換句話說，只是回到黃金週之前的狀況。

與障貓襲擊五百人宣洩壓力的效果沒有兩樣——不，那種做法還比較有救。

若是這樣就能解決，忍野應該也不會輸一百次，會在第一次就做出了斷，會以極度妥協收場。剛才忍野以最佳好友立場，想說卻沒有說的第二個忠告，肯定就是這麼一回事。

這是把全部責任扔到怪異身上，讓局勢完全重設的行為。

真要說的話，就是覺得遊戲過關順序錯誤，直接關掉遊樂器電源，從紀錄點重來的行為。

如果是動物之森，就會被地鼠先生責罵。（註56）

這樣很卑鄙，只是敷衍了事。

真的是姑息的手段。然而，這樣就好。

羽川，我並不是想救妳。

不是想阻止妳殺人，不是想阻止妳殺害雙親，這種想法如今都是附加意義。

即使無意義又徒勞無功也無妨——我想為妳而死。

只是如此而已。

總之，我想想，就是，該怎麼說……

啊啊……不，我想說的話都說完了。

嗯。

註56　地鼠先生的名字與重設（reset）同音，玩《動物之森》時按重設就會跑來罵人。

沒錯，如我剛才所說。

加油。加油吧。

雖然有很多該做的事，有很多討厭的事，今後還會發生很多事——總之加油吧。

努力讓自己幸福吧。

雖然我即將就這樣死掉，不過我是怪異、是怪物、是吸血鬼，所以妳殺我也不算是殺人，早點忘記就好。

今後妳就一個人——好好努力吧。

「嗚……喵啊啊啊啊啊啊啊啊啊啊啊啊啊啊啊啊啊啊啊啊啊啊啊啊啊啊！」

在我感到自我滿足與自我陶醉，故做空虛要閉上眼睛的時候——發生了令我驚愕的現象。

羽川的外型進一步改變了。

變得更像貓——雙手雙腳覆蓋著白色的毛。

爪子與牙齒也緩緩伸長，異常突出。

與其說是貓，已經像是白虎了。

「喵啊啊啊啊啊啊啊啊啊啊啊啊啊啊啊啊啊啊啊啊啊啊啊啊啊啊啊啊啊！」

「…………」

宛如燭火即將熄滅時，會瞬間變得劇烈——障貓的部分大幅顯現。

甚至有可能占據羽川的身體。

即使是小角色，即使是低等妖怪。

即使即將死亡，即將消失。

怪異依然是怪異。

瀕死的貓，摧殘凌辱著羽川的精神。

背負著刀傷的痛楚肆虐發狂，傷害著羽川。

妖刀將羽川與障貓分離——使得原本整合的精神出現齟齬。

「啊啊啊啊啊啊啊啊啊啊啊啊啊啊啊啊啊啊啊啊啊啊啊啊啊啊啊啊啊啊啊啊！」

「喵啊啊啊啊啊啊啊啊啊啊啊啊啊啊啊啊啊啊啊啊啊啊啊啊啊啊啊啊啊啊啊！」

羽川的慘叫聲，與貓的慘叫聲交錯。

重合——成為和聲。

這樣的慘叫聲，令我心神不寧——想死都死不了。

「……貓，妳在做什麼？」

不應該這樣吧？

怎麼可以傷害羽川？

妳依附在羽川身上的原因——妳占據羽川身體的原因，妳該不會忘了吧？

還是說，貓的腦袋記不住？

這絕對不是基於貓一時興起的習性吧？

並不是像不像障貓作風的問題吧？

妳之所以為了羽川付出這麼多——之所以提供貓手，不是因為羽川看到死在路邊的妳，絲毫沒有表達同情之意嗎？（註57）

只是依照法則，依照道德倫理行事，毫無情感。

當時妳是這麼說的，事實上也如妳所說——然而不只如此。

我那個時候也一樣——我受到吸血鬼襲擊，變得再也不是人類的時候，羽川完全沒有同情我。

沒有同情，沒有憐憫。

也絕對不是哀憐——瞧不起我。

而是平等對待。

障貓，我說的沒錯吧？

無論是死在路邊，還是受到吸血鬼襲擊——

「她並不是在可憐我們吧！」

我懂。

妳不是一時興起。

註57　改編自日文俗語「忙到連貓的手都想借」。

並不只是為了報恩。

妳也和我一樣，喜歡上這樣的羽川了。所以——

所以，不要再像這樣攻擊羽川了。

住手。

快住手。

請住手。

答應我的要求吧。

不然的話，我完全不算是為羽川而死吧——

「廝役，汝是傻瓜嗎？若是粗魯關掉電源，機器當然會受損吧？」

此時，我忽然聽到這樣的幻聽。

因為過於疼痛，我臨死之際——聽到這樣的幻聽。

不是地鼠先生的責罵。

我聽到的幻聽是——「她」的斥責。

「…………？」

哎，真是的。

幻聽也要有個限度才對，因為——回過神來不知何時就出現，應該說至今也無法確認位於此處，卻正如怪異捉摸不定的風格，忽然一轉眼就跨立於我的腦袋上方現身的她——不可能開口說話。

神出鬼沒——不對。

鬼出鬼沒的她。

姬絲秀忒・雅賽蘿拉莉昂・刃下心——落魄至極而成的金髮金眼幼女。

這樣的她，不可能開口說話。

「高明如宮本武藏之劍士，甚至能夠以槳為劍，但汝完全相反。居然以吾自豪之名刀如此亂來，這是在製作怪異之生切片嗎？實屬笑話。」

她令我持續聽到如此滔滔不絕的幻聽，接著就像是拆取模型零件那樣，隨手啪嘰一聲就拔下自己的左手臂。

她的手臂當然不是模型零件，所以鮮紅的血宛如湧泉，從傷口噴濺而出。

這幅光景令我回想起八天前的自己而看得入神，吸血鬼幼女則是就這樣以右手提著左手，讓我沐浴在她溢出的鮮血之中。

「…………！」

如同之前的說明，吸血鬼的血有治癒效果——而且這些血，是曾經純潔純種的吸血鬼幼女之血。

效果非常顯著。我的下半身宛如蜥蜴尾巴，從軀體切面逐漸長了回來。

我位於房間中央被妖刀貫穿的下半身，也在同時宛如蒸發般消失，只剩下衣物、鞋子，以及「心渡」極長的刀身。

慢著，雖然這麼說，如今應該只是渣滓的這傢伙，為何擁有如此強大的治癒能力……啊啊，原來如此。

浮現出來的疑問，很快就在我心中自行得到解答。

簡單來說，我在黃金週的這段期間基於各種原因，餵太多血給吸血鬼幼女了。我巧立名目餵血給她，但是餵過頭了。像剛才收下刀之後，雖然不是道謝，真要說的話應該是餞別，我又讓她好好以我的血飽餐一頓，所以──

所以，正因如此，她的吸血鬼特性，恢復到有些過剩的程度。

即使不如春假當時，但是肯定凌駕於障貓能量吸取的效果──無與倫比。

是我估算錯誤。

餵食的血量，完全就是外行人的判斷──過於隨便，超過定量。

「受不了，汝這個廝役一如往常，照例只看得見眼前之事物，既然已經擅自要吾活下去，就休想擅自死去，蠢貨。」

她如此說著。

沒有掩飾不悅的心情，如此說著。

堅持不露出懾人的笑容──如此說著。

「吾示範一次，汝就在那裡看清楚吧，看到入迷吧。記好了，所謂怪異殺手應是這樣才對。」

這是最後的幻聽。

到頭來，我根本沒聽到任何聲音。

只是妄想她對我說出這番話。

是自我中心、過度樂觀、不抱期待的希望。

然而——即使是幻聽也無妨。

幻聽萬歲。

即使沒有幻聽——

光是這個傢伙在這裡。

光是她願意來到這裡。

我就已經心滿意足到——流下眼淚。

「嗚……喵？」

吸血鬼幼女不發一語——與至今一樣不發一語，即使是幼女卻洋溢著王者之風，緩緩走向障貓。途中她隨手拔起插在地面的妖刀，像是無須動用這種強力武器般，一口就把妖刀輕鬆吞進體內收納，並且走向障貓。

連「我要開動了」也不說。

毫無教養，朝頸子一口咬下。

進餐。

障貓光是承受刀傷痛楚就沒有餘力，當然不可能有力氣掙扎。雖然牙齒碰觸到肌膚的時候，就構成障貓能量吸取的發動條件——卻完全沒有效果。

能量吸取不可能對吸血鬼管用。

即使再怎麼吸取能量，也只會立刻被吸回去。

雖然看似互噬，但技能的等級差太多了。

幾乎要覆蓋全身的美麗白毛逐漸褪去——名為障貓的怪異，只有怪異的成分逐漸被吸取而去。

逐漸被吸血鬼幼女吸收。

羽川的壓力——逐漸被吸收。

「……無所謂吧？」我輕聲說著。

雖然身體完全恢復，但我完全沒有力氣起身，宛如自言自語輕聲說著。

然而這不是自言自語。

是對羽川所說的話語。

「無所謂吧，羽川？雖然沒發生什麼好事——雖然非常不幸，再怎麼努力都沒有回報，完全沒有挽回的餘地……雖然一輩子都會如此，但也無所謂吧！」

吸血鬼幼女已經像是事不關己，不知何時消失得無影無蹤，教室裡只剩下我與羽川兩人。

她已經沒有貓耳，頭髮也恢復為黑色。

完全恢復原狀的羽川，被吸血鬼幼女釋放之後，就這樣只穿著內衣，像是沉睡般橫躺在地上——

「怎麼可能無所謂？」

她宛如說夢話般，如此說著。

哈，說得也是。

妳說的話，永遠都是正確的。

但是無論如何，現在的我們就像這樣，如同沉浸美夢般幸福，宛如深陷惡夢般滿身是血，像是噩夢成真般拚命掙扎。

問題就此擱置，延後處理。

013

接下來是後續，應該說是結尾。

終於落幕，落到無法再落——本次的落寞。

隔天，我一如往常被火憐與月火姊妹倆叫醒——不對，依照當時的身體狀況，我與其說是睡著更像是死亡狀態，所以不能說是清醒，形容成復活比較正確。

順帶一提，正如我的預料，在五月三日到五月七日這段時間，火憐與月火這對火炎姊妹，走遍城鎮處理貓妖事件，但是終究沒有在黃金週期間抓到貓妖的尾巴。

因為是沒有尾巴的貓，這種結果可說是理所當然。

雖然很想抱怨她們居然在我下跪磕頭的期間亂來，但她們今天似乎也不屈不撓，繼續進行著搜索行動，所以就隨便她們吧。只有這次我刻意不會阻止。已經結束的物語將會像這樣繼續延伸、繼續傳承。這是世間的定理。

我簡單吃過早餐，跨上腳踏車離開家門。因為是上學，所以不是騎越野腳踏車，是菜籃腳踏車。

不過在上學之前，我得先去幾個地方。

所以我提早出發。

首先得前往的地方，是和羽川一起埋葬白貓的地點，也就是墳墓——忍野說已經空空如也的那座墳墓。

我沒有地理知識，所以果然花了一些時間，但還是頗為輕鬆就找到位置。

不過該怎麼說，當我以帶來的小鏟子挖開這個地方——挖墳一看，確實有東西。

底下埋著貓的屍體。

銀灰色貓咪的屍體——埋在底下。

並不是——空空如也。

是冒出屍臭，真實存在的屍體。

雖然我形容成一副意外的樣子，不過我早就明白了——這是昭然若揭的事實。

「嗯……」

正如預料。

接下來的問題，就在於忍野是否明白這件事——不對。

我想，果然是我沒有把地點說明清楚吧。只是忍野有所誤解挖錯地方，才會誤認屍體消失了——那個傢伙終究不是萬能，難免會有所誤解。

我如此說服自己，再度把貓的屍體埋回土裡。

雙手合十致意。

希望牠入土為安。

「接下來……」

我的第二站不用說，當然是廢棄的補習班大樓。因為找墳墓花了一點時間，所以得加快速度。

雖然這麼說，但也不是什麼刻不容緩，十萬火急的事情。只是因為我昨晚傷勢過重，好像就這樣不了了之，所以我想要盡早向那個吸血鬼幼女道謝，想摸摸她的頭。

並不是當成——服從的證明。

但我認為，我這麼做應該是可以被允許的。她肯定願意接受我這樣的道謝。

「…………」

我的預測完全落空。

在終章綜觀一切的全能立場完全不管用。

我抵達大樓，在四樓教室見到吸血鬼幼女，但她居然戴著一頂機車騎士所使用，附有防風眼鏡的詭異安全帽。

這樣就沒辦法摸頭了。

「啊，你說那個？嗯，是吸血鬼小妹跟我討的。這次的貓妖事件，到最後等於是完全由她解決的，所以我就送她那個當獎品了。」

忍野如此說明。

居然做出這種事。

「與其說預測落空……應該說無法實現的希望吧。」

不能也讓我道個謝嗎？

別說關係變好，鴻溝反而加深了。

但也無可奈何。

依照這種情形，我可以確定當時聽到的聲音，應該真的是幻聽。

而且她當時拯救我，應該真的不是基於遮羞或傲嬌。

可能是因為春假事件而恨透羽川，也可能是要保護我這個營養來源，說不定是我讓她吃十個 Mister Donut 的報恩行徑——總之，這才是她。

這是比貓還要難以捉摸的她，一時興起做出的行徑。這是最正確的推論。

無妨。

難以捉摸也是一種實力。

總有一天，我要實際聽到那樣的幻聽，並且撫摸妳的頭，摸亂妳那頭美麗的金髮。我就以此做為目標吧。

總有一天，我要和妳理解彼此。

放下人類與怪異的立場，消除這種隔閡。

「總之，光是吸血鬼小妹借妖刀給阿良良木老弟，就已經令我很驚訝了，沒想到她還親自出馬去幫忙，明明只有自己救得了自己才對，哈哈，其實我當時已經放棄阿良良木老弟與班長妹了。」

「…………」

這傢伙居然隨口就說得這麼無情。

搞不懂這番話有多少是真話。不過以這種場合，應該完全是真話吧。

算了，這種無情正是這傢伙的特色。

「何況那種策略居然能順利奏效，簡直是奇蹟。當時我覺得不應該潑冷水所以沒說，不過既然班長妹本身已經化為怪異，妖刀有可能會連班長妹也一起砍了。」

「咦？事到如今你才講這種話？」

我是因為得到專家掛保證才這麼做啊！

你也太無情了吧！

「如果當時的班長妹真的變成怪異，那就麻煩了。」

「…………」

也對，忍野當然不可能沒察覺。

既然這樣，難怪他會陷入苦戰。

「話說忍野，既然已經把善後工作全部交給你處理，我並不打算多嘴，但是羽川……她應該沒事吧？」

「嗯？」

忍野一副裝傻的模樣歪過腦袋。

這是我上學之前要做的最後一件事——只有這件事我非得確認不可。

「嗯，她沒事，我敢保證。班長妹完全不記得黃金週發生的事情，她完全失去了這部分的記憶——ＢＬＡＣＫ羽川的記憶。」

忍野說完之後，以裝模作樣的動作，叼起一根沒有點燃的菸。

「ＢＬＡＣＫ羽川？那是什麼？」

「就是那種狀態的班長妹。如果以障貓來稱呼實在不太對。既然是新品種，就應該有新品種的名字。全新的現代妖怪——ＢＬＡＣＫ羽川。」

「你取名一點品味都沒有。」

雖然我口出惡言，內心卻覺得這名字取得很中肯。

不會名過其實，也不會名不副實。

完全——名副其實。

漆黑。

並不是因為她穿過那種顏色的內褲——不，這當然也是原因之一，不過還有更重要的原因。

那種深黑、濃黑、墨黑、漆黑——

她宛如黑暗的那一面，肯定也是羽川翼的一部分。

「新品種啊……她本人也這麼說過，所以換句話說，她那樣的狀況與怪異無關，而是貨真價實的雙重人格嗎？」

「唔，不對，並不是這麼回事，那依然是怪異，必須以這種方式來解釋。」忍野的語氣異常果斷。「事情結束之後，我把意識處於朦朧狀態的班長妹送回家，並且在路上，聽她說了不少事情。」

「……別說朦朧，當時她根本沒有意識吧？」

「確實沒有，有的話就問不出來了……就像是催眠療法那樣。」

也就是說，忍野在進行本業的工作。

「蒐集怪異奇譚……是吧？」

「對。在這個機械文明全盛的時期，新品種的怪異非常罕見，所以我想好好向當事人打聽情報。除此之外，我也換算我至今付出的勞力向她請款，金額是十萬圓。但她已經失去記憶，所以想請也請不到吧。」

忍野半開玩笑如此說著。

不過，十萬圓？跟我比起來也便宜太多了……不對，如同忍野剛才所說，這次能夠解決事件，主要多虧吸血鬼幼女的活躍，所以他或許是按照比例，認為這是最妥當的金額。

大概是只收工本費的感覺。

「所以，你用催眠療法問到什麼情報？」

「接下來是我依照情報進行的推測。剛開始，那隻貓真的是完全與設定相符的障貓，不過障貓現象本身很快就結束了。」

「結束了？」

「對雙親進行能量吸取，對湊巧位於身旁的人類下手之後，班長妹似乎有短暫恢復意識，意思就是在這個時間點，她的願望已經實現了。」

「願望……」

欲望嗎……

對雙親舉起名為暴力的反抗旗幟，這就是羽川翼的——

「但是障貓很快就回來了。不對，正確來說，是班長妹自己強烈希望，留住即將離開的貓，而且進一步吸收了依附在身上的異物，吸收原本即將離開，可以拒絕的怪異，讓事情沒有結束，而是繼續進展。我曾經說班長妹與障貓是絕配，真要說的話簡直絕配過頭，過於契合，所以無法放手，也就是班長妹魅惑於貓的妖邪魅力，產生移情作用，全新的怪異BLACK羽川，就在這一瞬間誕生了。」

「並且導致後來欲罷不能恣意妄為……嗎？」

進行能量吸取，宣洩壓力。

每天晚上，都像是街頭惡徒——

像是變態壞蛋，襲擊路人。

對於雙親使用能量吸取，當然是基於堪稱正當，足以酌量減刑的動機，然而後續的行徑毫無動機可言。

連類似動機的動機都沒有。

如果要詢問理由，當時的羽川肯定會如此回答。

「只是想盡情大鬧一場，毫無理由。因為人家就是很生氣嘛。」

說來可笑。

被怪異附身的時候是正當防衛，吸收怪異之後才是胡作非為。但也正因如此，才叫做人類的行徑。

羽川翼，是人類。

「總覺得……就像是舔盤子的貓背黑鍋那樣。不過各方面的責任應該都在羽川身上。忍野，要是她就這樣一直襲擊別人，障貓……不對，羽川……也不對，那個叫做BLACK羽川的傢伙，會因為壓力宣洩完畢就消失嗎？」（註58）

我的這個疑問，同時也是對自己行為的疑問。

該怎麼說呢，我總是覺得自己或許只是多管閒事，做了一堆根本沒必要的事——我無法拭去這種想法。

即使可以扔著不管，明明沒人拜託，卻一廂情願跳出來插手。

明明沒人拜託，卻自以為是。

我總是有所後悔，覺得自己似乎妨礙了羽川。

「沒那回事。我說過，要是放著不管，班長妹只會被貓完全占據，非殺不可。如果作亂就能宣洩壓力，事情就不會這麼辛苦了，從我這種大而化之的傢伙來看，這種做

註58　日本諺語，偷吃魚的貓逃走，被味道引來舔盤子的貓反而被當賊。

法反而會增加壓力。所謂的壓力，是必須適度累積的東西。班長妹之所以化為BLACK羽川，之所以會那樣失控，反而是因為她對雙親的壓力消失所導致的。」

「咦……？可是……」

「記得叫做『拉伸應力』吧？要是沒有外在力量拉住，棒子就會倒下。比任何人都要自由，只代表比任何人都不自由。不過即使除去這一點，想藉由怪異宣洩壓力，如意算盤也打得太響了。阿良良木老弟的所作所為是正確的。」

「正確……」

正確。不應存在的正確。

哪些事情對哪些人來說是正確的——真的是極為模糊的定義。

或許我是正確的。但是，並不代表羽川是錯誤。

只是不應該變黑罷了。

即使是黑的——

也不代表她不再正經。

不代表她不再純真。

「所以，對羽川不利的記憶，全部由BLACK羽川背負了嗎……這種怪異還真是方便。」

「與其說是背負，不如說代為承受，就像是連帶保證人那樣。總之，這畢竟是班長妹自己創造的怪異，所以當然會依照她的意思來打造，因為是自創角色，所以完全符合自己的好惡與理想。不過忘記肯定是好事嗎？我並不這麼認為。」

忍野如此說著。

「至於雙親那邊，似乎因為遭受強烈的能量吸取，失去了被女兒襲擊的記憶。不過這樣只像是把發臭的東西蓋住罷了，惡臭的源頭依然帶著惡臭——原封不動。」

「原封不動嗎……」

包括不和與扭曲，家暴與棄養，一切的一切。

全部原封不動——繼續存留，永不消失。

然而即使如此，我還是覺得目前這樣就好——忘記比較好。

比起忘記自我——忘記往事比較好。

黃金週的這個事件，就當作是被狗咬——當作是被貓咬，當作是一場惡夢。

當作沒看過，忘記這個事件吧。

因為無論記得還是不記得，這件事都不會變成沒發生過，無法改變任何結果。

「完全符合自己的好惡與理想嗎，換句話說就是『我發明的怪異』這樣？」

「對對對，就是那樣。阿良良木老弟還是小學生的時候，也曾經發明自己專屬的超人吧？」

我跟你的世代不一樣。

不過，我倒是有發明自己專屬的替身。

「會在最佳時機拯救自己的英雄——班長妹對外找不到這樣的英雄，所以自己在心中培育一個英雄。」

「聽你這樣形容，果然很像雙重人格。」

「雖然事實並非如此，但我確實是故意講成這個樣子，因為這樣解釋是最好的做法……何況所謂的怪異就是這麼一回事。」

「怎麼一回事？」

「雖然並非真相，但是講得太露骨就會太令人絕望，所以當成妖怪幹的好事，怪異就是像這樣推托責任的產物。班長妹被家庭壓力壓垮，做出異於常人的行徑——與其做出這種結論，不如解釋成怪異、障貓、ＢＬＡＣＫ羽川、雙重人格，當作是這麼一回事，才是最能獲得救贖的方法。」

「當作是……這麼一回事。」

雖然這種說法滿是破綻，不像忍野這個平衡維護者會說的話，不過或許這是他在本次事件的妥協點，因為他認為身為專家的自己，並沒有完美達成這次的任務。

與其說是妥協點——更像是落點。

本次事件的落幕。

頗為牽強，令人驚訝——

「如同沒有孰是孰非，似是而非的感覺。」

他這麼說。

一點都不高明的文字遊戲。

「這是沒辦法的，到最後，一切都是班長妹自己的選擇，無論是我還是阿良良木老弟，都沒有插嘴的餘地。所以阿良良木老弟，你今後也盡量一如往常和她來往吧。」

「……是啊。」

當作是這麼一回事……嗎？

羽川對外找不到英雄，只好自行培育——沒能成為羽川英雄的我，能為她做的就只有這件事了。

沒錯。

我甚至沒能為羽川而死。

「忍野，你剛才提到新品種的妖怪……其實羽川一直都被名為『家族』的妖怪附身吧？」

忽然間，我腦海不經意掠過這個想法——脫口說出這番話。

試著說出口。

「不是貓，不是鬼，不是這種怪異，而是……」

「『家族』是嗎，不過對於班長妹來說，她的雙親不是家族吧？」

「所以，我才會這麼說。」

如同火憐與月火是我理所當然的家人，任何人都理所當然擁有家族，然而對她來說，這就像是妖魔鬼怪——這麼一來，不只是黃金週的這九天，不只是至今這十五年，羽川打從出生就一直——受到家族的魅惑。

「我覺得對於羽川來說，家族或許一直都是一種怪異吧？」

「這就難說囉。」忍野歪過腦袋不予贊同。「因為家族這玩意，實際上挺令人頭痛吧？比方說兒女會有叛逆期，有些父母親不是什麼好東西……阿良良木老弟，你畫得出日本地圖嗎？」

「啊？」

我一陣錯愕。

這個成年人怎麼忽然講這種話？

他有在聽我說話嗎？

「畫得出來，但你想表達什麼？」

「哎，只要是日本人，大多都畫得出日本地圖吧。不過我覺得這要歸功於氣象預報。日本人是因為收看氣象預報，才記住日本的形狀。」

「這樣啊……」

嗯。

聽他這麼說就發現，我如果要畫日本地圖，浮現在腦海的是電視上的天氣圖。

「或許正如你所說吧，畢竟比起地圖，看氣象預報的次數多太多了。不過，那又怎樣？」

「以為看氣象預報就等於認識日本，那就大錯特錯了——這就是我想說的。」

忍野如此說著。

不准因為略知一二，就講得好像什麼都懂——他似乎是這個意思。

原來如此。

「順帶一提，以『家族』這個概念塑造的怪異已經存在。阿良良木老弟，你想得到的事情，早就已經有人想到了。」

「我想也是。我不懂裝懂真是抱歉啊。」

我聳了聳肩。

「不過，無論變成貓還是怎樣，羽川依然是羽川。想到這裡，我還是忍不住會胡思亂想。」

「你們結婚不就行了？」

忍野隨口說出這種話。

竟敢講這種話。

「啊？」

「我說，阿良良木老弟和班長妹結婚不就行了？這麼一來，班長妹不就能擁有一直得不到的家族了？」

「慢著……」

講得真簡單啊。

結婚？

「忍野，這玩笑開大了。」

「會嗎？但我認為是個好點子啊？班長妹在春假向你伸出援手，我覺得以這種方式報恩是非常妥善的交易。」

「也要考量到羽川有沒有這種心意吧？」

「當然有吧？」

忍野若無其事這麼說。

一如往常的消遣語氣。

「因為有這樣的心意，才會受到魅惑。」

「…………」

「足以成為受害者，足以成為加害者，成為怪異。」

忍野如此說著。

「不過，阿良良木老弟應該也有這樣的心意吧？」

「我的……心意。」

「我一直認定阿良良木應該愛上班長妹了。」

「別說傻話了。」

我笑了。

咧嘴一笑。

沒錯——

這時候是咧嘴一笑耍帥的場面。

「我並沒有愛上羽川。」

「是嗎？」

「是的。」

當作是——這麼一回事吧。

這是最幸福的做法。

忍野也輕聲笑了。哈哈笑了兩聲。

「嗯，既然阿良良木老弟願意這樣，那就這樣吧。畢竟雖然我嘴裡這麼問，不過比起阿良良木老弟的心意，班長妹的心意才是最重要的。無論障貓做了什麼，無論阿良良木老弟做了什麼，人只能自己救自己。」

「何況羽川……並沒有求救。」

對外無所求。

毫無所求。

我像是不服輸如此說著。

「明明可以向我求救……」

只有這句話，我不得不說。

「只要是羽川開口，我願意做任何事。」

「是因為覺得你不可靠吧？」忍野說得極為直接，極為毒辣。「她只是覺得自己的妄想比你可靠太多了。而且，或許她有在向你求救。」

「啊？」

「即使沒有叫救命，也不表示沒有求救吧？就像是即使沒有表白，也不表示不喜歡對方一樣。」忍野咩咩照例以看透一切的語氣如此說著。「阿良良木老弟，任何人都有一些話不能隨便說出口。」

「…………」

「哈哈，即使有沒有求救，人終究只能自己救自己。只不過，新品種的怪異已經可憐的被吸血鬼小妹吸走消失了，真悲哀。終究是沒什麼歷史的新品種，突變種，敵不過傳統的王者。自己原創的怪異，連根基都還不夠紮實，雖然機械與榻榻米是越新的越好，不過怪異是越老的越好。」

「怪異之王——吸血鬼。」

我如此說著，將視線移過去。

但她沒有看我，就只是靜靜蹲坐在角落。

「嗯，不過老是叫吸血鬼小妹或是吸血鬼幼女，總覺得有點拗口，幸好今後應該可以拿 Mister Donut 進行名為餵食的交流，我就來幫這孩子取個名字吧……」

回過神來才發現聊了很久，上課時間已經迫在眉睫，所以我大致將忍野這番話當成耳邊風，離開廢棄大樓前往學校。

這樣下去會遲到。

遲到會被羽川罵。

所以我努力踩著踏板——完全不擔心在學校遇見忘記一切的羽川時，是否能夠好好和她交談——專注趕路。

在最後關頭抵達學校，把腳踏車停放在腳踏車停車場，匆忙衝上階梯趕往教室時，我一點都不擔心。

毫無不安。

羽川將會一如往常對我露出笑容。

我相信，自己能夠一如往常以笑容回應她。

因為我對羽川——沒有抱持喜歡之類的情感。

我一輩子都不會說我喜歡她。

「……羽川。」我以沒有人聽得到的音量細語。

羽川。

羽川……小姐。

將來，我應該會喜歡上妳以外的某人。

妳以外的某人，將會成為我出生以來首度喜歡的對象。

妳讓我學會如何關懷他人，這樣的我總有一天，肯定會愛上妳以外的某人。

然而，這段閃耀著金色光輝的九日經歷，即使妳已經忘記——我也會依依不捨永遠保存在心裡，絕對不會忘記。

即使今後面對什麼樣的未來，迎接什麼樣的將來，我對妳的這份心意絕對不會改變，也絕對不會消失。

所以，就像這樣。

高三的黃金週，十八歲的五月，阿良良木曆並非初戀的某種情感，失戀了。

我邁入人生的新階段。

後記

基本上，人類這種生物的視野狹隘得亂七八糟，只要人生過程出現任何問題就忍不住想要解決，但要是正襟危坐思索人生過程出現的任何問題是否都需要解決，就會意外發現完全不是這麼回事。不對，如果問題能夠解決，當然比無法解決來得好，但是放眼這個遼闊的世界就會發現，沒有解決就扔著不管的問題多得出乎意料，而且確實會造成問題的問題比比皆是，周圍的人們卻頗能接受這些會造成損害的問題，要是這些問題得以解決，反而會有不少人更加混亂與困惑。人類即使有所進化依然討厭變化，再怎麼不穩定也偏好穩定，先不討論這個要素，雖然問題本身也是問題，但我個人認為打從一開始就接受這種狀況的「環境」更有問題。坦白說，人類最能實際感受到「活在當下」的時候，並不是長年心願實現的時候，也不是戀情開花結果的時候，而是面對問題煩惱困惑而累積壓力的時候。該怎麼說，「問題」才是人生？若是如此，那麼人們或許不是為了實現夢想而努力，而是為了能夠努力而創造夢想。天啊，這樣的話真是一場恐怖的惡夢。

本書《貓物語（黑）》是《物語》系列的第六集，自從在雜誌《梅菲斯特》連載本系列的第一篇作品「黑儀・重蟹」就頻頻不經意露骨提及，羽川翼在黃金週發生的事件，在本集完整呈現給各位讀者了。其實這應該歸類為永遠封印的祕史，不過多虧各方面的要素全部到齊，因而本次得以順利付梓公開，非常感謝各位。本系列累積這麼多集至今，難免可能產生劇情上的致命矛盾，要是這方面發生什麼狀況，請各位憑藉自己對於閱讀的熱愛，自行做出合理的解釋克服問題，這樣將是我的榮幸。怪異就是以這種方式歷經變遷傳承下去的（自認講得很有道理）。就這樣，本書是以百分之貓的興趣寫出來的作品《貓物語（黑）》。《貓物語（白）》也會在不久之後出版，我會努力做到百分之貓沒有矛盾的程度喵。

本作品的封面與刊頭插畫，是由插畫家ＶＯＦＡＮ老師繪製，此外，我在構思與撰寫的過程中，受到正在上映的動畫版「化物語」莫大刺激，創作靈感得以源源不絕，令我感激不盡。希望我能繼續撰寫出匹配如此優秀動畫作品的原作。

那麼，近期再會。

西尾維新

作者介紹

西尾維新 (NISIO ISIN)

1981 年出生，以第 23 屆梅菲斯特獎得獎作品《斬首循環》開始的《戲言》系列於 2005 年完結，近期作品有《真庭語》、《難民偵探》、《零崎人識》系列等等。

Illustration

VOFAN

1980 年出生，代表作品為詩畫集《Colorful Dreams》，在臺灣版《電玩通》擔任封面繪製，2005 年由《FAUST Vol.6》在日本出道，也在 2008 年的《FAUST Vol.7》發表新作，2006 年起為本作品《物語》系列繪製封面與插圖。

譯者

哈泥蛙

專職譯者。自打嘴巴的特性眾所皆知，最具代表性的例子是「今年絕對是我工作最忙碌的一年」，至今講四次了。

書盒子

貓物語（黑）

（原名：貓物語（黑））

作者／西尾維新　插畫／VOFAN　譯者／張鈞堯
執行長／陳君平　榮譽發行人／黃鎮隆
協理／洪琇菁　國際版權／黃令歡、高子甯
執行編輯／呂尚燁　美術主編／李政儀

出版／城邦文化事業股份有限公司　尖端出版
台北市中山區民生東路二段一四一號十樓
電話：（〇二）二五〇〇七六〇〇　傳真：（〇二）二五〇〇二六八三
E-mail：7novels@mail2.spp.com.tw

發行／英屬蓋曼群島商家庭傳媒股份有限公司城邦分公司　尖端出版
台北市中山區民生東路二段一四一號十樓
電話：（〇二）二五〇〇—七六〇〇（代表號）
傳真：（〇二）二五〇〇—一九七九

中彰投以北經銷／楨彥有限公司
（含宜花東）
電話：（〇二）八九一九—三三六九
傳真：（〇二）八九一四—五五二四

雲嘉經銷／智豐圖書股份有限公司　嘉義公司
電話：（〇五）二三三—三八五二
傳真：（〇五）二三三—三八六三

南部經銷／智豐圖書股份有限公司　高雄公司
電話：（〇七）三七三—〇〇七九
傳真：（〇七）三七三—〇〇八七

一代匯集／香港九龍旺角塘尾道六十四號龍駒企業大廈十樓B&D室
電話：（八五二）二七八三—八一〇二
傳真：（八五二）二七八二—一五二九

馬新經銷／城邦（馬新）出版集團Cite (M) Sdn. Bhd.
E-mail：cite@cite.com.my

法律顧問／王子文律師　元禾法律事務所
台北市羅斯福路三段三十七號十五樓

二〇一二年七月一版一刷
二〇二三年十一月一版六刷

KODANSHA BOX

■中文版■

郵購注意事項：
1. 填妥劃撥單資料：帳號：50003021戶名：英屬蓋曼群島商家庭傳媒(股)公司城邦分公司。2. 通信欄內註明訂購書名與冊數。3. 劃撥金額低於500元，請加附掛號郵資50元。如劃撥日起 10～14日，仍未收到書時，請洽劃撥組。劃撥專線TEL：(03) 312-4212 ・ FAX：(03) 322-4621。E-mail：marketing@spp.com.tw

國家圖書館出版品預行編目資料

貓物語 黑 / 西尾維新 著; 張鈞堯 譯.
—1版.—臺北市：尖端出版, 2012.07
面 ; 公分.—(書盒子)
譯自:貓物語 黑
ISBN 978-957-10-4877-2(平裝)

861.57 101007110